Crianças
de 24 quilates

Dra. Judy Goldstein e Sebastian Stuart

Crianças
de 24 quilates

Tradução de
CÁSSIA ZANON

EDITORA RECORD
RIO DE JANEIRO • SÃO PAULO
2008

CIP-Brasil. Catalogação-na-fonte
Sindicato Nacional dos Editores de Livros, RJ.

G577c
Goldstein, Judy
Crianças de 24 quilates / Judy Goldstein e Sebastian Stuart; tradução de Cássia Zanon. – Rio de Janeiro: Record, 2008.

Tradução de: 24 karat kids
ISBN 978-85-01-07810-0

1. Mulheres pediatras – Ficção. 2. Ricos – Ficção. 3. Crianças ricas – Ficção. 4. Pais e filhos – Ficção. 5. Professores de segundo grau – Ficção. 6. Romance americano. I. Stuart, Sebastian. II. Zanon, Cássia, 1974-. III. Título.

08-1467
CDD – 813
CDU – 821.111(73)-3

Título original norte-americano:
24 KARAT KIDS

Copyright © 2006 by Dra. Judy Goldstein e Sebastian Stuart

Ilustração de capa: Kerrie Hess

Todos os direitos reservados. Proibida a reprodução, no todo ou em parte, através de quaisquer meios.

Direitos exclusivos de publicação em língua portuguesa somente para o Brasil adquiridos pela
EDITORA RECORD LTDA.
Rua Argentina 171 – Rio de Janeiro, RJ – 20921-380 – Tel.: 2585-2000
que se reserva a propriedade literária desta tradução

Impresso no Brasil

ISBN 978-85-01-07810-0

PEDIDOS PELO REEMBOLSO POSTAL
Caixa Postal 23.052
Rio de Janeiro, RJ – 20922-970

EDITORA AFILIADA

Nota ao leitor

Este é um trabalho de ficção. Embora a Dra. Judy Goldstein tenha um consultório no Upper East Side e seja famosa por vestir roupas de grife para trabalhar, todos os lugares, personagens e eventos retratados saíram exclusivamente da imaginação dos autores. Quaisquer referências a celebridades da vida real também são inteiramente fictícias.

Este livro é dedicado ao apoio incessante de
meu marido; à constância de amor e entusiasmo
de meus filhos; a todas as crianças que freqüentam
meu consultório e me mantêm sorrindo; e a
Linda Chester — minha mentora e musa!

— Dra. Judy Goldstein

Para Kippy Dewey e Stephen McCauley

— Sebastian Stuart

Agradecimentos

Gostaria de reconhecer, agradecida, o papel-chave que meu parceiro e amigo Sebastian Stuart desempenhou na criação de nosso trabalho de amor! Sebastian me ensinou gírias americanas e fez desse processo intensivo uma grande diversão.

Sou também profundamente grata ao apoio e à crença de Diane Reverand; a Regina Scarpa, por amarrar todas as pontas soltas; e ao energético e entusiasmado John Murphy, cuja contribuição para tornar este projeto realidade foi extremamente significante e altamente eficiente.

— Dra. Judy Goldstein

Gostaria de agradecer a Diane Reverand, John Murphy, Regina Scarpa, Linda Chester, Stephen McCauley, Mameve Medwed, David Schermler, Eileen Ahearn e à Dra. Marcia Dworkind. Acima de tudo, gostaria de agradecer a Judy Goldstein, cujos carinho, inteligência e rigor fazem dela um sonho de colaboradora.

— Sebastian Stuart

1

— O QUE É AQUILO? — perguntei ao garçom, olhando para o que pareciam quatro gigantescas gomas de mascar flutuando em sopa de tomate. O garçom era jovem e tinha um sorriso simpático, mas eu rapidamente percebi que ele falava menos inglês do que eu falava azerbaijano. Minha mãe se intrometeu antes que eu tivesse chance de apelar para a mímica.

— Shelley, aventure-se — disse ela, olhando para mim por cima dos óculos presos a uma correntinha. Espetou uma das gomas de mascar com o garfo e enfiou na boca. Pensei ter detectado um instante de choque antes de ela mastigar... e mastigar... e mastigar corajosamente. — Fascinante — elogiou.

— Mãe, se eu quiser algo fascinante, irei assistir a um documentário no Film Forum. Estou aqui para comer. — Não que eu tivesse tido tempo de ir ao cinema nos últimos sete anos, mas precisava determinar minha posição.

— Comer? Bobagem, estamos aqui para comemorar — disse meu pai, inclinando-se para frente, apertando meu rosto e dando um beijo na minha bochecha esmagada.

O que era verdade. Minha recompensa por finalmente terminar quatro anos de faculdade, quatro anos de formação em medicina e três anos de residência pediátrica era aquela: uma festa familiar em volta de uma enorme mesa redonda no melhor, e sem dúvida único, restaurante azerbaijano do Queens. Minha mãe havia escolhido o Buffet Baku porque o nome lhe pareceu "intrigante". *Intrigante, fascinante* e *extraordinário* eram as três palavras preferidas da minha mãe, que vivia numa busca permanente por novas experiências que permitissem que ela as usasse. Isso a transformara numa viciada nos seminários do Learning Annex, fazendo obsessivamente cursos sobre tudo: de "Banquinhos para Ordenha Artesanais" a "Insetos, Eunucos e Eurípides". Eu ficava espantada com a capacidade de um único cérebro conseguir armazenar o espectro de informações que o dela retinha.

Aquela era uma reunião muito típica da minha família. Em volta da mesa, tias, tios e primos falavam alto e riam, comiam uns dos pratos dos outros, bebiam uns dos copos dos outros, agindo como se não fôssemos pessoas independentes, mas um único leviatã: a Família Green. Meu irmão Ira, um individualista durão, estava encolhido num canto perto dos banheiros conversando com seu agente de apostas pelo celular. Ira tinha um pequeno problema com jogo — assim como Orson Welles tinha um pequeno problema com excesso de peso. Ira também tinha uma queda por maconha — consumida junto com café, assim que acordava. E já falei das orgias alcoólicas em motéis miseráveis com mulheres que se podia alugar por hora?

Libertei o rosto das garras do meu pai e olhei para Arthur, meu namorado havia dois anos, do outro lado da mesa. Fazia uma hora que estava sorrindo, e me perguntei por que ele estava de tão bom humor. Na verdade, Arthur estivera sorrindo durante os últimos dois anos. Era uma de suas muitas qualidades encantadoras, mas às vezes me dava nos nervos. Como alguém podia ser tão infinitamente alegre, principalmente quando está namorando comigo? Ele me deu um sorriso solidário e falou baixinho "Te amo, gatinha".

— *Você* experimentou as gomas de mascar? — perguntei.

— Na verdade são testículos de carneiro — ele me informou.

— Bom, isso faz com que eu me sinta melhor — eu disse, empurrando o prato para longe.

Eu estava com fome, exausta e ansiosa e tudo o que queria era estar em casa, no meu conjugado em Manhattan, que mais parecia um armário, assistindo a algum reality show bobo e tomando uma caneca de Chunky Monkey. Mais ou menos toda a minha vida adulta até ali, todos os anos de educação e treinamento e noites sem dormir, conduziam àquele momento, e então, em vez de ficar com minhas sensatas pernas para o ar, eu só queria um pouquinho de paz e tranqüilidade para pensar na vida e tomar algumas decisões.

Arthur levantou-se e deu a volta na mesa até onde eu estava sentada. Ele massageou meus ombros com suas maravilhosas mãos quentes, acariciando meus conhecidos pontos de tensão com um suave movimento circular, levando os polegares até a nuca. Soltei um suspiro longo e involuntário. As massagens nas costas eram uma de suas qualidades encantadoras das quais eu jamais me cansava. Arthur era professor de inglês numa escola pública de ensino médio no Brooklyn. Era gentil, confiável, tinha mais de um metro e oitenta de altura, olhos verdes acinzentados e beijava incrivelmente bem. Mas o que eu mais amava nele eram aquelas mãos mágicas. Ele se inclinou e beijou o topo da minha cabeça:

— Relaxe, querida.

— Ah, Arthur. Estou tentando — eu disse. — Você não sabe da metade.

Eu vinha procurando por emprego em clínicas reconhecidas no Upper West Side e em Park Slope. Havia muita concorrência para as poucas vagas que surgiam e, até então, eu não tinha tido sorte. E estava diante de 250 mil dólares em crédito educativo para pagar. Esta era a metade de que Arthur *sabia*.

A metade de que ele *não* sabia era que três dias antes eu havia recebido uma ligação da Dra. Marge Mueller, a chefe da Clínica Pediátrica Madison, uma das melhores do Upper East Side de Manhattan. A Dra. Mueller, que recebera meu currículo por meio de um médico de uma clínica em Park Slope, havia me chamado para uma entrevista. Pedi alguns dias para pensar. Não estava segura se me encaixaria bem no Upper East Side. E não contara a Arthur nada a respeito da ligação da Dra. Mueller porque o trabalho significaria lidar com o tipo de famílias superprivilegiadas que ele desaprovava, e eu não queria que ele tornasse a minha decisão mais difícil ao misturar o processo com seus preconceitos indutores de culpa.

Com preconceitos ou não, meu relacionamento com Arthur havia sido o mais sério da minha vida. Ele era o tipo de homem gentil, generoso e adorável com quem sempre me disseram que iria me casar. Assim como sempre me disseram que eu devia tirar boas notas, ser humilde, ganhar estrelas douradas, ser educada, fazer o dever de casa e comer tudo o que estivesse em meu prato, mesmo que isso significasse ingerir testículos de carneiro. O problema era que às vezes eu me sentia um pouco sufocada por Arthur, da mesma forma como às vezes me sentia sufocada pelo leviatã da Família Green e suas expectativas.

Era como se eu estivesse vivendo numa bolha selada hermeticamente desde mais ou menos os nove anos de idade. Uma bolha com a inscrição SHELLEY: ESTUDIOSA E BOA MENINA. Dentro dela, secretamente, eu sempre senti uma certa admiração e inveja das garotas mais rebeldes, das que deixavam o dever de casa de lado, que se vestiam com estilo e paqueravam com segurança, que esbanjavam sensualidade e autoconfiança naturais. Para mim, nada vinha fácil, principalmente diversão. Meus únicos prazeres dignos de culpa eram comida e uma obsessão com cultura pop e de celebridades que assumia a forma de maratonas do canal a cabo E! e overdoses de revistas *InStyle*. Eu sonhava em estourar minha bolha de garota boazinha, de ir a festas glamourosas e tomar muitos mojitos, dançar com desinibição, nadar sem roupa sob a luz do luar e fazer amor nas dunas — simplesmente ter um pouco da *diversão* libertária das meninas más. Meu relacionamento com Arthur não podia ser classificado como diversão de menina má — como muitas outras coisas, provavelmente extremamente mais importantes, sim, mas não como prazer digno de culpa. E eu sentia que havia feito por merecer o direito de um pouco de diversão antes de sossegar.

— Shelley, você é uma médica maravilhosa, adora crianças... vai conseguir um emprego antes do que imagina.

Arthur era sempre muito tranqüilizador, mas eu me sentia como se estivesse prendendo a respiração nos últimos três anos e que, antes que conseguisse finalmente expirar, precisava estar estabelecida, montando meu próprio consultório.

— Obrigada, querido — eu disse, inclinando-me para beijá-lo. O relacionamento estava na fronteira do seriamente sério, mas isso também estava em suspenso para mim. Antes do casamento e da maternidade, eu precisava estar ganhando bem. Meu pai era carteiro, um sensacional carteiro *SuperMensch*, que fazia a mesma rota do Upper East Side havia trinta anos e era adorado por todo mundo, mas carteiros não ganham muito dinheiro. Mamãe era orientadora pedagógica de escola primária em meio período, e esse tipo de profissional também não ganha muito dinheiro. "Não podemos comprar" foi uma frase que ecoou em meus ouvidos durante toda a minha infância. E o salário de Arthur não seria suficiente para a família que ambos queremos. Além de tudo isso, eu queria poder me manter sozinha, como uma mulher independente. Era importante para mim.

— Ah meu Deus, *isto* é fabuloso. Você precisa experimentar, Shelley — disse minha mãe, apontando para o próprio prato, em que um pedaço de carne repousava sob um molho cor de laranja vivo. Que tipo de carne se come no Azerbaijão? Cabra? Ema? Iaque? Acho que não, obrigada.

— Eu sei como animar você — Arthur sussurrou em meu ouvido.

Era verdade, Arthur sabia como me animar — mas eu não estava segura sobre se devíamos subir na grande mesa redonda e fazer amor diante de Deus, do leviatã da Família Green, dos outros clientes e dos funcionários do Buffet Baku, por mais simpáticos que fossem.

— Você tem alguma coisa escondida na manga? — perguntei.

— Na verdade, está no bolso do casaco — ele respondeu.

Naquele instante, meu celular tocou:

— O dever chama — eu disse, saindo da mesa. — Alô?

— É você, Shelley?

Pude saber pelo sotaque culto e elaborado de algum lugar da excessivamente educada periferia da Europa que era a Dra. Marjorie Mueller, da Clínica Pediátrica Madison.

— Sou eu, Dra. Mueller. Desculpe pelo barulho.

— Onde você está? No Uzbequistão?

— Quase. Só um instante, para eu encontrar um canto silencioso.

Fui até o canto onde ficavam os banheiros, onde Ira latia ordens ao seu agente de apostas e suava. Como sempre, ele resplandecia no que eu chamava de visual Atlantic City: camisa roxa solta larga feita de algum tecido brilhoso, jóias de ouro em excesso para um homem, calça preta e sapatilhas de couro preto que pareciam chinelos de ficar em casa. Conhecendo Ira, provavelmente *eram* chinelos de ficar em casa. Ira era o yang do meu yin, e o fato de ele ser tão *exageradamente* yang é uma parte da razão de eu ser absurdamente yin.

— Ira, preciso desse canto — informei.

— Shelley, estou muito orgulhoso de você — ele disse. — Você pode me receitar alguma coisa para o meu joanete? Um Vicodin, quem sabe?

— Ira, sou pediatra, não podiatra. Agora, por favor.

— Amo você, Shell — disse ele antes de se enfiar no banheiro masculino para continuar sua conversa.

— Perdão pela confusão, Dra. Mueller. É só que...

— Por favor — ela me interrompeu. — Pode me chamar de Dra. Marge. Todo mundo me chama assim. Sinto muito por ligar a esta hora, mas eu estava me perguntando se você já havia tomado uma decisão sobre vir conversar comigo. Estamos realmente precisando de gente na clínica, e eu esperava que, como aluna da Cornell, eu pudesse usar nossos laços escolares para convencê-la.

Era certamente lisonjeiro ser bajulada pela chefe de uma clínica de tanto prestígio.

— Você provavelmente pensa que sou uma médica pretensiosa do Upper East Side que usa terninhos Chanel e sapatos Manolo Blahnik. Bem, sou mesmo. Embora esteja começando a gostar muito de Jil Sander. Mas sou também uma pediatra dedicada, e não pretendo arrancar sua cabeça, prometo. Você poderia, por favor, vir amanhã perto da hora do almoço?

Eu sabia que devia enrolar, não devia parecer muito ansiosa ou desesperada, fazê-la esperar.

— Sim — respondi.

— Nos vemos ao meio-dia, Dra. Green. — Com isso, desligou.

Fiquei ali parada no cantinho cheio de vapor, cercada pelo cheiro de testículos de carneiro e bifes de iaque e pela conversa da minha tempestuosa família. Não podia ter certeza — fosse com Chanel e Manolo e Jil —, mas parecia que eu estava sendo muito seriamente considerada para uma vaga numa das melhores e mais sofisticadas clínicas pediátricas da cidade. Eu, uma garota desengonçada de Jackson Heights, cinco quilos acima do peso — ah, está bem, dez — e que tinha menos noção de moda do que uma mendiga e a habilidade social no mesmo nível. Estava certa de que quando a Dra. Marge de Chanel me conhecesse, iria pensar que eu não combinava com seus pacientes. No entanto, eu era, esperava ser, pelo menos, uma médica boa para caramba, havia me formado entre as primeiras da turma na faculdade de medicina e me destacara durante a residência. Talvez pudesse conseguir o emprego. Mas não estava segura sobre se o queria. Não sabia se me sentiria à vontade no Upper East Side. Mais importante: não sabia o que vestir no dia seguinte.

— Apos — gritou minha mãe do outro lado do restaurante. Caso você esteja se perguntando o que *Apos* significa, é "Arrume a Postura, Shelley". Mamãe inventou isso para que pudesse corrigir minha postura em público sem chamar atenção. Sou a única pessoa que conheço que é repreendida com uma sigla. Mas a intenção não acaba levemente comprometida quando ela a pronuncia num tom de voz que poderia ser ouvido no Bronx?

Por reflexo, joguei os ombros para trás e levantei a cabeça.

— Muito melhor, querida. Agora, venha aqui e experimente essas enguias minúsculas. Foram cozidas no caminho para a mesa. Não é intrigante? — gritou.

Ao atravessar o restaurante, notei Arthur olhando radiante para mim, como um refletor à base de esteróides. Então ele se levantou e bateu a faca na taça. Infelizmente, como o Buffet Baku usava taças de plástico, ninguém prestou atenção.

— Silêncio, por favor — pediu ele.

Não houve qualquer redução no nível de decibéis. Você provavelmente já compreendeu, mas gritar é o jeito normal de falar na minha família. A única ocasião em que as pessoas *não* gritam é quando têm alguma coisa realmente importante para dizer, como "A vovó morreu hoje". O pobre Arthur vem de uma família de professores de Ann Arbor que fala num nível normal de decibéis. Por causa disso, ninguém na minha família jamais o escuta.

— Silêncio, por favor — ele repetiu, um pouco mais alto. Olhou implorando para o meu pai — os dois eram loucos um pelo outro.

— *Todo mundo cale a boca!* — berrou papai.

Todo o restaurante ficou mudo e se virou para a nossa mesa. Arthur ficou completamente vermelho.

— Muito bem, você conseguiu a nossa atenção, diga alguma coisa — disse mamãe. — As enguias estão esfriando.

— Eu só queria propor um brinde a Shelley por tudo o que ela conquistou. Todos estamos muito orgulhosos de você.

O restaurante todo se virou para mim. Pelo olhar confuso no rosto das pessoas, deu para ver que pelo menos metade delas falava menos inglês do que o nosso garçom.

— E tem outra coisa que eu queria propor — Arthur corou e baixou o olhar com aquela timidez constrangida que eu achava tão comovente. O restaurante todo estava assistindo e esperando. Enfiou a mão no bolso do paletó e tirou uma caixinha de veludo. Abriu-a e lá dentro, cintilando e reluzindo, um lindo anel antigo, de ouro filigranado com quatro pequenos diamantes. Eu sabia que tinha sido da avó dele, que o havia deixado para Arthur, para a noiva dele. — Shelley, você quer se casar comigo? — perguntou.

— *O que* ele disse? — gritou uma das minhas tias.

— Fale mais alto! — pediu uma prima.

— Shelley, você quer se casar comigo? — disse ele, em alto e bom som.

Eu não esperava por aquilo. Olhei ao redor da mesa para todos aqueles parentes que eu conhecia a minha vida inteira e amava muito, mesmo que me sentisse dominada e sufocada por eles na maior parte do tempo. Estavam todos radiantes, sorrindo e rindo. Um final perfeito para a perfeita refeição da Família Green. Haviam aceitado Arthur dez minutos depois de o conhecerem. Viviam me dizendo que ele era *o homem certo*, e agora tudo o que haviam dito estava se tornando realidade. Eu não podia decepcionar Arthur, não ali, na frente de seu fã clube. Talvez ainda mais importante, eu não podia decepcionar a *eles*. E com um cara doce e encantador como Arthur, eu certamente não estava decepcionando a mim mesma também.

— Sim — respondi.

O restaurante continuou em silêncio por um instante. Então o papai deu um salto, fez um grandioso gesto de união com os braços, e gritou para o salão:

— *Eles vão se casar!*

Todos no restaurante aplaudiram. Ira saiu correndo do banheiro masculino:

— Acabei de ganhar uma exata na oitava no Aqueduct! — Fez uma de suas danças improvisadas. Vibrou, pulou e cantou: — *Don't stop thinking about tomorrow...*

— Extraordinário — disse a mamãe, com lágrimas correndo pelo rosto.

2

EU SEMPRE TIVE uma relação de amor e ódio com o Upper East Side. Adorava o glamour e a emoção, a grandiosa arquitetura antiga, as lojas, os restaurantes e os salões luxuosos, a visão de celebridades, a consciência de se estar protegida de tantas das indignidades da vida. Mas eu sabia que havia outro lado da magia. Quando era criança, às vezes acompanhava meu pai em sua rota de entrega de correspondências, que incluía muitos edifícios residenciais chiques. Lembro de entrar nos saguões silenciosos da rua barulhenta, das velhas que me davam tapinhas na cabeça, com uma condescendência gentil, e da curiosidade piedosa que provocava nas meninas ricas que chegavam em casa das escolas particulares, os cabelos compridos esvoaçando, as mochilas saltando. Todos tratavam bem a meu pai e a mim, mas não havia dúvidas de que éramos pessoas do *andar de baixo*, como as cozinheiras e as arrumadeiras naquelas minisséries inglesas que as pessoas do andar de cima adoram — desde que elas não usem a porta da frente nem tentem se casar com alguém da família. Quando papai e eu percorríamos juntos as ruas imaculadas e floridas do Upper East Side, eu muitas vezes sentia como se o mundo dos ricos e bem-sucedidos fosse um outro país, com língua e costumes próprios e que eu era uma turista óbvia, invejosa e trôpega.

Assim, enquanto percorria a avenida Madison a caminho do meu encontro com a Dra. Mueller, senti-me particularmente mal arrumada e envergonhada do meu prático terno azul-marinho, da blusa branca e dos sapatos baixos. Era um lindo dia de junho, e mulheres ricas passavam por mim empunhando minúsculas sacolas de compras, as pernas magras terminando graciosamente em saltos reluzentes, parecendo chiques, sofisticadas e esqueléticas. Todas coisas que eu não era. Dei uma olhada em mim mesma numa vitrine de loja. Meu rosto determinado e meu galope me deixavam parecendo um buldogue a caminho de uma briga.

Eu precisava de uma ajuda. Rápido.

Entrei numa butique. A vendedora de meia-idade era incrivelmente elegante. Talvez trabalhar em butique fosse moda entre as mulheres ricas, como *pashmina* ou pilates. Fui até uma grande mesa que exibia exatamente três echarpes de seda. Sua Eminência, a Vendedora, me ignorou, muito embora eu fosse a única pessoa na loja. Estendi a mão para uma das echarpes.

— Ahhh — arrulhou ela, gentilmente, vindo até mim. Muito embora estivesse arrulhando e vindo em minha direção, a mensagem era inequívoca: não toque na mercadoria. Passou os olhos rapidamente pelo meu terninho (da Macy's, de US$ 149,99 remarcado para US$ 79,99). Então levantou uma das echarpes, com um agitar e um floreio, ela se abriu em turquesa, rosa e laranja. — Muito requintado — disse, com infinita autoridade, antes de dobrá-la novamente com habilidade. Então se virou e se afastou de mim, simples assim.

De repente, vi todas aquelas mulheres do Upper East Side que passavam pelo meu pai em seus saguões quando ele entregava suas correspondências, ignorando-o sutilmente, mesmo nos dias em que ele levava sua filhinha com ele. Bem, eu estava prestes a me tornar uma médica do Upper East Side.

— Vou levar a echarpe — eu disse.

A vendedora se virou para mim com a sobrancelha erguida.

— Vou levar a echarpe — repeti com o máximo de indiferença que consegui reunir.

Um olhar de surpresa passou por seu rosto. Deu levemente de ombros para indicar o quão insignificante era a minha compra e apanhou a echarpe. Segui-a até o balcão.

— E não se preocupe com o pacote. Vou vesti-la.

Ela deu mais uma rápida olhada para a minha roupa.

— São trezentos e cinqüenta dólares — informou.

Torci para que a minha hesitação não tivesse sido muito evidente. A vendedora me deu seu primeiro sorriso — do tipo preferido do marquês de Sade. Peguei a carteira e passei os olhos pelos cartões de crédito, procurando pelo que tinha limite suficiente.

Saí da boutique absolutamente chocada, mas tentei caminhar com nova confiança ao me aproximar da esquina da rua 69 Leste, sede da Clínica Pediátrica Madison. Parei para respirar profundamente e me acalmar e me surpreendi diante de uma farmácia com uma fachada espelhada. Encarando-me de volta, uma jovem gorducha com uma echarpe absurdamente espalhafatosa pesando em volta do pescoço. Observei seu rosto ficando vermelho. Então tirei a echarpe e enfiei na bolsa.

A Clínica Pediátrica Madison ficava no térreo de um prédio de apartamentos do pré-guerra, indicada por uma placa de bronze presa à pedra calcária. Ao lado, outra de uma clínica de cirurgia plástica. Talvez liftings faciais fossem o mais novo tratamento para depressão pós-parto.

A primeira coisa que me marcou ao entrar na sala de espera foi a música — ópera. *La Bohème*, eu tinha bastante certeza. Diferente, mas legal. Então vi os brinquedos, os jogos, os livros para colorir, a bagunça aconchegante e o quase caos que só podem significar uma coisa: crianças. E lá estavam elas, mais ou menos uma dúzia, de diversas idades, em vários estágios de inquietação, trepando em cadeiras, enfiando punhados de Cheetos na boca, lendo atentamente, brincando com os jogos e os brinquedos que enchiam um canto da sala de espera. Então senti os cheiros de crianças — giz de cera e biscoitos, fraldas e sabonete, tudo acima de um leve travo de remédio. Vi pais bem-vestidos e o que pareciam ser duas babás. Senti-me imediatamente em casa — era a *isso* que tudo se resumia. Crianças.

Reprimi uma vontade de cumprimentá-las e perguntar como elas estavam se sentindo. Em vez disso, me aproximei de uma peruca imensa cor de tangerina, penteada para cima e afofada para fora, que se projetava de detrás de uma mesa de computador. Será que uma das funcionárias estava vestida como um personagem do Dr. Seuss? Quando cheguei lá, a peruca se virou, e vi que ela emoldurava um gentil e aberto rosto negro de meia-idade.

— Aposto como sei quem você é: Dra. Green — disse a peruca, levantando-se e estendendo a mão. — Sou Candace, mas os médicos me chamam de salva-vidas, porque estou sempre salvando a vida deles. Eu sei, esta peruca me deixa parecida com uma drag queen no carnaval, mas acabo de sair da quimioterapia, e pensei: "Azar, vou me divertir um pouco."

Apertei a mão dela.

— Como você está? — perguntei.

— Vou ficar ótima, doutora. Obrigada por perguntar. — De repente, ela acrescentou: — *Sole e Amore!* — juntando-se ao crescente Puccini. Então olhou radiante para as crianças encantadas. — Tenho uma teoria sobre crianças e ópera. Acho que a ópera as acalma e as deixa concentradas. De algum modo, as ajuda com as sinapses. Não me peça provas científicas, mas certamente ajuda por aqui.

— Bom, parece maravilhoso — eu disse.

— Claro que tenho um motivo oculto... consigo ouvir a música mais bonita do mundo o dia todo. Vou dizer à Dra. Marge que você está aqui.

Sentei-me e tentei frear a curiosidade a respeito das crianças ao meu redor. Quer dizer, eu ainda não havia sido contratada. Não podia começar a fazer perguntas. Uma menina sentada duas cadeiras depois de mim chamou a minha atenção. Parecia ter entre 11 e 12 anos e estava sentada calmamente com as mãos cruzadas no colo. Vestia uma saia cinza simples e uma blusa branca e tinha a pele clara, cabelos castanhos encaracolados e imensos olhos, também castanhos. O que achei tão tocante foi a expressão melancólica e triste em seu rosto, como se estivesse pensando em algo importante e triste. Havia uma mulher hispânica mais velha sentada ao seu lado, lendo uma revista *Latina*.

— Oi — eu a cumprimentei.

— Olá — respondeu a menina com um sorriso educado. A voz tinha um toque de sotaque britânico. A senhora hispânica fechou a revista e me deu um sorriso simpático.

— Você está aqui para uma consulta? — perguntei à garota. Ela assentiu com a cabeça.

— Não estou me sentindo bem.

— Ah, sinto muito por isso. Onde você não se sente bem?

— Em tudo — respondeu ela, simplesmente.

— Dra. Green!

Ergui o olhar e vi uma mulher vindo na minha direção. Parecia que ela estivera fazendo compras na avenida Madison. Tinha cerca de 50 anos, cabelos loiros com mechas, maquiagem sutil e sofisticada, usava saltos altos e um macacão magenta com um cinto que acentuava sua cintura muito fina, o tipo de cintura que justifica o ressentimento como uma questão de princípios. Era definitivamente a médica mais glamourosa que eu já tinha visto. Levantei-me.

— Dra. Marge? — perguntei.

— Sim. Que prazer. Entre. Vamos conversar, e eu mostro a clínica para você.

Ela me levou ao coração da clínica. Caminhamos por um corredor sinuoso, cercadas pelas idas e vindas de uma movimentada clínica pediátrica — bebês, crianças, pais, babás, médicos, enfermeiras e assistentes, todos conversando, rindo, chorando, explicando, examinando, andando depressa. A velocidade e o ritmo aumentaram meus batimentos cardíacos. Espiei as salas de exame quando passamos por elas. Cada uma era decorada com um tema diferente: vi Cinderela, Harry Potter, Capitão Nemo, e um videogame genérico, algo como Nintendo encontra Game Boy dentro da Matrix.

— Fomos a primeira clínica a ter salas temáticas — disse a Dra. Marge revirando um pouco os olhos. — Agora, todo pediatra no Upper East Side tem isso, e nós precisamos mudar as nossas a cada dois ou três anos, para nos mantermos atualizados. Este é o meu consultório.

Era grande e cheio de retratos de quem imaginei serem os dois filhos adultos da Dra. Marge. Havia apenas uma foto do homem que devia ser o marido dela — aparecia fazendo pose numa estação de esqui, parecendo saudável e quase bonito demais. Acima da pequena área de estar havia um imenso mural cheio de fotos de seus pacientes: crianças felizes velejando, mergulhando, passeando pela Toscana — os objetivos de sempre da classe trabalhadora.

A Dra. Marge sentou-se num lado de uma namoradeira e deu um tapinha no outro lado. Tinha uma postura perfeita e, mesmo sentada, demonstrava tanta energia que parecia vibrar levemente.

— Sente-se. Tomei a liberdade de pedir o almoço. Espero que você goste de sanduíche de salada de atum.

— Eu adoro sanduíche de salada de atum.

— Imaginei que sim. — Entregou-me um prato com um sanduíche, batatas chips e picles, praticamente minha refeição preferida, e pegou um para si mesma. O sanduíche era de pão preto fino, os picles, minúsculos. Até mesmo as batatas douradas pareciam chiques. — Somos uma clínica de cinco médicos, e um deles teve uma crise de meia-idade. O Dr. Clark nos deu um aviso prévio de duas semanas, deixou a mulher e se mudou para a Bahia, onde pretende passar o resto da vida fazendo esculturas com objetos que encontra pela rua. Um definitivo caso de complexo de Gauguin. Mas que seja. Por isso liguei para você.

A Dra. Marge era charmosa e gentil, mas, por trás da roupa, da maquiagem e dos cabelos perfeitos, parecia se manter firmemente sob controle.

— Não temos apenas Cornell em comum, Dra. Green, eu também fui interna no Hospital New York. Minhas fontes nos dois lugares me disseram que você é uma pediatra fora de série.

— Obrigada. É bom ouvir isso. Eu me esforço ao máximo.

— Aparentemente, o seu máximo é muito, muito bom. E a sua modéstia certamente é apropriada. Posso perguntar o que a atraiu para a pediatria?

— As crianças — respondi, sem hesitar. — Eu simplesmente as adoro. A vulnerabilidade, a curiosidade, a espontaneidade. Acho as crianças emocionantes e inspiradoras. Cuidar delas, fazer parte de suas vidas, bem, é o que eu sempre quis fazer. Sem mencionar o fato de que as crianças são basicamente muito divertidas.

A Dra. Marge sorriu para mim e baixou o olhar para as mãos por um instante. Quando ergueu o rosto, tinha o maxilar fixo e a voz resoluta.

— Em termos de contratações, sempre confiei nos meus instintos. Eles raramente falharam. Compartilhei as suas recomendações, e o seu currículo, com os outros médicos da clínica. Entrevistei vários outros candidatos, e você é claramente a mais qualificada. Como sabe, a pediatria é uma profissão extremamente recompensadora, e foi muito boa para mim. Estou no estágio da minha carreira no qual quero retribuir com alguma coisa ao aconselhar alguém jovem e talentoso. Seria uma honra se você considerasse a possibilidade de integrar nossa clínica.

Pude sentir a paixão dela. Aquela era uma mulher que se importava.

— A honra é toda minha — eu disse.

— Apenas mais um argumento de persuasão — disse ela. Rabiscou alguns números num bloco de notas, que passou para mim. — Você pode esperar receber algo em torno desse valor no seu primeiro ano.

Vacilei diante da quantia e senti a boca ficar seca: Shelley, você não está mais em Kansas.

Claro que dinheiro não era algo de suma importância para mim, o trabalho, sim. E eu certamente não precisava daquele dinheiro todo. Como conseguiria gastar tudo aquilo? O Arthur acharia aquilo indecente, absurdo, moralmente ofensivo.

— Quando você quer que eu comece? — perguntei.

— Ontem. Na verdade, vai levar pelo menos uma semana para resolver toda a burocracia, os advogados, o seguro. Todas as coisas que fazem a profissão de médico tão divertida hoje em dia.

— E você vai querer que eu assuma todos os pacientes do Dr. Clark?

— A maioria deles, sim. Como eu disse antes, somos um consultório de cinco médicos, e cobrimos uns aos outros nas férias, em emergências etc. Você terá de trabalhar um a cada cinco sábados e ficar de sobreaviso um dia por semana.

— Parece emocionante. Vou aproveitar a semana para me familiarizar com os pacientes que vou herdar. — Só de falar em *meus* pacientes senti um arrepio na espinha.

— Estou absolutamente encantada — disse a Dra. Marge, estendendo a mão. Cumprimentamo-nos.

Neste instante, a voz de Candace soou no interfone:

— Angelina Jolie na linha um, Dra. Marge.

Angelina Jolie! Eu adorava Angelina Jolie. Ela era como uma estrela de cinema das antigas — glamourosa, sexy e levemente inumana —, e agora estava do outro lado da linha, praticamente na mesma sala.

— Angelina, que bom falar com você — disse a Dra. Marge com um charme tranqüilo. — Sim... Bem, por que eu não passo no hotel, digamos, às três, e o examino pessoalmente?... Por nada. Vejo você mais tarde, então.

A Dra. Marge se recostou na cadeira novamente, o epítome da tranqüilidade. Queria ficar na minha, mas não consegui resistir:

— Era *a* Angelina Jolie?

— Temos vários pacientes famosos. Você vai se acostumar com isso rapidamente. Eu raramente faço visitas em hotéis, mas, em certos casos, abro exceções. Eles estão no Carlyle, que fica a poucas quadras daqui.

— Como ela é? — perguntei, antes que conseguisse me segurar.

— Discrição é a melhor parte do sucesso — disse a Dra. Marge com um olhar significativo.

— Lição aprendida.

Ela se inclinou na minha direção.

— Há mais um conselho que quero lhe dar. Descobri que há um elemento importante em nossa performance no trabalho. Vai além da administração médica da criança e da educação dos pais... é o que chamo de *imagem*. A forma como nos apresentamos: aparência, modo de falar, linguagem corporal. Pelo menos no Upper East Side, a sua imagem é tão importante para o sucesso quanto o conteúdo do que se diz e certamente mais importante do que o diploma na parede. Como está o sanduíche?

— Fabuloso — respondi, pensando em seguida se falar com a boca cheia contrariava o conceito de imagem. Talvez a minha imagem pudesse ser a da mulher acima do peso sem noção de moda e cabelos crespos, que compensa isso tudo com inteligência e dedicação. Será que isso funcionaria?

— Sempre fazemos pedidos para a Amuse Bouche, que é *a* loja gourmet. Como sabe, servimos a uma clientela muito rica. Um bom número deles é dinheiro novo. São inseguros. Vêm até nós não porque somos bons, mas porque gente acima deles na cadeia alimentar vem até nós. O que estou querendo dizer é... bem, deixe-me dizer o seguinte: eu não me visto assim pela minha saúde. Descobri que esta imagem é muito boa para os negócios.

Sabia que ela estava bem-intencionada e provavelmente me dando um conselho muito bom, mas o efeito final do que ela disse foi fazer com que eu me sentisse desesperadamente sem graça e desengonçada. Tomei uma decisão firme: começaria uma dieta severa imediatamente. Larguei meu prato. A Dra. Marge se inclinou na minha direção e apertou a minha mão.

— Você é uma jovem atraente, Dra. Green. E, por favor, entenda que imagem não é substituto para competência. É apenas algo em que talvez você possa pensar um pouco.

— Vou pensar. Obrigada.

— Nós, pediatras do Upper East Side, precisamos de toda ajuda que pudermos conseguir hoje em dia. Como descobrirá em breve, vivemos a era da superproteção. É uma epidemia, e a Clínica

Pediátrica Madison é o ponto zero. Os pais estão tão ansiosos, tão cheios de informações e informações equivocadas, idéias e teorias, que praticamente tiraram toda alegria, mistério e espontaneidade de se ter um bebê e criar um filho. Muitos dos nossos pais são personalidades ultratipo-A que pensam em seus filhos como extensões narcisistas de si mesmos em vez de indivíduos com vidas próprias. Têm pânico de qualquer coisa que não possam controlar, e simplesmente não é possível controlar uma criança. A internet é a maldição da minha existência. As mães passam horas fazendo supostas pesquisas, entram no consultório com resmas de folhas impressas e depois se ofendem quando discordamos delas. E todo pai e mãe, é claro, está convencido de que seu bebê vai crescer e se tornar um Mozart, um Picasso ou um Bill Gates. A pressão sobre a criança pode ser imensa e prejudicial. Lidar com esses pais pode ser frustrante, até mesmo enlouquecedor. Acho que manter o foco nas crianças ajuda.

— Vi um pouco disso durante a minha residência. Os pais se sentem como se tivessem de reinventar a roda.

— Exatamente.

— Dra. Marge, tem uma menina na sala de espera, de mais ou menos 11 ou 12 anos, muito séria, com os cabelos castanhos encaracolados...

O rosto da Dra. Marge se entristeceu.

— Sim. É Alison Young. Pobre menina. A mãe dela morreu de repente há oito meses. De aneurisma cerebral. Na rua, a caminho de buscar Alison na escola.

— Ah, não.

— Uma tristeza, não é? Acho que Alison ainda está mais ou menos em choque. Um complicador é o fato de que a mãe dela vinha reclamando de dores de cabeça havia várias semanas. O médico diagnosticou enxaqueca e receitou medicamentos. O pai de Alison, que é inglês, está muito amargo por causa do diagnóstico equivocado.

— Compreensivelmente.

— Sim, mas, infelizmente, a pobre Alison teve de suportar o peso da raiva e da dor dele, o que pode estar impedindo seu próprio processo de luto.

— Ela está fazendo terapia? — perguntei.

— Não sei. Ela era paciente do Dr. Clark. Você gostaria de assumi-la?

— Muito.

— Ela é sua.

— Ela me disse que não está se sentindo bem.

— Sim, a Candace me contou. Vou vê-la hoje, e depois você pode assumir. Agora me deixe apresentá-la ao restante da equipe.

Passamos a hora seguinte andando por todos os lados, conversando com as enfermeiras, os assistentes e o restante do pessoal de apoio. Desviando de crianças no caminho, passamos pelas salas de exames, o laboratório, a farmácia, a sala dos funcionários, o arquivo e o financeiro, o tempo todo cercadas pelo zumbido do trabalho na clínica. Conseguimos falar por um ou dois minutos com cada um dos outros médicos e, pensando no conselho da Dra. Marge, foi esclarecedor ver as imagens que eles haviam cultivado.

O Dr. Gordon Healy tinha um rosto carnudo, olhos castanhos gentis e um corpo redondo que parecia nunca ter visto a área interna de uma academia. Vestia uma camisa amassada, uma gravata-borboleta torta, calça de algodão e tênis de corrida velhos e, apesar de sua aparência desgrenhada, inspirava absoluta confiança. Identifiquei sua imagem como Ursinho de Pelúcia. Segurou uma das minhas mãos entre as suas.

— Dra. Green, estou muito feliz de conhecê-la. A Dra. Marge tem nos dado atualizações diárias sobre as recomendações que tem colecionado sobre você.

— Espero corresponder à propaganda.

— Basta se divertir. São crianças.

Com isso, saiu.

Em seguida, conheci a Dra. Crissy Watkins, uma mulher de 40 e poucos anos que parecia ter acabado de retornar de uma rápida volta de caiaque ao redor de Manhattan. Arrumada, levemente bronzeada e exuberante, com cabelos loiros que se tornaram grisalhos, olhos azuis enormes e uma boca larga, ela irradiava saúde e bom senso absoluto. Deu-me um sorriso imenso, pôs as mãos em meus ombros e disse:

— Que prazer! Que legal isso. Puxa, puxa, puxa!

Era o tipo de mulher superconfiante e esportiva que costumava me intimidar, mas sua cordialidade era tão sincera, e sua energia, tão contagiosa, que me conquistou. Sua imagem? Uma mistura de esportista e Mary Tyler Moore.

Finalmente, havia o Dr. Samuel Cheng, que era jovem e bonitão, usava um terno caro e parecia terrivelmente sério e compenetrado atrás de seus óculos redondos. Prestou atenção atentamente enquanto a Dra. Marge fazia as apresentações.

— Não é fácil ser Green — ele rugiu animadamente.

— O Dr. Cheng tem um gosto especial por trocadilhos — disse a Dra. Marge num tom que dava a entender que ela já tinha ouvido trocadilhos suficientes para uma vida inteira.

— A frivolidade é a alma da inteligência — explicou o Dr. Cheng com seriedade debochada. Então seu pager disparou. — O chamado da infância — disse, antes de explodir em outro acesso de riso e desaparecer no corredor. Eu diria que ele era Brilhante-porém-Divertido.

— As crianças adoram — a Dra. Marge comentou secamente.

— Logo você vai perceber que há um elemento de competição entre os médicos daqui. Todos queremos capturar as famílias ricas e famosas. Nunca deixamos atrapalhar nossos deveres e padrões profissionais, mas ele existe. Você gostaria de ver um paciente comigo?

— Adoraria.

— Ela é uma corretora de investimentos, mãe solteira de um menino de 6 meses com uma devoção apaixonada pela amamentação. Eles estão aqui para a consulta dos 6 meses.

— O pai tem algum envolvimento?

— Não. Ela comprou o esperma por meio de um consultor de gravidez. O doador é bonito, com saúde perfeita, e um gênio das finanças. Ela pagou cem mil dólares pelo esperma dele.

— Ele é definitivamente um gênio das finanças — eu disse.

Entramos na sala Harry Potter. Sentada numa cadeira, uma jovem elegante num terninho risca-de-giz, com a blusa aberta e o bebê se alimentando, satisfeito. A visão do bebê fez meu coração se derreter — a cabecinha macia, os olhos contraídos de alegria, as mãozinhas rechonchudas no seio da mãe.

— Donna DeMarco, esta é a Dra. Shelley Green, que vai se unir ao nosso consultório. Você se importa que ela acompanhe a nossa consulta?

— Claro que não — ela respondeu, a alma repleta de alegre boa vontade. — Espero que você saiba que estará trabalhando com uma mulher incrível, uma mulher *importante*. Foi a Dra. Marge quem me convenceu dos benefícios da amamentação. Isso mudou a minha vida, pôs tudo em perspectiva. Agora, uma Oferta Pública Inicial de um bilhão de dólares é apenas trabalho burocrático... *isto* é o que importa. — Baixou o olhar para o bebê. — Corro de Wall Street para Uptown todos os dias na hora do almoço para que Warren se alimente corretamente. O nome dele é em homenagem a Warren Buffet.

34

Muito bem.

— Warren parece estar muito bem — disse a Dra. Marge.

— Ah, ele é maravilhoso, uma graça, dorme a noite toda, faz cocô como um príncipe. *Está* resistindo um pouco ao professor de matemática, mas acho que é normal para a idade dele, não?

— Na verdade, acho que ele pode ser um pouco jovem demais para qualquer tipo de professor — retrucou a Dra. Marge.

— Ssshhhhh! Não diga isso — ela disse, acrescentando num sussurro: — Negatividade subliminar... Mas, olhe só, Warren e eu vamos passar uma semana em St. Bart... acho que nós dois merecemos umas férias depois do estresse dos últimos seis meses. Eu estava pensando, você acha que é seguro beber a água de lá?

— Prefira água mineral — aconselhou a Dra. Marge. — E deixe Warren longe do sol o máximo possível. E quando ele estiver no sol, use sempre protetor solar com FPS de no mínimo 45.

— Estou muito à sua frente, doutora. Comprei autobronzeadores para nós dois.

— Nada de autobronzeador para Warren, porque pode desencadear uma reação alérgica.

— E maconha? Alguns tapinhas podem ir para o meu leite?

A Dra. Marge me lançou um olhar.

— Eu seria fortemente contrária a isso.

— Mas maconha e Caribe combinam tão bem.

— Absolutamente não — insistiu a Dra. Marge.

Donna acariciou a cabeça de Warren.

— Ah, bem, ele vale a pena. Vou ficar no rum.

Depois que a Dra. Marge encerrou a consulta e acertou o regime de drogas da nova mamãe, ela me levou para a sala de espera.

— Não consigo dizer o quanto estou animada — eu disse. — Estarei aqui amanhã logo na primeira hora para dar início à papelada e começar a ler os arquivos.

— A senhora tem uma chamada de emergência na linha um, Dra. Marge — informou Candace.

— Quem é? — perguntou a médica, em tom preocupado.

— É a mãe de Dakota Pierce. Ela finalmente conseguiu fazer Dakota sentar no troninho... mas agora não consegue tirá-la.

A Dra. Marge diminuiu o tom de voz:

— Temos muito disso aqui. Chamamos de "telefonemas brócolis", como em "Dakota não quer comer brócolis".

— Por que a mãe simplesmente não a tira do troninho?

— Porque é o "trono". Poderia "tirar o poder" de Dakota. Bem-vinda ao Upper East Side, doutora. Nós nos vemos amanhã, então.

— Obrigada.

— Diga à Sra. Pierce que eu já falo com ela — falou a Dra. Marge, desaparecendo.

— Como foi? — perguntou Candace.

— Fui contratada.

Candace deu um gritinho de comemoração.

— Obrigada. A Dra. Marge é ótima.

— Eu vim para cá há dez anos como funcionária temporária no arquivo, agora eu administro o lugar — explicou Candace. — Aquela mulher me deu uma chance, e eu faria qualquer coisa no mundo por ela.

— Ela parece controlar tudo muito bem.

Candace fez uma cara de dúvida.

— Profissionalmente, pelo menos. Não vou dizer mais nada, exceto que estou muito contente por tê-la a bordo.

Caminhei até Alison e me ajoelhei.

— Só queria que você soubesse que vou ser sua nova médica. — Ela sorriu para mim, e eu afastei uns cachos de sua testa. — Você quer me falar um pouco mais sobre como está se sentindo?

— Cansada.

— Sente alguma dor?

Alison pensou por um instante.

— Não. Na verdade, não.

— Tudo bem. A Dra. Marge vai ver você hoje. Depois disso, seremos você e eu.

Nesse instante, a porta da sala de espera se abriu, e uma jovem loira histérica entrou correndo. Ela vinha seguida, em rápida sucessão, por: um homem negro de uniforme carregando uma menininha de aproximadamente 3 anos que chorava, um homem loiro e magro que parecia fazer parte do núcleo gay de uma novela, uma senhora corpulenta de meia-idade com rosto largo e feições indígenas da América Central, e uma mulher mais velha num terno sob medida que carregava o que parecia a maior agenda de compromissos do mundo.

— Smith, Smith está *paralisada*!! — gritou a mulher. Não dava para saber o que ela estava vestindo, porque estava usando uma capa de salão de cabeleireiros. Ah, sim, a maior parte da cabeça dela estava pontilhada com pequenos embrulhos de papel-alumínio, o que a deixava meio parecida com a irmã debutante da noiva do Frankenstein.

Fui em direção à menina. Candace deu a volta na mesa num instante.

— Todo mundo se afastando. Dêem espaço para a doutora — ela ordenou.

Peguei cuidadosamente a menina do colo do motorista e me virei para a mãe dela e todo o séquito.

— O que aconteceu?

— Ela pôs o pé na rua, e eu agarrei o braço dela — explicou a senhora hispânica.

Smith mantinha o antebraço esquerdo frouxo perto do corpo.

— Pronto, Smith — eu disse. Ela parou de chorar, e percebi que suas lágrimas eram tanto pela confusão e o medo quanto pela dor de verdade. Quando a larguei no chão, seu antebraço caiu pesadamente, de modo preocupante.

— Ah, meu bebê perfeito, meu bebê perfeito! — gritou a mãe.

— Calma, Sra. Walker! — sibilou Candace.

O ambiente ficou em silêncio — exceto pela hiperventilação da Sra. Walker.

— Pronto, Smith. Não vai doer nada — eu disse. Cuidadosamente, estendi seu bracinho, virei o antebraço e recoloquei a cabeça do rádio no lugar. Ela imediatamente levantou o antebraço e agitou os dedinhos. Toda a sala de espera relaxou, com um suspiro audível.

A Sra. Walker pegou a filha no colo.

— Ah, minha bebezinha, você não está paralisada, você está ótima! Ah, minha princesinha. — Então ela olhou para mim e congelou, absolutamente séria. Quando falou, foi muito lentamente. — Você. É. Um. Gênio. Espere até meu marido ficar sabendo do que você fez. Ninguém além de você *jamais* vai voltar a tocar em Smith.

— Na verdade não foi nada grave — comecei a explicar que era apenas o que chamam de cotovelo-de-ama-seca, Introdução à Pediatria, algo que se aprendia na primeira semana de residência.

— Ssshhhh — silenciou-me a Sra. Walker. — Modéstia é para perdedores. Vou acabar com esse seu hábito. — Pôs a filha no chão e sorriu para mim, mostrando dentes perfeitos num rosto perfeitamente maravilhoso, de traços suaves. — Amanda Walker — disse ela, estendendo a mãozinha perfeita.

— Dra. Shelley Green — eu a cumprimentei.

— É uma honra conhecê-la — disse ela, com o que pareceu uma gentileza sincera. — Posso levar Smith para casa? Ela está realmente bem?

— Ela está perfeitamente bem.

— Devo cancelar sua aula de equitação?

— Não há realmente necessidade.

— Estou bem, mamãe — disse Smith. Ela era basicamente uma versão miniatura da mãe.

— Bem, então, lá vamos nós — disse Amanda, virando-se e saindo da sala de espera, com seu séquito no encalço. Quando a porta se fechou atrás deles, ouvi: "Phyllis, quero algo muito especial para a Dra. Green. Marcus, meu couro cabeludo está formigando."

Olhei para Candace. O rosto dela se abriu num amplo sorriso.

— Bem-vinda a bordo.

— Obrigada pela ajuda.

— É para isso que estou aqui.

— Olhe só, acho que tenho algo que pode combinar com essa peruca — eu disse, pegando a echarpe na bolsa.

Candace deu uma olhada na echarpe e caiu na risada:

— Esta é a coisa mais horrorosa que eu já vi na vida. Adorei!

— Foi, ahn, presente de uma amiga.

— Será que foi a mesma amiga que me comprou esta peruca? — perguntou ela com um crescente sorriso antes de atirar a echarpe em volta do pescoço e atingir uma das sensacionais notas altas de Puccini.

3

O PÚBLICO ADOROU cada segundo da montagem de *Romeu e Julieta* do Colégio Roosevelt. E foi bastante irresistível, tanto pelo maravilhoso mosaico representado pelo elenco adolescente — dividido igualmente em asiáticos, hispânicos, negros e brancos — quanto pelo fato de que os garotos haviam reescrito Shakespeare com seu próprio vernáculo. Não se viveu antes de ouvir Julieta gritar "E aí, Romeu, diz aí, Romeu, onde você se enfiou, mané?" e seu Romeu responder apaixonadamente "Essa parada de se é um pé-no-saco tão doce". Houve mais de uma ocasião em que tive de segurar o riso, mas, ao final, eu havia sido conquistada pelo comprometimento dos garotos e o poder da tragédia dos amantes. Estar sentada ao lado de Arthur ajudou. Ele esteve enlevado o tempo todo, e foi uma torneira durante os últimos quinze minutos. É claro que ele também chorava com propagandas na tevê.

Quando saíamos do auditório, Arthur gritou:

— Lá está ela, o nosso gênio de plantão! — Atirou os braços em torno de uma bonita, ainda que magra demais, mulher asiática. — Jennifer Wu, esta é a minha noiva, Shelley Green. Jennifer dirigiu o espetáculo. Foi magnífica.

— Estava maravilhoso — elogiei.

Jennifer era jovem e moderna. Estava usando um vestido preto justo e três brincos de prata na orelha direita. Ela e Arthur estavam radiantes um diante do outro, de um jeito que gritava Colegas que Paqueram.

— Eu não tive nada a ver com isso, foram os garotos. Mas não foi um alívio conseguir compreender os diálogos em vez de precisar fazer força para vencer todo aquele Shakespeare?

Mordi a língua.

O corredor estava cheio de garotos entusiasmados, alterados pela excitação de ver os amigos no palco, e muitos deles gritaram cumprimentos carinhosos para Arthur. Fiquei orgulhosa que meu namorado tímido e modesto do Meio-Oeste tivesse uma ligação com aqueles garotos urbanos. E ele não os cumprimentava como um adolescente nem imitava suas gírias, era apenas sincero e se importava com eles, que eram capazes de sentir isso.

Era noite de sexta-feira, e Arthur e eu caminhamos de braços dados até um restaurante pancaribenho das redondezas para um jantar tardio. Eu adorava caminhar com Arthur. Ele tinha um olhar afiado para arquitetura, cultura e gente, e estava sempre chamando a atenção para coisas bonitas ou falando de detalhes que eu jamais teria notado sozinha.

— Quero mostrar a você alguns dos meus jardins preferidos — disse ele enquanto andávamos pelas ruas do Brooklyn com suas casas simples, sobrados geminados e prédios baixos. — Tem sido tão emocionante ver esse bairro mudando nos últimos cinco anos. Imigrantes comprando casas e as arrumando... é uma verdadeira mistura, e todo mundo se dá bem. Olhe aquilo ali!

Apontou para um jardim totalmente florido, com cada centímetro coberto por flores tratadas com carinho, radiantes na noite. Um jovem negro estava sentado na varanda da casa atrás do jardim.

— Seu jardim é magnífico! — Arthur gritou.

O rosto do homem se abriu num amplo sorriso.

— Obrigado, irmão — agradeceu ele, com um sotaque jamaicano.

Chegamos a um jardim muito denso com fileiras perfeitas de verduras.

— Um casal de velhinhos italianos mora aqui — informou Arthur. — Eles vivem no bairro há quase sessenta anos, e fornecem verduras para a quadra inteira durante todo o verão.

Apoiei a cabeça no ombro dele por um instante.

O restaurante era um lugar aconchegante administrado por uma família dominicana. Tinha o teto coberto de palha e fios com lâmpadas coloridas penduradas por todos os cantos. A grande matriarca nos levou até a nossa mesa com um sorriso gentil.

Eu não precisava realmente do cardápio. Sabia que o arroz com feijão era uma delícia. Sabia porque Arthur havia me levado lá pelo menos duas dúzias de vezes nos últimos três anos. Arthur adorava hábitos, continuidade e ordem. Foi uma das coisas que me atraíram quando nos conhecemos. Afinal, eu havia crescido num apartamento de dois quartos apertado e caótico, o que significava — bom, a matemática é simples: dois quartos divididos por quatro Green = Shelley e Ira dividindo um quarto. Sim, passei toda a minha infância dividindo um quarto com meu irmão dois anos mais novo. Aos 12 anos, eu exigi — sob a ameaça de me atirar do telhado do nosso prédio — que ele se mudasse para o sofá da sala. Fui uma testemunha íntima da transformação de Ira de uma criança mal-humorada e triste num adolescente hiperativo e num quase-adulto viciado e zangado. Assim que saí de casa, aos 22, Ira voltou para o quarto, onde ainda está aos 29. Nossa casa seria um verdadeiro mosteiro Zen, não fosse a interatividade com que meu pai assistia a esportes na TV no volume máximo, a meia dúzia de amigas da minha mãe que recebe atualizações diárias sobre seu "fascinante crescimento intelectual" e Lucille, uma poodle miniatura barulhenta e com incontinência que viveu até os 20 anos de idade (embora eu não esteja segura de que aqueles dois últimos anos passados ofegando sob a pia do banheiro contem como vida). De um modo geral, a minha família tinha mais problemas de fronteiras do que os Bálcãs. Acho que um dos motivos pelos quais me tornei uma aluna nota dez foi porque eu adorava ficar sentada em bibliotecas silenciosas e organizadas, onde as pessoas falavam sussurrando e fechavam a porta do banheiro quando faziam xixi.

— Vou comer o frango desfiado — disse Arthur. Ele sempre pedia o frango desfiado.

— Acho que vou experimentar o peixe — informei.

— Mas, Shelley, você sempre pede o arroz com feijão.

Encolhi os ombros.

— Acho que estou com vontade de alguma coisa diferente.

Uma expressão intrigada tomou conta do rosto de Arthur. Ele realmente tinha dificuldade para lidar com mudanças. Eu achava seu atordoamento encantador — em nossa era irônica e presunçosa, sua seriedade era animadora, corajosa até.

— Também estou tentando emagrecer um pouco — eu disse. Durante toda a semana, eu estivera fazendo a única dieta que funcionava para mim: passar fome. Meu corpo estava ótimo, mas eu me pegava tendo sonhos estranhos, incluindo um recorrente no qual eu morava numa casa feita de bolo de chocolate, marzipã e Twizzlers.

— Achei que você tinha perdido alguns quilos. Você está ótima.

— Obrigada. Arthur, aqueles garotos acham você o máximo.

— O sentimento é mútuo. E parabéns por completar sua primeira semana no trabalho.

Embora eu sentisse que Arthur não estivesse empolgado por eu ter aceitado o emprego na Clínica Pediátrica Madison, ele guardara seus escrúpulos para si mesmo e estava dando absoluto apoio — até então.

— Obrigada. Na verdade passei a semana lendo arquivos, tratando de burocracias e conhecendo o funcionamento das coisas. Devo começar a ver pacientes a partir de quarta-feira.

— Que maravilha, gatinha. Olhe só, eu marquei um encontro com um corretor de imóveis em Carroll Gardens para ver alguns apartamentos no sábado que vem.

Arthur e eu vínhamos falando sobre morarmos juntos já fazia algum tempo. E muito embora estivéssemos noivos, a realidade daquilo me encheu com uma vaga sensação de desconforto. De muitas maneiras, eu estava apenas começando a minha vida, e a idéia de abrir mão da minha independência parecia, sei lá, apressada. Não podíamos esperar até estarmos casados?

— Talvez devêssemos esperar para ver. Talvez eu tenha que trabalhar no sábado.

— O consultório funciona aos sábados? — ele perguntou.

— Tem sempre um médico trabalhando aos sábados. Duvido eu seja escalada, mas estou apenas começando, e talvez queira dar uma passada na clínica para fazer trabalho burocrático e me preparar para a semana.

— Vou remarcar para domingo.

Pensei em lançar um novo protesto, mas achei melhor não. Que mal faria olhar um ou dois apartamentos?

Um brilho acendeu o olhar de Arthur:

— Vamos falar sobre o casamento. — Eu sabia o que vinha a seguir, e veio. — Que tal maio no Jardim Botânico do Brooklyn?

Maio no Jardim Botânico do Brooklyn está para casamentos como tiramisu está para sobremesas: é um clichê. Não que eu fosse completamente contra isso, mas será que não deveríamos ao menos pensar em alguma coisa mais original? Mas sabia que precisava tratar da questão com cuidado.

— O jardim botânico fica lindo em maio — eu disse.

— E você sabe como eu me sinto em relação ao Brooklyn.

Sim, eu sabia como Arthur se sentia em relação ao Brooklyn. Como poderia não saber, se havia passado cada minuto livre dos últimos três anos — dos quais não havia muitos, e que eu talvez preferisse passar deitada no sofá de roupão lendo uma *Entertainment Weekly* ou assistindo a um investigativo programa *Biography*, de Bo Derek — vagando por cada canto escondido de seu adorado lar adotado. Não me entenda mal, eu acho o Brooklyn um lugar encantador, mas, de algum modo, Flatbush perde parte de seu charme durante uma tempestade de granizo, e o Fort Greene murcha um pouco quando está 38 graus, com uma umidade dos infernos.

— Eu também gosto do Brooklyn, Arthur, mas talvez seja divertido pensar em outros lugares para nos casarmos, até mesmo outros lugares *no* Brooklyn.

Nossa comida chegou. O aroma do peixe, coberto por um molho de lima e gengibre, subiu do prato. Dei uma mordida, e o peixe derreteu na minha boca — *hummmm*. A comida realmente fica mais gostosa quando se está com fome.

— Você fica com a expressão mais adorável do mundo quando está comendo alguma coisa deliciosa — disse Arthur em sua voz sexy de quem faz uma brincadeira, que assinalava que a noite acabaria conosco fazendo amor. Arthur era um bom amante — gentil, atencioso... previsível. Tenho vergonha de admitir que ele foi apenas o meu terceiro. Sobre o primeiro, não iremos falar muito. Basta dizer que foi coisa de uma noite só, ocorrida graças a oito doses de tequila e à necessidade desesperada de uma garota insegura de 22 anos de perder a virgindade. Foi tão gratificante quanto ficar dez segundos montada num touro mecânico num bar country. O segundo foi Fred, um colega narcisista da faculdade por quem desenvolvi uma imensa paixonite. Ah, tudo bem, não era uma paixonite, mas uma obsessão, uma patética obsessão, quase perseguição, do tipo ficar-na-lanchonete-por-três-horas-esperando-cruzar-com-ele. Afinal, Fred era bonito, autoconfiante, brilhante e adorava ter fêmeas correndo atrás dele. Não sei dizer se algum dia fomos oficialmente "um casal", nem mesmo se "namoramos", mas ele se dignava a me receber em seu apartamento para "sessões de estudo", que era seu eufemismo para eu fazer um jantar, lavar a louça e testá-lo com questões de biologia. Daí, normalmente à uma da manhã, quando eu estava emocional e fisicamente exausta, ele anunciava que nós podíamos "transar" se *eu* quisesse. Eu sempre queria. Por tudo isso, preciso admitir que o sexo era extremamente excitante. Muito embora se tratasse apenas do desempenho dele, eu o achava tão sexy que não me importava, e ele *realmente* desempenhava. Quando terminava, ele saltava e desfilava nu pelo quarto, enquanto eu ficava deitada na cama, desesperada para que ele me abraçasse. Meu "relacionamento" com Fred me ensinou uma lição importante: fique longe de cirurgiões ortopédicos, porque eles têm egos biônicos.

Conheci Arthur numa festa barulhenta organizada por um colega da residência de pediatria para comemorar o fim do nosso primeiro ano cansativo. Ele estava muito lindo e sexy com calça de veludo e a camisa jeans, os cabelos desarrumados, as pernas compridas e o sorriso fácil. Além disso, fazia três anos desde que Fred e eu havíamos tomado meia garrafa de um fantástico Zinfandel. Arthur estava sentado à mesa da cozinha, concentrado numa conversa. Ele olhou para mim. Eu sorri. Ele sorriu de volta. Ele se levantou. Eu fiquei parada. Ele se apresentou. Eu disse que estava apaixonada por ele.

Ele me levou em casa de táxi, mas não aceitou o convite para subir. Em vez disso, marcou um encontro — fazer um tour a pé por Bensonhurst. O mês seguinte foi maravilhoso. Nossa convivência era muito natural. Ele admirava a minha capacidade de emergir no trabalho por dias a fio. Eu adorava que ele lesse Dickens e praticasse windsurf no Hudson. Eu fazia vistas grossas para a sua natureza meio rígida e politicamente correta. Ele fazia vistas grossas para as minhas leituras inúteis e meus hábitos televisivos. Também houve o sexo do começo — um sundae sabor nirvana! Era um homem realmente fazendo amor comigo, comigo inteira. Jamais vou esquecer da primeira vez: aqueles olhos olhando dentro dos meus, aquelas mãos no meu corpo, a doce e excitante fusão do físico com o emocional.

Um motivo pelo qual jamais vou me esquecer da primeira vez é porque eu era lembrada dela todas as vezes depois daquela. Apesar de maravilhoso e confiável, Arthur não era o amante mais imaginativo do mundo. O fato terrível, que eu detestava admitir para mim mesma, era que eu estava começando a ficar um pouco entediada com a nossa vida sexual. Claro que parte da responsabilidade é minha. Tenho um pouco de dificuldade de me desinibir com Arthur na cama. Tenho a sensação de que ele pensa em mim com uma "menina boazinha". Além disso, nós nunca realmente conversamos sobre sexo. E eu não quero ferir seu orgulho masculino.

— Esse frango desfiado também está fantástico — disse ele.

Ficamos assistindo um ao outro comendo, trocando olhares numa preliminar gustativa. Ele soltou o garfo. Soltei o meu garfo. Ele estendeu uma mão carinhosa e promissora por cima da mesa e segurou minha mão.

— Shelley, o que é isto?! — perguntou ele, olhando para o meu pulso.

— Ah, isto. Foi só um presente da Amanda Walker — respondi, puxando a mão e tapando a pulseira de ouro com a outra.

— Mas é tão... exagerada — disse Arthur.

— Eu até acho bonita — rebati. O entregador da Tiffany's havia interrompido um longo dia de leituras de arquivos de pacientes. O bilhete de Amanda Walker era encantador, embora hiperbólico. Ela me agradeceu por minha genialidade rápida e tranqüila e disse saber que estávamos destinadas a sermos grandes amigas. Inicialmente, fui apanhada de surpresa por sua generosidade e pensei em devolver a pulseira, mas a Dra. Marge me explicou que os presentes eram uma prática bastante comum, e que devolvê-los seria considerado um insulto.

— Não tem nada a ver com *você* — ele disse.

— É mesmo? — virei o pulso e contemplei a forma como a luz refletia no ouro.

— Shelley — reprovou ele.

— O quê? Eu não posso gostar de um presentinho?

— Quem ouviu falar de um pai mandar um presente desses? Deve ter custado milhares de dólares.

— Ora, isso é impossível... você acha mesmo? Milhares?

— Eu não sei, mas me parece muito pouco profissional, quase como um suborno.

— Não é um suborno, é um presente. Médicos recebem presentes o tempo todo. Embora ela tenha me convidado para um chá.

— Chá? Na casa dela?

— Não, na calçada em frente. Sim, na casa dela. Arthur, eu não posso acreditar que estamos tendo uma discussão por causa disso.

— Não quero que esse emprego transforme você num daqueles tipos do Upper East Side.

— Você odeia estereótipos, mas acho que abre uma exceção para os ricos.

— O que o Sr. Walker faz?

— É proprietário de empresas.

— Ah, essa é uma forma boa e honesta de ganhar a vida. Você sabe tão bem quanto eu que ninguém fica rico sem pisar em outras pessoas.

— E isso por um acaso vale para ser bem-sucedido em qualquer profissão? Você me disse mil vezes sobre como a academia é assassina, sobre o que o seu pai teve de fazer para conseguir estabilidade.

Arthur voltou a atacar o frango desfiado. Ficamos ali sentados num daqueles silêncios arrasadores. Por baixo de seu fino verniz de raiva, ele parecia muito triste, adorável e vulnerável.

Tirei a pulseira e enfiei-a na bolsa.

— Talvez devêssemos encomendar a comida daqui para o nosso casamento — sugeri.

Ele olhou para mim e sorriu:

— Vamos dividir um pudim e conversar sobre isso.

4

OLHEI PARA A CRIATURA chorando, uivando, mordendo, chutando e se debatendo sendo agarrada pela babá e pensei: eu tinha visto a terrível fase dos dois 2 anos antes, mas aquele chilique merecia estar no Hall da Fama do ataque de raiva. Quero dizer, tudo o que eu falei foi "Posso dar uma olhada na sua boca, Allan?", e aquele pequeno cavalheiro até-então-bem-comportado explodiu. Rapidamente, dei um passo para trás, temendo perder um dedo para aqueles dentinhos de bebê repentinamente assustadores. Claire, minha assistente, uma haitiana de 20 e poucos anos, ficou bem para trás, tentando disfarçar o próprio espanto. A babá, uma garota australiana grandalhona, parecia extremamente inabalada pelo demônio da Tasmânia que estava segurando.

Como ataques de raiva são normais em crianças de 2 anos, normalmente provocados por medo ou frustração, resolvi simplesmente deixar Alan fazer seu show por um minuto. Ele certamente acabaria se cansando. Um minuto se transformou em dois, e depois três. Comecei a me sentir impotente e a me preocupar com o fato de que se meus novos colegas ouvissem aquela explosão pudessem questionar minha capacidade de controlar meus pacientes.

Houve uma tranqüilidade repentina, e a aproveitei, aproximando-me, inclinando-me e dizendo com a minha voz mais suave:

— Allan, não vai doer, eu prom...

Talvez a palavra com D tenha sido um erro, porque fui recompensada com um punhozinho gordo na bochecha — *ai!* — e ondas renovadas de berros enraivecidos.

— Ele faz isso em casa? — perguntei à babá, com o desespero aumentando.

— Pelo menos uma dúzia de vezes por dia — ela disse.

— E o que os pais dele fazem?

— Eles raramente estão por perto. São muito ocupados.

— Entendo.

Allan estava ficando de um azul matizado, e eu estava começando a ficar preocupada de verdade. Já podia ver a manchete no *Post*: PEDIATRA MATA CRIANÇA RICA. Minha carreira estaria terminada antes de começar. Eu perderia minha licença. Humilharia a minha família. Arthur iria me deixar. Ah, bom, eu sempre poderia me mudar para Uganda e abrir uma clínica na selva.

Shelley, pare com isso!

— Allan, pare com isso! — eu disse com severidade, bufando e assumindo o que esperava ser uma postura impositiva.

Funcionou — por mais ou menos um quarto de um nanossegundo. Allan paralisou, olhou para mim surpreso — e então arremessou a cabeça para frente, mostrando os dentes, sibilando feito uma cobra prestes a dar o bote. Eu recuei. A gritaria pareceu duplicada.

Então Candace apareceu, trazendo um CD player portátil. Ligou o aparelho, e uma ópera começou a tocar. Dentro de poucos segundos, Allan parou de gritar e virou a cabecinha, ouvindo atentamente.

Fiquei ali parada em choque por um instante — Allan estava imóvel, com um pequeno sorriso nos cantos da boca e as pálpebras ficando pesadas. Nunca acreditei em milagres, mas aquilo havia chegado perto.

— O que *tem* neste CD?

— É a ária de Sarastro de *A Flauta Mágica*. É a combinação da música de Mozart com essa grande voz baixa paternal. Funciona com meninos na maioria das vezes — explicou Candace. — Dra. Green, você parece exaurida.

— Nunca tinha visto um ataque tão violento antes. Foi muito além de "os terríveis 2 anos".

— Por aqui nós os chamamos "fundos de investimentos 2". A seriedade aumenta em proporção direta ao patrimônio líquido. Você verá isso de novo, não se preocupe.

— Mal posso esperar.

Minha paciente seguinte era Lisa Morris, uma menina de 6 anos de idade cuja mãe tinha ligado naquela manhã, dizendo que a filha estava com febre e dor de garganta.

Lisa era uma moreninha adorável, levemente gorducha, que se sentou na mesa de exame parecendo triste e letárgica, com os olhos avermelhados e o rosto pálido. Lisa Morris tinha trinta e poucos anos, estava bem-vestida e evidentemente preocupada com a saúde da filha.

Depois de cumprimentar as duas, revisei o histórico médico de Lisa com a mãe, falando sobre a saúde em geral, a dieta e o desenvolvimento da menina. Então me virei para Lisa.

— Você não está se sentindo muito bem, está? — perguntei.

Lisa sacudiu a cabeça tristemente.

— Não posso ficar doente agora.

Apalpei o pescoço dela e vi que os nódulos estavam inchados. Então examinei a boca e descobri, como esperava, que as amígdalas estavam avermelhadas e inchadas.

— Lisa, quero fazer uma cultura da sua garganta, pode ser?

Lisa assentiu e abriu a boca. Passei um algodão suavemente sobre a área das amígdalas. Claire levou o material para o laboratório e fez um rápido exame de estreptococo. Em dois minutos, estava de volta com um resultado positivo.

— Lisa, você está com a garganta infeccionada. Vou lhe dar um antibiótico. Coma alguma coisa quando tomá-lo, senão pode ficar com dor de barriga. — Virei-me para a mãe: — Essa infecção por estreptococo é altamente contagiosa. A Lisa não pode se expor a outras crianças por no mínimo 24 horas, de preferência de trinta e seis a quarenta e oito horas. Isso significa nada de escola ou encontros com amiguinhos. Basicamente, ela deve ficar em casa, relativamente isolada. Adultos também são suscetíveis ao contágio.

Lisa ouviu a tudo atentamente, e então disse numa voz queixosa:

— Mas, mamãe, e a minha manicure? Não posso deixar de ir à minha manicure. É na Bergdorf's.

Jane Morris e eu nos olhamos e caímos na risada. Lisa não se importava de faltar à escola ou deixar de ver as amigas, mas a idéia de ter de cancelar a manicure na Bergdorf a deixara desconsolada.

— Sinto muito, Lisa, mas infelizmente você vai ter de remarcar a sua manicure — eu disse.

Foi aí que as lágrimas começaram.

— Querida, eu mesma farei as suas unhas em casa — disse a mãe, fazendo carinho nos cabelos da filha.

— Mas, mamãe, você prometeu — insistiu Lisa em meio às lágrimas.

— Vamos fazer o seguinte, querida, para compensar, vou marcar um novo horário e incluir uma pedicure — disse a mãe.

Isso surtiu o efeito desejado, e Lisa parou de chorar.

O restante da minha manhã atendendo pacientes foi um desfile rotineiro de vacinas, erupções de pele e dores de garganta. As crianças eram mais confiantes do que as que eu vira durante a minha residência. Elas me olhavam não com a mistura de respeito e medo com que eu estava acostumada, mas com uma presunção casual que me dizia que eu era apenas mais uma das pessoas no interminável desfile de gente que aparecia para atender a seus anseios e necessidades — a governanta, a babá, o motorista, o médico.

Eu estava vestindo o casaco para sair durante o curto intervalo do almoço quando ouvi uma voz familiar ecoando pela sala de espera.

— Acabo de sair de uma palestra no Metropolitan sobre pinturas em tumbas etruscas... fascinante... e pensei em passar por aqui para dar um alô à minha filha, a médica, em seu primeiro dia oficial no trabalho.

Senti a irritação e o constrangimento borbulhando dentro de mim. Minha mãe não podia ter esperado pelo menos uma semana ou, melhor ainda, até ser convidada? Suspirei, pendurei o casaco e fui cumprimentá-la.

— Shelley, querida, parabéns!... *Apos.*

Instintivamente, joguei os ombros para trás.

— Oi, mãe.

Ela estava em seu modo vou-a-uma-palestra-no-museu: os cabelos castanhos que se tornavam grisalhos bem penteados, batom e roupa bege de bom gosto. Infelizmente, seus esforços acabavam prejudicados pelos brincos compridos e brilhantes que pareciam candelabros da Barbie.

— Estou só dando uma passada rápida de cinco minutinhos. Eu estava por perto, no Met. — Sempre que dizia "o Met", minha mãe forçava um sotaque sofisticado. De repente, Brooke Astor aparecia em duas palavras. — Trouxe uma coisinha para a sua equipe... Candace e eu já somos grandes amigas. — Candace me lançou um olhar desconcertado quando ela tirou de dentro de uma sacola de compras um enorme prato cheio de brownies enrolado em celofane.

— Eu mesma fiz estes aqui. A receita era a preferida de Eleanor Roosevelt. Não é interessante? — Ela abriu o pacote e pôs o prato sobre o balcão.

Os brownies estavam com uma cara deliciosa, e eu lutei contra a vontade de atacar um.

— Quer dar uma volta rápida por aqui? — perguntei, em vez de pegar um pedaço.

— Só se não for atrapalhar — respondeu ela, passando rapidamente por mim, em direção ao corredor. Virei-me para Candace e revirei os olhos. Ela tinha acabado de dar uma mordida num brownie e me deu um enorme sorriso.

— Este lugar é extraordinário, Shelley. Estou muito orgulhosa de você — disse ela, cinco minutos depois, atirando-se numa cadeira no meu consultório. — É tão grandioso e ao mesmo tempo tão infantil. Uma justaposição intrigante.

— Olhe só, mamãe, eu só tenho um pequeno intervalo aqui, e preciso comer alguma coisa.

Ela ignorou a informação.

— Shelley, eu aprendi muitas coisas nesta manhã. Você sabia que pinturas de tumbas estavam para os etruscos como os filmes estão para nós? Eles as usavam para contar histórias. E mitos. — De repente, seus olhos se encheram de lágrimas, mas ela simplesmente continuou falando, como se nada de diferente estivesse acontecendo. — As pinturas nos mostram que as mulheres eram iguais na sociedade etrusca, o que certamente não acontecia entre os gregos e os romanos. — As lágrimas escorreram pelo rosto dela.

— *Mamãe?*

— Até hoje os arqueólogos continuam descobrindo novas tumbas e aprendendo mais sobre as crenças, os rituais e... o Ira *desapareceu*.

Bingo!

— Há quanto tempo?

— Ele não aparece em casa desde terça-feira de manhã. — As lágrimas pararam, e então ela me olhou com verdadeira ansiedade no olhar. Ira era a cruz que a mamãe carregava, o filho rebelde que ela amava profundamente, um poço sem fundo de culpa, arrependimento e carência neurótica. — Ah, Shelley, o que eu vou fazer?

— Você não vai fazer coisa alguma. É a décima segunda vez que ele apronta esse tipo de coisa nos últimos cinco anos. Você sabe tão bem quanto eu que ele provavelmente está enfiado em algum motel em Hackensack com uma garrafa de uísque, dois gramas de cocaína e três massagistas sem licença.

— Ah, Shelley, como você pode dizer isso? Ele pode estar morto, sangrando no meio da rua em algum lugar, chamando por mim.

— Duvido que esteja chamando por você, se estiver morto.

— Você é sempre prática demais.

— Alguém precisa ser. — Respirei fundo e me aproximei dela, acaricie seus cabelos e baixei o tom de voz. — Mamãe, você sabe o quanto eu amo você e o quanto o Ira ama você. O papai ama você. Esse deveria ser um período feliz para todos nós. Olhe para onde eu estou, mamãe.

Ela segurou a minha mão e segurou-a contra o rosto.

— Ah, Shelley, eu estou mesmo muito orgulhosa de você.

— Bom, eu jamais teria chegado aqui sem você.

— É mesmo?

— Claro que não. Agora vamos pensar na situação racionalmente. O Ira viu um jogo com o papai na segunda à noite?

— Viu.

— Ele pareceu contente com o resultado?

Ela hesitou. Sabia que havia sido apanhada. Então assentiu, numa admissão relutante.

— Está certo, mamãe, nós duas sabemos que vai voltar se arrastando para casa em algum momento das próximas 24 horas, quando tiver torrado tudo o que ganhou. Você vai aprontar um banho de banheira e fazer ovos mexidos para ele, e tudo vai ficar bem de novo no mundo.

— Shelley, não seja tão dura com o seu irmão.

— Mãe, eu tenho mais ou menos quinze minutos de horário de almoço, não como nada desde de manhã e vou ficar até tarde da noite aqui hoje.

Ela mudou de marcha, ajeitou-se na cadeira e alisou a saia:

— Eu só queria trazer os brownies e dar os parabéns.

— Vou trabalhar muito nos próximos meses. Se quiser passar por aqui, por favor, dê uma ligada antes.

— Ah, desculpe, sinto muito. Daqui a pouco você vai estar com vergonha da sua família. Bom, não se preocupe, Dra. La-ri-rá, não vou ficar obscurecendo a sua porta!

A Dra. Marge apareceu à porta:

— Espero não estar interrompendo.

— De maneira alguma. Esta é minha mãe, Miriam Green. Mamãe, esta é a Dra. Mueller.

— Seus brownies a precedem — disse a Dra. Marge. — Eles são sensacionais.

Mamãe levantou-se, ereta.

— Devemos agradecer a Eleanor Roosevelt por isso. Encantada por conhecê-la, doutora. Passei por aqui rapidamente. Estava numa palestra no Met. Adoraria ficar para conversar, mas preciso ir para casa terminar o livro do meu grupo de leitura. — Em seguida, foi embora, levando as lágrimas, a culpa, os candelabros e tudo o mais.

— E então? Como foi a sua primeira manhã? — perguntou a Dra. Marge.

— Exceto por um ataque de raiva de classe mundial, acho que muito bem. Procurei pelos resultados dos exames de laboratório de Alison Young... mas acho que ainda não voltaram.

— Na verdade, acabaram de ficar prontos. Estou com eles aqui. Ela me entregou as páginas, e li os resultados rapidamente.

— A taxa de sedimentação não está elevada, fator reumático e AAN negativos, concentração de Lyme negativa, glóbulos brancos normais, nada no exame de urina. Está tudo bem.

— Sim.

— Acho que ela precisa de alguém com quem conversar — sugeri. —Você conhece algum psicólogo infantil a quem possamos enviá-la?

— Vários.

— Alguém já falou com o pai dela?

— Não que eu saiba.

— Vou pedir que ela venha aqui e tentarei fazer com que se abra um pouco. Também vou fazer mais uma batelada de exames mais abrangente para descartar qualquer coisa mais insidiosa. Vamos fundo nisso. É uma menina tão encantadora, que volta e meia me pego pensando nela.

— Curioso como algumas crianças nos afetam dessa maneira. —Ela fez uma pausa, e senti que a Dra. Marge queria me perguntar alguma coisa. Ou pelo menos ficar e conversar um pouco. — Tem alguma coisa, qualquer coisa de que você esteja precisando?

— Não, obrigada. Vocês fizeram com que eu me sentisse bem-vinda e encorajada.

Ela sorriu, e eu imaginei ter visto um indício de tristeza em seu olhar.

— É um prazer ter você a bordo. Agora vá comer alguma coisa. —Virou-se para sair e então parou. Deu meia-volta, como se tivesse acabado de se lembrar de algo. — Você gosta de dança?

— Ahn, sim, claro.

— Porque eu tenho um ingresso extra para o espetáculo do balé Alvin Ailey esta noite. Meu marido ligou... ele está em Chicago a trabalho, e precisará ficar mais uma noite. Você gostaria de ir comigo?

— Sinto muito, mas Arthur marcou de passearmos ao pôr-do-sol em Red Hook... Posso perguntar o que o seu marido faz?

— Ele é consultor de negócios. É especializado em prever tendências de mercado. O que quer dizer que ele está sempre viajando pelo mundo todo e... está freqüentemente longe de casa. — A voz dela ficou melancólica por um instante.

— Você gostaria de ir conosco na caminhada?

— É muito gentil da sua parte, mas não tenho absolutamente nenhum interesse em Red Hook, onde quer que seja isso. Claro que depois de 15 anos como assinante, também não tenho qualquer interesse no Alvin Ailey. Tanta coisa que fazemos é rotina, não é? Simplesmente seguimos a corrente. — Ela então diminuiu o tom de voz e disse, em parte para si mesma: — Ah, Deus, estou virando uma daquelas mulheres de meia-idade sentimentais. — Ergueu o queixo e, quando falou novamente, tinha a voz alegre e confiante. — Vou encontrar uma amiga para usar o ingresso. Agora vá, vá... coma, coma.

Meu primeiro paciente da tarde era, segundo a ficha, um saudável menino de 15 meses chamado Max Goldman, de Central Park West, East Hampton, Aspen e Beverly Hills. Torci para que ele não tivesse náusea de movimento, porque devia passar muito tempo em trânsito.

Fiquei muito surpresa ao encontrar tanto o Sr. quanto a Sra. Goldman me aguardando na sala do Capitão Nemo. Os dois estavam de pé, lado a lado, diante da mesa de exame. Atrás deles, vi de relance o pequeno Max, de fraldas, no colo da babá, uma senhora mais velha, de rosto pálido e cabelos grisalhos. O Sr. Goldman tinha espessos cabelos pretos penteados para trás, exceto pelo cacho que caía estrategicamente sobre a testa. Vestia um belo terno preto que reluzia um pouco e uma camisa azul oxford com uma gravata larga cor de vinho. Tinha uma pança incompatível com o visual e aparentava mais ou menos cinqüenta anos, embora fosse difícil saber ao certo, já que sua pele era tão esticada e brilhosa — definitivamente resultado de um lifting e algum tratamento rejuvenescedor. A Sra. Goldman era extremamente bronzeada, loira e voluptuosa. Tinha os cabelos em longas tranças, que deviam ser alongamento. Usava muitas jóias e um terninho Chanel — que combinava tanto com ela quanto combinaria com a Britney Spears — e parecia ter a metade da idade do marido, no máximo. Os dois pareciam ansiosos, impacientes e desesperadamente inseguros.

— Olá, sou a Dra. Green.

— Olá, sou Fred Goldman, e esta é a minha esposa, Lauren.

— Oi — disse Lauren, com um sorriso meio assustado. Ela tinha passado horrores dos limites da tabela de clareamento dentário.

Repassamos o histórico médico de Max. Então Fred perguntou:

— Podemos chamar você de Shelley, Shelley?

Fui meio que apanhada de surpresa. Adorava o som de "Dra. Green", e trabalhara para merecer o título, mas é preciso saber escolher as brigas, de modo que respondi:

— Por que não?

— Acho que você deveria saber que Max vale 25 milhões de dólares — ele informou.

— Como pediatra de Max, estou mais preocupada com o quanto ele pesa do que com o quanto ele vale — respondi.

Fred Goldman assentiu solenemente.

— Lindo isso, Shelley. Você me ganhou. Adoro você.

— Nós adoramos você — completou Lauren.

— Posso conhecer o Max?

— Num instante. Há algo importante que precisamos falar para você.

— É *muito* importante — acrescentou Lauren. Ela mal parecia ter idade suficiente, ou melhor, maturidade suficiente, para ter um bebê. — Nós o amamos demais, por isso estamos tão preocupados.

— É, tudo bem, estamos preocupados, ninguém está negando isso — disse Fred.

— Ele está bem? — perguntei, espiando por cima dos ombros deles. A babá o mantinha ocupado com um brinquedinho. O menino sorria, com os olhos bem abertos e uma cor excelente no rosto. Parecia perfeitamente saudável.

— Ah, Deus, sim, ele é um touro.

— Qual é o problema, então?

Os dois trocaram um olhar angustiado.

— Episcopal — respondeu Fred, num tom extremamente sério. Lauren deu um pequeno suspiro cheio de pavor.

— Episcopal? — repeti.

Os dois me olharam, incrédulos.

— Episcopal, Shelley, *Episcopal* — insistiu Fred.

— Eu sinceramente não faço idéia do que vocês estão falando — eu disse. Eles estavam pensando em se converter?

— O Jardim de Infância Episcopal, é só *o* melhor jardim de infância da cidade de Nova York, se não do país, quem sabe do mundo — explicou Fred.

— Gwyneth Paltrow foi aluna de lá — disse Lauren, pronunciando cada sílaba do nome reverenciado.

— Noventa e dois por cento dos formandos do Episcopal entram em universidades da Ivy League.

— Só queremos o melhor para o Max.

— Olhe só, Shelley, a Lauren e eu não damos a mínima para esse tipo de coisa, mas estou migrando do ramo de imóveis, sou proprietário de prédios de escritórios em Westchester e Rockland, para o show business. Sabe, produzindo filmes... é o negócio da Lauren.

— É o *seu* negócio também, querido.

— Tudo bem, é o *nosso* negócio. Mas a questão é que a indústria do cinema é muito ligada à hierarquia social.

— Tudo na indústria do cinema é classe, como Meryl Streep — acrescentou Lauren.

— Se o Max entrar no Episcopal, minha carreira vai ganhar um enorme empurrão. Isso sem falar na dele.

— Então precisamos de uma carta sua — confessou Lauren.

— Uma carta?

— É, uma carta de recomendação — disse Fred. — Elas têm um peso muito grande. Você sabe, se você disser que Max é inteligente, bem comportado e está se desenvolvendo normalmente.

— Brinca bem com outras crianças.

Uma carta de recomendação para uma criança de 15 meses de idade? Isso nunca havia aparecido durante a minha residência.

— Vocês não acham que eu deveria examinar Max primeiro? Se vou ser a pediatra dele, gostaria de começar a desenvolver um relacionamento com ele. Depois disso, eu me sentiria mais à vontade para escrever uma carta.

— Ah, sim, claro, é óbvio — assentiu Fred.

Os dois relaxaram instantaneamente e — balançando as cabeças em perfeita sincronia — afastaram-se um do outro, revelando o pequeno Max. O menino olhou para mim e sorriu — um sedutor natural.

— Fred, por que não deixamos Max e Shelley passarem um tempo juntos? — sugeriu Lauren. — Podemos sair para tomar um cappuccino.

— Boa idéia, querida. Você vai adorar esse menino, Shelley.

— Tchauzinho, bonitão — despediu-se Lauren, ao saírem.

— Diga olá para a médica simpática, Max — disse a babá com uma entonação irlandesa.

Aproximei-me de Max. Era o meu instante preferido — apenas eu e o meu pequeno e fantástico paciente.

— Olá, amiguinho — eu o cumprimentei.

Ele riu, divertido, e agarrou o meu dedo. Era uma criança confiante e feliz que recebia muito amor. E o exame revelou que ele era realmente saudável como um touro, ou pelo menos um bezerro. Além disso, o desenvolvimento era normal, ele havia atingido todos os marcos esperados para a idade, e tinha um impressionante vocabulário de seis a dez palavras.

Acariciei sua cabecinha:

— Bem, Max, foi maravilhoso conhecer você, e acho que poderei, sem peso na consciência, escrever uma bela carta para você.

Ele olhou para mim com uma expressão alegre:

— Mama... papa... xi-ne-ma — disse ele.

Então rimos juntos.

Já eram quase oito horas quando terminei de atender o último paciente e finalizar minhas anotações. Era a última ainda no consultório e estava sentindo uma animação exausta naquela tranqüilidade evidente.

A sensação durou um total de cinco segundos.

— Salve!

Ergui o olhar e vi uma mulher mais ou menos da minha idade de pé à porta. Era alta, magra, impressionante, com cabelos negros brilhantes na altura dos ombros e lindos olhos azuis.

— Oi.

— Sou a Dra. Christina Allen... do outro lado do corredor.

Ah... uma das cirurgiãs plásticas. Fiquei imaginando a imagem que ela estava tendo de mim — os olhos ostentando as bolsas de fim de dia, minha testa marcada, meu suposto queixo ameaçando desaparecer em meu pescoço gorducho. A Dra. Allen, por outro lado, parecia ter voltado de umas férias num spa fazia dez minutos.

— Oi, eu sou...

— Ah, eu sei quem você é... Dra. Shelley Green. Posso entrar por um minuto?

— É claro.

Ela estava usando calça de veludo preta e um blusão preto de cashmere com as mangas puxadas para cima. Sentou-se e cruzou as pernas, o retrato da despreocupação. Tentei não odiá-la.

— Estou muito feliz de conhecê-la. Amanda Walker não parou de falar sobre a médica impressionante que você é. Tem grandes planos para você.

— Ah, você conhece Amanda Walker?

— Fomos colegas no Sarah Lawrence. É uma garota incrível e... nossa!... como se casou bem. Sempre jurou que faria isso. Minha pequena Mandy está decidida a ascender às alturas da sociedade de Nova York e, acredite, Shelley, estamos falando de um verdadeiro pau-de-sebo. Mas é como eu sempre digo a ela: O que Blaine Trump tem que você não tem? E então, como foi o seu primeiro dia?

Fiquei um pouco chocada, mas consegui disfarçar.

— Foi bem, obrigada, é um consultório empolgante.

— Eu sempre digo à Dra. Marge que ela devia mudar o nome da clínica para Pediatria Elite do Poder. Deus, como estou com tesão. Fiz dois liftings de sobrancelha hoje... liftings de sobrancelha sempre me deixam com tesão. *O que* significa isso? Queria que fosse sexta-feira, para eu poder sair e pegar algum homem impróprio. Mas nunca numa quarta-feira. Sou uma cirurgiã excelente, e jamais faria nada que pudesse interferir com minha capacidade de cortar.

Durante a semana, costumo estar na cama, sozinha, às dez da noite. Como está a *sua* vida amorosa?

— Ahn, eu estou noiva.

— Ah, Deus, que pena. Você está prestes a entrar num mundo completamente novo, Shelley, por que arrastar malas velhas junto? Mas, olhe só, estou aqui para lhe propor um trato.

— Um trato?

— É, um trato. É o seguinte, eu vou pegar um bebê.

— *Pegar* um bebê?

— Da China. Vou para lá no final do verão para trazê-lo para casa. Sei que pareço tão maternal quanto Eva Braun, mas a verdade é que adoro crianças. E estou me sentindo solitária, e certamente não quero um homem agora. Ganho mais de 2 milhões de dólares por ano, e quero dividir isso. Ela tem 6 meses de idade, o nome dela é Ingrid, e eu a amo. Espere até conhecê-la. Inteligente como o diabo. E perfeita. Graças a Deus que nem todo mundo é asiático, porque eu ficaria sem trabalho num instante. Enfim, Ingrid vai precisar de um pediatra, e eu quero V-O-C-Ê. Então, que tal fazermos uma pequena permuta? Você cuida da minha filha em troca de dois procedimentos.

Alice teve sorte de aterrissar no País das Maravilhas — é muito menos confuso do que o Upper East Side.

— Espere, deixe-me ver se eu entendi direito. Você está dizendo que, em troca de eu ser a pediatra da sua filha, você fará duas cirurgias plásticas em mim?

— Exatamente, e eu recomendaria... — ela examinou meu rosto atentamente — ... hmmmm... Na verdade, você é muito bonita sob esse corte de cabelo desastroso. Tem os traços fortes, uma pele fabulosa, belos dentes. E os seus peitos certamente não precisam de nada... é um traseiro do caramba esse que você tem aí. Shelley, eu poderia aumentar um pouco o seu queixo e, deixe-me ver... aumentar os lábios. Minha primeira idéia foi trabalhar no nariz, mas ele é diferente. Eu não mexeria.

Simplesmente fiquei ali sentada, estupefata.

— Feche a boca, menina, não lhe favorece em nada. E você não precisa decidir agora. Pense na proposta. Mas por que não levar todo o pacote para o próximo nível? Eu só quero ajudar... e garantir que Ingrid tenha a melhor médica que eu possa encontrar. Além de economizar alguns belos honorários, é claro. — Ela se levantou. — Deus, eu seria capaz de matar por um martíni. Acho que um dos motivos pelos quais resolvi adotar foi porque não conseguiria agüentar nove meses sem beber. Bebida e homens errados: meus dois vícios. Não tenho sorte de os dois combinarem tão bem? Foi sensacional conhecê-la, Shelley. Espero que nos tornemos grandes amigas.

Com isso, ela desapareceu da minha sala, deixando um penetrante rastro de perfume cítrico atrás de si.

Assim que a minha respiração voltou ao normal, meu primeiro pensamento foi sobre o quanto ela havia sido pouco profissional. A medicina era um trabalho sério e importante. Não era algo sobre o que brincar e com o que fazer permutas. Peguei o telefone para ligar para Arthur e me acalmar.

... Na verdade, você é muito bonita sob esse corte de cabelo desastroso. Tem os traços fortes, uma pele fabulosa, belos dentes. E os seus peitos certamente não precisam de nada...

Ouvi um toque e desliguei. Fiquei sentada um bom tempo no silêncio. Então me levantei e fechei a porta da minha sala — porque sabia que havia um espelho de corpo inteiro atrás dela.

5

O APARTAMENTO ERA BOM, não dava para negar: último andar de um prédio de arenito, com pisos antigos de madeira, uma lareira funcionando na sala e uma vista charmosa das árvores do Brooklyn. O prédio estava em reforma, e o apartamento estava à espera de tinta fresca e acabamentos finais.

Eu estava na cozinha, que tinha tampo de granito no balcão da pia e armários com portas envidraçadas. Era uma cozinha de cozinheiro de verdade, e Arthur adorava cozinhar. Quanto a mim, bem, digamos que sou capaz de fazer maravilhas com comida pronta.

— Agradável, não? — perguntou a corretora. Era uma mulher minúscula, com um sorriso nervoso. — Triturador de lixo, lava-louças, adega embutida.

— É um belo apartamento — elogiei.

— Estará pronto no dia 15 de julho. Sei que os proprietários adorariam ter uma médica aqui. É provável que eu consiga o primeiro mês de aluguel de graça.

Apesar dos planos de saúde, dos erros médicos e das histórias de horror cirúrgico, eu já havia percebido que ser médico costumava produzir um certo grau de respeito, até mesmo admiração. Isso sempre detonava uma resposta complicada da minha parte. Por um lado, eu ficava cheia de orgulho da minha profissão e me sentia importante. E quem não adora um agrado? Mas também detonava a minha implicante insegurança, a vozinha dentro de mim que dizia: *Claro, você tem seus diplomas e conhecimento médico suficiente para encher uma biblioteca, mas medicina é também intuição e instinto, pressentimentos e palpites, e você está lidando com a vida de crianças. Você realmente tem o que é preciso?* Enquanto a maioria dos casos em pediatria era relativamente simples, casos mais complexos como o de Alison Young incitavam esses tipos de dúvidas. Era importante que eu tratasse do caso dela com o máximo de ponderação.

— E vocês poderiam escolher as cores das tintas — acrescentou a corretora, esperançosamente.

— Ah, Deus, mais escolhas — eu disse. Escolher cores de tinta para um apartamento que eu não tinha certeza se queria era uma complicação de que a minha vida não precisava.

— Ah, uma médica humilde. Isso é animador.

— Querida, venha ver — chamou Arthur emocionado do quarto.

Encontrei-o de pé na entrada do que, à primeira vista, eu consideraria um closet. Fui até lá e vi que era, na verdade, um quartinho extra.

— Não é perfeito, gatinha? — perguntou Arthur. Então passou o braço pela minha cintura e me deu um tapinha na barriga. Sim, ambos queríamos filhos. Mas eu não queria um bebê antes de pelo menos dois anos. Queria aproveitar a minha florescente vida adulta por um tempo. Arthur parecia determinado a esquematizar tudo para mim: apartamento, casamento, filho. Imagino que planejar o nosso funeral seria o próximo passo.

— É bacana — respondi.

— Você está parecendo um pouco distraída hoje, Shelley.

— Sinto muito, Arthur, é só que eu tenho a minha primeira reunião pré-natal amanhã, e essas coisas são muito importantes. É como conseguimos pacientes novos. Embora Marge não tenha dito isso explicitamente, sei que esperam que eu leve mais clientela para a clínica.

— Ah, querida, qualquer pai que não contratar você é louco.

— Obrigada, mas isso não quer dizer que eu não tenha que estar preparada.

Arthur me puxou para mais perto dele, inclinou-se e me deu um beijo na testa.

— Eu entendo. Mas o que você achou do apartamento? Não é maravilhoso?

— É charmoso, mas os quatro lances de escada me incomodam um pouco.

— Ah, isso é bom para a gente, para nos manter em forma. Aliás, Shelley, quantos quilos você perdeu? Está tudo bem?

— Está tudo ótimo. Só estou tentando melhorar... a minha imagem, você sabe.

— Eu acho a sua imagem Shelley Green perfeita — Arthur, me deu mais um beijo.

Dava para nos imaginar morando ali juntos. A região era alegre, bonita e segura. O apartamento seria um lugar confortável para onde voltar depois de um longo dia com pacientes. Arthur estaria na cozinha, cantarolando enquanto preparava alguma coisa saborosa. Depois do jantar, nós nos acomodaríamos para ler (Arthur) ou ver televisão (eu). Então por que eu estava resistindo àquilo? Por que a minha mente ficava indo para o Upper East Side, para Dra. Marge, Amanda Walker e Christina Allen, para um mundo cheio de riqueza, emoções e glamour?

— E eu acho a sua imagem Arthur Lipman perfeita — aconcheguei-me nele, sentindo uma pontada de culpa. — Mas não tenho certeza se este apartamento é perfeito.

— Shelley, é o quinto apartamento que vemos hoje. Você encontrou alguma coisa errada em todos. Este é de longe o mais charmoso, o aluguel está num bom preço, e nós dois adoramos essa área.

Eu estava tentando decidir como responder quando meu celular tocou.

— Oi, Shelley.

— Ira, o que foi?

— Meu Deus, não posso ligar para dar um alô à minha irmã mais velha?

— Ainda não superei o seu último desaparecimento.

— Shelley, isso *nunca* vai acontecer de novo. Você recebeu as flores que eu mandei?

Um imenso arranjo em forma de coroa — Candace o apelidou de "flores de velório da máfia" — havia chegado para mim no trabalho. Era a tática padrão de Ira — normalmente debitado no cartão de crédito do papai — quando ele saía de uma de suas farras.

— Recebi, sim.

— Nenhum *obrigada*?

— Obrigada.

— Nossa, que sinceridade.

— E aí, o que houve?

— Eu. Virei uma nova página, na minha vida sou um inteiramente novo *moi*. Não estou brincando, Shelley, estou ligado numa coisa grande. Podemos nos ver amanhã? Eu pago um drinque depois do trabalho.

— Um drinque?

— Está bem, um café, jantar, o que você quiser. Não quero pegar dinheiro emprestado, não quero incomodar você, mas a gente precisa conversar. Por favor, Shelley-fofa, por favor.

Por motivos óbvios, Shelley-fofa era o apelido que eu mais detestava, mas eu amava o meu inútil irmão caçula. Quando ele não

70

estava em crise ou numa farra, eu sentia uma empolgação indireta por suas aventuras impulsivas e cheias de adrenalina. Ele era engraçado, espontâneo e, ah, sim, adorável — fartos cabelos pretos, corpo atraente e a beleza de um jovem primo judeu de Al Pacino. É muito injusto o seu irmão ser mais bonito do que você.

— Está bem, vamos nos encontrar no café da Madison com a Setenta e Quatro às oito e meia. Tenho uma reunião pré-natal e provavelmente já terei comido.

— Te amo, Shell.

Arthur virou-se para mim, cheio de determinação.

— Escute aqui, Shelley, vou tomar uma decisão executiva. Nós vamos alugar este apartamento.

Embora Arthur fosse tranqüilo e razoável, era capaz de ser definitivo, até mesmo contundente, quando sentia que devia ser. Fiquei ali parada, dividida. Arthur aproximou meu rosto do dele, empurrou meus cabelos para trás e me olhou bem nos olhos.

— Nós vamos alugar este apartamento.

Tanto coisa acontecia ao meu redor. O consultório, meus pacientes, minha fascinante mãe carente, meu adorável irmão carente. Não tinha condições de tomar mais uma decisão. Simplesmente não tinha como. Foi mais fácil apenas concordar.

— Está bem.

Arthur me abraçou e começou a valsar comigo no quarto vazio, cantando "You're the Top" com sua encantadora voz de *crooner*.

A luz da tarde entrava pela janela, dourada e cintilante e, enquanto dançávamos, eu me senti tomada pela apreensão.

6

A DRA. MARGE ME AJUDOU a arrumar os elegantes petiscos da Amuse Bouche: anchova defumada em triângulos de pão de centeio fino, salada de frango com curry, azeitonas, legumes fatiados, limonada italiana numa jarra alta de vidro e biscoitos. A aparência estava incrível, mas eu estava tão envolvida em minha dieta, que não senti qualquer tentação.

— Dra. Marge, por favor, vá para casa, já são quase sete horas — pedi, arrumando os pratos e os talheres sobre a mesa de centro do meu consultório.

— Deixe de ser tola, Dra. Green. É a sua primeira reunião pré-natal, e eu quero lhe dar meu apoio.

O que a Dra. Marge mais fazia era me dar apoio. Embora eu gostasse disso, queria andar com as minhas próprias pernas. Na verdade, estava começando a me perguntar se a Dra. Marge não precisava ela própria de algum apoio. Ela às vezes parecia um pouco cansada de manhã, como se tivesse tomado algumas taças de vinho a mais na noite anterior.

— Eu nunca cheguei a perguntar como foi o Alvin Ailey — eu disse.

— Ah, eu não fui. Não senti vontade de ir. — Uma expressão distante tomou conta da Dra. Marge. Sentindo-me constrangida, resolvi mudar de assunto.

— Eu adoraria se você pudesse me explicar como funciona este processo — pedi. Sentei-me no sofá e dei um tapinha no lugar ao meu lado.

— Escolher um pediatra tornou-se um ritual importante no Upper East Side. Uma ocasião tão social quanto médica — ela começou.

— O que explica a mesa elegante.

— Exatamente. Agora, os Logan. Por acaso, o que você sabe a respeito deles?

— Ambos são advogados, trabalham em escritórios diferentes, primeiro filho, um menino.

— Advogados — disse a Dra. Marge revirando os olhos. — Esteja preparada para um longo e rigoroso interrogatório. Para a maioria dos nossos pacientes, escolher um pediatra não é muito diferente de comprar um carro novo. Eles querem um médico que combine com o estilo de vida e a auto-imagem que têm, que seja eficiente, bonito e responda rapidamente em emergências. Além de, é claro, dar status. Gosto de pensar na nossa clínica como sendo um Mercedes-Benz. E nós oferecemos um test drive gratuito.

— A reunião pré-natal.

— Sim. Em praticamente todas as outras profissões, é possível cobrar por uma primeira consulta, mas não na nossa.

— Por que fazemos isso de graça?

— Primeiro, porque somos pessoas boas e virtuosas e só existimos para cuidar de crianças. E segundo, porque estamos num campo brutalmente competitivo, e somos obrigados a fazer isso. Aliás, Shelley, você está fantástica.

— Obrigada. Você acha que a minha imagem está se desenvolvendo? — perguntei. O consultório havia me adiantado o primeiro mês de salário, e eu tinha ido à Macy's e comprado o que considerava um simples e clássico terninho cinza com listras marfim. Os quilos a mais estavam indo embora. Eu estava acordando todos os dias às seis e meia da manhã para fazer meia hora de alongamento. Também havia esbanjado um pouco em algumas maquiagens caras e estava usando batom e um toque de sombra nos olhos.

— Certamente que sim. Fiquei sabendo que você recebeu uma visita de Christina Allen.

— Ela é incrível.

— Não é? Eu mesma fiz algumas coisinhas com ela.

— É mesmo? — perguntei, procurando por algum sinal de cirurgia no rosto da Dra. Marge.

— Sim — respondeu a Dra. Marge, e aquele tom triste voltou à voz dela.

— Ah, você não ficou satisfeita com os resultados?

— Profissionalmente, foi a coisa mais acertada a ser feita.

Houve um silêncio, e ela olhou para as próprias mãos. A aparência de vulnerabilidade que eu tinha visto antes passou por seu rosto. Naquele instante, um telefone tocou em outra sala.

— Ah, é o meu — disse a Dra. Marge, levantando-se para atender. Embora fosse cerca de vinte anos mais velha do que eu, senti estranhos impulsos maternais em relação a ela.

— Parece que você está se aprontando para o seu primeiro ritual de acasalamento pediátrico — disse o Dr. Healy, aparecendo na minha porta, com sua costumeira aparência amarrotada e encantadora. Estava agarrado à sua maleta, claramente a caminho de casa.

— Algum conselho?

— Não acho que você precise de algum conselho meu — disse ele. E então, com algum esforço, ele sorriu.

— Está brincando? Você é tão popular.

— Não tanto quanto eu costumava ser. Mas acho maravilhoso que Amanda Walker goste tanto de você.

Candace havia me dito que os filhos dos Walker costumavam ser atendidos pelo Dr. Healy, mas ela me garantiu que ele era o médico menos competitivo da clínica.

— Eu não me importaria em dizer a Amanda que eu preferia que ela continuasse com você — eu disse.

— Dra. Green, ninguém *diz* qualquer coisa a Amanda Walker. Eu só acho ótimo que vocês duas tenham se acertado e... que façanha pegá-la em seu primeiro dia! É como bater um *home run* vitorioso no primeiro tempo.

— Foi uma reação instintiva. Uma criança estava sofrendo.

— Fico muito feliz por você. — Ele me deu mais um sorriso triste e saiu.

O Dr. Healy era um homem gentil, e seu ego havia claramente sido atingido. Fiz uma anotação para comprar-lhe uma caixa de chocolates sofisticados como um pedido de trégua e um gesto de amizade. E quanto a eu ter batido um *home run*, bem, eu havia passado um bom tempo treinando.

— Nossa, isso parece delicioso.

Levantei o olhar e vi Candace parada à porta, de olho na comida.

— O que você ainda está fazendo aqui?

— Ah, só organizando os arquivos — disse ela, com um sorriso exausto.

— Você é uma máquina, Candace.

— Eu adoro este emprego.

— Aceita um biscoito? — perguntei, estendendo-lhe o prato.

— Não posso, não devo, me dê um.

— Sente-se um pouco — convidei.

Ela se sentou ao meu lado e deu uma mordida no biscoito.

— Hummmmmm... chocolate é Deus. Preciso confessar uma coisa. Os meus serões costumam acontecer em noites de reuniões pré-natal. Detesto ver desperdício de comida boa. É claro que é exatamente isso que acaba acontecendo — deu um tapinha na própria barriga.

— A Dra. Marge fica muito até mais tarde?

— Bem, muito mais nos últimos dois anos — disse Candace, dirigindo-me um olhar significativo.

— O casamento dela?

— Sim.

— Como é o Sr. Mueller?

— Muito bonito, muito charmoso. Não confiaria a ele uma moeda de madeira.

Dava para ouvir a voz da Dra. Marge ao longe na outra ponta do corredor.

— E os filhos dela?

— Meninos ótimos, mas os dois estão na faculdade agora. Ela passa a maioria das noites completamente sozinha no apartamento chique que eles compraram no ano passado.

— Mas ela deve ter uma vida social intensa.

— Sua companhia mais freqüente nos últimos tempos parece ser um certo Sr. Chardonnay. Estou lhe dizendo tudo isso porque ando preocupada com a Dra. Marge. Essa mulher foi muito boa comigo.

— E você foi boa com ela. Você é indispensável. Aliás, quando foi que você percebeu que as crianças reagem bem à ópera?

— Meu pai simplesmente adorava ópera, e eu me lembrava como aquilo me acalmava quando era pequena. Daí, quando fui contratada aqui, sugeri que fizéssemos uma tentativa. E funciona.

Agora os pais estão sempre me pedindo recomendações sobre que óperas tocar em casa.

— Você já pensou em montar um CD, uma coisa do tipo Ópera para Crianças?

— Essa idéia merece mais um biscoito. — Candace deu uma mordida grande. — Meu sobrinho trabalha com música. Vou me aconselhar com ele.

Soou uma campainha — alguém havia entrado na sala de espera.

— Vamos continuar conversando, sobre tudo — eu disse, fazendo um sinal com a cabeça em direção à sala da Dra. Marge. Levantei-me e fui receber os Logan.

Os dois tinham trinta e poucos anos, absolutamente bem arrumados, vestiam ternos conservadores, carregavam maletas de couro — e estavam mais tensos do que o republicano conservador Tom DeLay num bar gay. Não ia ser fácil.

— Olá, sou a Dra. Green — disse eu, com o que esperava ser um sorriso caloroso e profissional.

— Connie Logan.

— Phil Logan.

Nenhum sorriso do lado deles. Apenas uma determinação absoluta.

— Deixem-me mostrar a clínica — tentei desesperadamente manter o tom casual, mesmo com o meu crescente nível de ansiedade. Por que meu primeiro pré-natal não podia ser com um casal de hippies de segunda geração gentis, tranqüilos, vivendo alegremente de um fundo de investimentos?

Os Logan olharam as salas de exame temáticas com expressões que diziam *Não pense que vocês podem nos ganhar com salas de exame bonitinhas*. Eram provavelmente ótimos advogados, os dois. Como pais, não tinha certeza de que teriam tanto sucesso. Pensei naquela vidinha minúscula se desenvolvendo na barriga de Connie Logan, flutuando calmamente em seu líquido amniótico, mal suspeitando da realidade controlada que o esperava do lado de fora, no mundo imenso.

— Bem, aqui estamos — eu disse, mostrando-lhes o meu consultório. — Por favor, façam um lanchinho.

— Que tipo de peixe é este?

— Anchova.

Connie Logan sacou seu BlackBerry, digitou algo nele absolutamente concentrada e anunciou:

— Anchova não está na lista do meu obstetra de Comidas que Mulheres Grávidas Devem Evitar ou Limitar.

— Ora, que bom saber disso — eu disse.

Os dois se sentaram, perfeitamente eretos, no sofá pequeno e ignoraram a comida. Phil Logan tirou um maço de papéis da maleta.

— Bem, parece que vocês vieram com várias perguntas preparadas — comentei.

— É o que estamos acostumados a fazer, como advogados — disse Connie Logan. Ela olhou para mim com seus olhos verde-claros, e eu tive a impressão de perceber uma faísca de humanidade e até mesmo senso de humor lutando para sobreviver dentro de sua fachada corporativa.

— Advogados de litígio — acrescentou Phil Logan. Eu havia sido oficialmente advertida.

— Bem, farei o possível para responder às suas perguntas.

— Ter um filho é um acontecimento muito importante na vida de alguém — anunciou Phil Logan, com impressionante discernimento.

— Doutora, a senhora poderia nos dizer em que idade é recomendável introduzir alimentos sólidos? — perguntou Connie Logan.

— Mais ou menos aos seis meses — comecei, determinada a mostrar a eles que eu sabia do que estava falando. — Começar com sólidos muito cedo pode provocar alergias ou deixar o bebê acima do peso. É preciso introduzir um novo alimento por vez. Arroz é um bom começo... é suave, de fácil digestão e não provoca alergias. Deve-se dar o alimento com colher, para ajudar a desenvolver as habilidades de alimentação. A partir daí, deve-se introduzir um novo alimento a cada quatro ou cinco dias e ficar alerta para qualquer reação alérgica. Recomendo dar legumes primeiro, depois, frutas. Em seguida, pode-se acrescentar carnes. É bom evitar carne de gado e de porco, que podem ser de difícil digestão e conter hormônios ou antibióticos. É interessante oferecer apenas alimentação orgânica, se possível. Finalmente, pode-se introduzir gemas de ovos. As claras podem provocar uma reação alérgica, então é bom esperar até o primeiro aniversário para oferecê-las.

Os Logan trocaram um olhar, e percebi que havia vencido o primeiro obstáculo. Mas tive pouco tempo para aproveitar meu pequeno triunfo antes de eles começarem um veloz bombardeio de perguntas:

— O que a senhora acha de chupeta?

— Quando se deve começar a tirar as fraldas?

— Fraldas de tecido ou descartáveis?

— Encontros para brincar com outras crianças são psicologicamente saudáveis?

— Tirar o leite com uma bomba deixa os seios flácidos?

— Meu telefone no hospital terá desvio de chamadas?

— Podemos contratar uma equipe profissional para filmar o parto?

Respondi a cada pergunta o mais calma e metodicamente que consegui, mas pude sentir a minha paciência se esvaindo, principalmente porque era claro que os Logan tinham todas as respostas diante deles e estavam basicamente me testando para se certificarem de que o meu conhecimento correspondia à extensa pesquisa que haviam feito. Então o Sr. Logan fez a pergunta que foi a gota-d'água:

— Qual é a sua filosofia de criação de filhos?

Respirei fundo e pensei se eu devia me censurar... mas a minha voz interior me disse que eu estava numa encruzilhada importante e que o caminho que eu escolhesse determinaria o tipo de médica que eu havia me tornado. Armei toda a minha coragem e comecei:

— A minha filosofia de criação de filhos? Minha filosofia é de que os pais devem relaxar e deixar que isso aconteça naturalmente. Vocês não estão estudando para o exame da Ordem aqui, vocês não precisam ser pediatras, e eu não me importo quanto controle vocês exerçam em outras áreas das suas vidas, ter um bebê é uma experiência incontrolável. Deixem a vida que vocês estão trazendo ao mundo se desenvolver no seu *próprio* ritmo, não no de vocês... não tem nada a ver com *vocês*, e um bebê não é a última moda em acessório. Então, relaxem um pouco, sejam surpreendidos e espontâneos, rendam-se à bagunça. Parem de exagerar e confiem em seus instintos. *Esta* é a minha filosofia.

Os Logan ficaram ali parados, absolutamente imóveis, com os lábios levemente entreabertos. A sala pareceu ficar em suspenso por um instante — então pegaram um prato cada um.

— Estou faminta — disse Connie Logan.

— Eu também. Meu Deus, essas coisas parecem deliciosas.

Os dois encheram os pratos avidamente, jogando azeitonas e batatinhas fritas na boca. Fiquei ali sentada, um pouco impressionada.

Connie Logan recostou-se no sofá, abocanhou uma generosa porção de anchova e perguntou, de boca cheia:

— E então? Quando é a minha primeira consulta?

7

QUANDO OS LOGAN FINALMENTE foram embora, eu estava exausta, mas contentíssima — sentia que tinha dado um importante passo em direção à minha voz como pediatra. Upper East Side ou não, eu não iria me deixar ser intimidada e virar uma médica que fazia as coisas de cor. Ter um filho é um desafio e uma responsabilidade — às vezes uma bagunça e uma confusão —, mas é também divertido para caramba. E não é uma ciência exata. Era essa a idéia que eu queria passar aos pais com os quais eu lidaria.

Tirei os sapatos, estiquei os pés sobre a mesa e mexi os dedos. Hummmm. Mal podia esperar para chegar em casa e me aconchegar com comida indiana pedida por telefone e um bom livro. Então lembrei... eu ia me encontrar com Ira para ouvir suas novidades "incríveis". Se ele tentasse me pedir dinheiro, eu o estrangularia.

Só na avenida Madison uma lanchonete podia ser pretensiosa — e a Two Guys Coffee Shop tinha uma grande dose de pretensão. Com seus espelhos com molduras douradas, o cardápio adornado com franjas e a hostess com jeito de vagabunda, parecia que o lugar tinha sido abençoado pela varinha de condão de Donald Trump. Encontrei Ira reclinado numa cabine, parecendo um aspirante a gigolô europeu numa camisa violeta com uma faixa diagonal, um brinco de ouro e o rosto coberto de bronzeador artificial.

— É a Shell-star — disse ele.

— Oi, Ira — disse eu, sentando-me.

— Sabe de uma coisa, mana, você está linda. — Toda a minha irritação desapareceu. — Você emagreceu.

— Um pouco.

— Eu diria um monte, e você está elegante. Mas é mais do que isso... você está simplesmente, não sei, parece mais forte, ou coisa parecida.

— Obrigada, Ira.

— Você está uma coisa, garota — ele elogiou com carinho e orgulho genuínos. Fiquei comovida, até lembrar o manipulador esperto que era o meu irmão.

Um garçom apareceu. Era um homem de meia-idade do Oriente Médio.

— Quero uma salada verde com atum — pedi.

— Só um Campari com soda para mim — disse Ira, com falsa suavidade.

— Ira... um drinque?

— Não é um drinque, Shell, é um aperitivo sofisticado.

Às vezes é melhor desistir quando se está atrás.

— Como estão a mamãe e o papai? — perguntei.

— Estão querendo saber por que você não ligou para eles.

— Eu liguei ontem.

— Só estou repetindo o que eles me disseram.

— E então, irmãozão, qual é a grande novidade?

— Shelley, sabe por que eu estou aqui sentado, parecendo um astro de cinema italiano, como se fosse o rei desse maldito mundo?

— Não, mas tenho um palpite de que estou prestes a descobrir.

— A primeira coisa que vou fazer com o dinheiro é tirar a mamãe e o papai daquele apartamento apertado e mudá-los para uma casa em Forest Hills.

— Que dinheiro?

— Forest Hills sempre foi o grande sonho da mamãe. Já posso ver a cara dela quando eu lhe der a chave da casa. E o papai pode deixar aquela rota de correspondência de uma vez por todas. Fico de coração partido todas as manhãs, quando ele sai para trabalhar com aqueles joelhos ruins dele.

— Ira, que dinheiro?

Ira estalou os dedos e começou a cantar uma ridícula música disco.

— Muito bem, estou indo embora — eu disse.

— Feche os olhos.

Fechei.

— Abra.

Olhei para o outro lado da mesa, e Ira estava segurando uma espécie de aparelho — mais ou menos do tamanho de uma caixa de maçãs — que tinha mais ou menos uma dúzia de faixas, correias e correntes penduradas e se projetando dele.

— Tará! — gritou ele.

— Ira, que diabo é essa coisa?

— Com o que se parece?

— Me dê uma dica.

— Bebês...

— É uma espécie de acessório para sadomasoquismo infantil?

— Muito engraçado, Shelley. É o Supercanguru.

— Certo.

— Nossa, você não parece muito emocionada.

— Ah, estou dando pulos.

— Sabe, Shelley, um dos motivos pelos quais eu às vezes exagero em algumas atividades é porque estou fazendo jus às mensagens subconscientes que a minha família me manda. Em outras palavras: Ira, você nunca vai chegar a lugar algum.

— Você andou vendo Dr. Phil de novo?

Ira baixou os olhos para a mesa, desapontado. Eu podia sentir a minha culpa vindo à tona. Ele era meu irmão caçula.

— Ei, gatinho, fale sobre o canguru — eu o encorajei.

Ele me olhou de novo com um sorriso doce, quase ingênuo — e pude ver, do brilho em seus maravilhosos olhos azuis, que eu havia sido enrolada, mais uma vez. Não me importava. Só queria que ele ficasse feliz.

— Primeiro, me deixe retroceder um pouco — começou.

O drinque de Ira e a minha salada chegaram.

— Shelley, você se lembra do meu amigo Joel Halpert, da escola, sabe, aquele que o pai personalizava canetas esferográficas para todas as ocasiões?

— Sim, Ira, eu me lembro de Joel Halpert. Eu me lembro especialmente da noite em que a mamãe e o papai não estavam em casa, e ele foi até lá, derrubou meia dúzia de cervejas e me pediu para fazer sexo oral nele.

— Caramba, Shelley, sinto muito. Onde eu estava?

— Traçando a Cindy Belack na minha cama.

Ira sorriu.

— Cindy era boa.

— Enfim... e Joel?

— Ah, é. Joel assumiu os negócios do pai e tem procurado expandir para coisas novas. Ele faz um monte de coisa para bebês, sabe, coisinhas cheias de movimento, que fazem barulho e mantêm a criança entretida enquanto os pais transam. Então, ele estava em Seul numa viagem de compras no mês passado — os malditos coreanos são *donos* do mercado de produtos para bebê — quando viu o Supercanguru. Intrigado, comprou mais de mil e quatrocentos. Daí, quando eu disse que você estava trabalhando na Clínica Pediátrica Madison, ele pirou completamente, disse que Marjorie Mueller é uma lenda nessa área, está nas colunas de celebridades, trata todos os filhos dos astros de cinema, quer dizer, é *a* mulher.

Não tinha certeza de onde aquilo estava indo, mas não estava com um bom pressentimento. Ira estava realmente se aquecendo, e fez um sinal para o garçom, pedindo outro aperitivo sofisticado.

— Enfim, voltando ao Supercanguru. Quer dizer, olhe para isso aqui, Shelley, é genial. Você amarra nas crianças assim... — Ira segurou o canguru com uma mão e mexeu em algumas das faixas. — Ou talvez seja assim... — virou de cabeça para baixo, ou de cabeça para cima, e tentou novamente, sem mais sucesso. — Enfim, é uma moleza botar e tirar a criança. E depois que ele está preso, a mamãe ou o papai amarram o Supercanguru nas costas e podem levar o pequeno para fazer escalada, para a ioga, dá até para levar a criança para pular de bungee jump... pense como uma experiência dessas pode ser rica para um bebê. Se o papai tivesse me levado para saltar de bungee jump, eu provavelmente seria presidente de uma empresa hoje.

— Ira...

— Quer dizer, olhe só este folder.

Ele me entregou um folder brilhante com a inscrição *Supercanguru-Incrível diversão!* Estava cheio de fotos de coreanos sorridentes com bebês com expressões assustadas imobilizados em suas costas, andando de bicicletas, jogando beisebol, comendo em restaurantes — e, sim, havia a foto de uma jovem mãe de pé numa ponte, prestes a saltar de bungee jump.

— Joel disse que se conseguirmos com que a Dra. Mueller endosse o Supercanguru, ele pode fazer mais sucesso do que aqueles adesivos de carro Bebê a Bordo! Olhe só, Shelley, o Bebê a Bordo faturou *bilhões*!

Neste instante, Christina Allen entrou no restaurante, maravilhosa, usando calça preta de seda e um suéter justo de angorá vermelho.

— Shelley, como está? Meu Deus, você está *ótima*. O Upper East Side combina com você. Eu só passei para comprar um cheeseburguer especial. — Ela notou a presença de Ira. — Por falar em cheeseburguer, *quem* é este pedaço de mau caminho?

— Ah, este é o meu irmão, Ira. Ira, esta é a Dra. Christina Allen.

— Posso sentar com vocês? — perguntou Christina, deslizando para o lado de Ira. — Foi um longo dia... dois lifting faciais e quarenta quilos de gordura lipoaspirados... mas, de repente, estou me sentindo cheia de energia. E o que *você* faz, Ira?

— Sou empresário.

— Espero que isso queira dizer que você pense em planos do tipo fique-rico-num-minuto-de-Nova-York, mas passe a maior parte do tempo na balada.

— Você me sacou.

— É isso aí.

— Por que não mostra à Christina a sua última idéia? — eu disse, sentindo-me redundante.

Ira levantou o canguru.

— Que incrível. O que é isso? — perguntou Christina.

— É o Supercanguru. Amarre o seu bebê nele, e você pode fazer qualquer coisa.

— Quero um. Posso levar Ingrid para esquiar na água. A sua irmã disse que vou fazer algumas coisinhas nela?

— Bem, *talvez* — interrompi. — Christina é cirurgiã plástica, e estou pensando em fazer algumas coisas... nada de mais.

— Ira, a sua irmã não percebe o quanto é maravilhosa... é bonita, inteligente, charmosa e tem muita energia. Acredite, a minha amiga Amanda e eu sabemos reconhecer o talento quando cruzamos com ele, e a Shelley é uma mulher de talento. — Christina estendeu a mão e segurou a minha. — E estou falando sério, *compañero*.

Ninguém jamais havia falado comigo daquele jeito antes. Embora estivéssemos sentados numa lanchonete dourada, e Christina Allen fosse exagerada e um pouco vulgar, foi ótimo ouvir aquilo.

— Obrigada, Christina.

— Eu não digo isso sempre, Shelley? — perguntou Ira. Mas ele olhava para mim de um jeito diferente, como se estivesse me vendo pela primeira vez.

— Mas chega de falar sobre a Shelley — disse Christina, virando-se para Ira. — Quero saber de *você*.

Ira recostou-se na cabine e estendeu os braços para os lados, em estado de graça.

— Sou um cara muito misterioso e complexo. Ei, sabe o que o Woody Allen respondeu quando perguntaram a ele se sexo era obsceno? "Só quando é bom."

Os dois gargalharam, então se inclinaram para frente, praticamente colando o nariz um no outro.

Eu disse que precisava ir para casa e deixei os dois com a química deles.

8

ERAM SEIS E MEIA da manhã, eu estava no banho, Arthur estava na "cozinha" — na verdade uma fileira de minieletrodomésticos numa das pontas do meu conjugado. Não estávamos tendo uma manhã boa. Tínhamos ido assistir a um espetáculo de dança ridículo no East Village na noite anterior. Quatro casais de meia-idade vestindo roupas de malha representavam os ritos da primavera ao som de raps apocalípticos. A coreógrafa era a brilhante e sexy Jennifer Wu, de modo que Arthur foi muito reverente à apresentação, que não me deixou com qualquer coisa mais profunda do que uma dor de cabeça. Discutimos sobre isso no ônibus a caminho da minha casa, nas ruas vinte e poucos, perto da Segunda Avenida. Quando chegamos, meio que tentamos ser românticos. Sei que eu bem estava precisando de um pouco de alívio de tensão, mas estava exausta, e ele também. Era noite de quinta-feira. A discussão deixou um travo amargo. Simplesmente nos afastamos na cama. Agora estávamos pagando o preço: uma manhã na qual nos sentíamos como seres separados levando vidas separadas.

Saí do banheiro enrolada na toalha. Arthur se virou e olhou para mim com uma expressão tristonha, que servia de deixa para eu entrar em modo maternal, ser solícita, carinhosa e deixar tudo bem. Bem, nessa manhã, eu não estava a fim disso. Alison Young iria ao consultório, e, depois do trabalho, eu ia tomar chá na casa de Amanda Walker. Sentia que havia um inexorável movimento para frente na minha vida, que estavam acontecendo coisas boas, coisas que eu havia feito por merecer. Em vez de se alegrar com a minha boa sorte, Arthur parecia estar se sentindo ameaçado por ela. E nessa manhã eu não queria ter que lidar com tudo isso.

— Meu Deus, Shelley, você emagreceu mesmo — disse ele, olhando para mim, de toalha.

— Ando tão ocupada que mal tenho tempo para comer — menti. Por que eu estava mentindo a respeito da minha perda de peso para Arthur?

— Bem, você está bonita, gatinha — disse ele, aproximando-se e gentilmente afastando meus cabelos úmidos do rosto.

Às vezes é duro ser noiva do cara mais legal do mundo.

— Obrigada.

Ficamos ali parados nos olhando. Foi um daqueles momentos hesitantes que podiam ir por dois lados — um beijo e uma proximidade renovada ou um recuo. Escolhi o caminho do meio, dando um beijo rápido em Arthur.

— Precisamos nos apressar — eu disse, indo para o closet.

Passei mais tempo do que gosto de admitir pensando no que vestir para ir à casa de Amanda. Calça e suéter? Eu sempre tinha a impressão de que as calças me deixavam mais baixa e acentuavam o que a minha mãe chamava de minha varanda dos fundos. Então escolhi um terno preto simples, porque todo mundo sabe que preto está sempre na moda, e uma blusa verde-clara para combinar com os meus olhos. Vesti a roupa e me olhei no espelho de corpo inteiro atrás da porta do closet. Eu estava parecendo uma orientadora educacional escolar usando a melhor roupa para uma reunião de pais e mestres — ainda que fosse uma orientadora educacional com um traseiro matador. Amassei os cabelos com os dedos e sacudi a cabeça com o que eu esperava ser uma despreocupada tranqüilidade de comercial de xampu. Você *é* atraente, Shelley, *é* sim.

— Bem, estou indo — comunicou Arthur, com a surrada maleta de couro na mão. Eu sempre adorei aquela maleta, com o couro macio e gasto como uma velha luva de beisebol, mas, naquele momento, ela só me pareceu antiquada e surrada.

Olhamos um para outro através do conjugado. Ele estava num lado, eu, no outro, e o nosso relacionamento, no meio.

— Tenha um dia maravilhoso — desejei.

— Você também — disse ele, com um sorriso triste.

9

A DRA. MARGE HAVIA DEIXADO muito claro para mim que a Clínica Pediátrica Madison significava trabalho muito intenso. Ao contrário de cirurgiões plásticos e dermatologistas, por exemplo, que podem cobrar preços astronômicos para realizar procedimentos relativamente simples, os honorários dos pediatras são limitados pelo fato de que a vasta maioria dos nossos pacientes é basicamente saudável e ainda não desenvolveu uma obsessão em relação a suas falhas físicas visíveis. Crianças de 5 anos de idade não entram no consultório pedindo uma aplicação de Botox ou uma pequena lipoaspiração. Assim, precisamos atender muitas crianças por dia para mantermos viável economicamente uma clínica. A maioria dos pais compreende esse detalhe e não faz exigências irracionais em relação ao nosso tempo. Mas há exceções.

No meio da manhã, entrei na sala de exame e encontrei uma jovem família muito bem-vestida instalada para o que parecia ser uma longa estada. Penny McNulty havia dado à luz sua segunda filha, Ginger, uma semana antes, e aquela era sua primeira visita. Ela estava sentada na mesa de exame, alegremente amamentando a bebê, que já havia sido pesada e medida por Claire. Fred McNulty estava sentado confortavelmente numa cadeira, concentrado nas palavras cruzadas do *Times*. Jeremy, de três anos, estava no chão, brincando com blocos de montar, cercado por um campo de migalhas de biscoitos que estava claramente comendo e ao mesmo tempo esmagando com os blocos.

— Bom dia — eu os cumprimentei.

— Ah, oi. — O Sr. McNulty, ergueu, distraído, o olhar das cruzadas.

— Psiu — repreendeu a mãe. — A Ginger gosta de silêncio quando está mamando.

Eu tinha uma sala de espera cheia de pacientes.

— Palavra de oito letras para *intrometido*, terceira letra é x? — perguntou o Sr. McNulty.

— Enxerido — respondi. Ele me olhou espantado. — Meu noivo é viciado nas cruzadas do *Times* — expliquei. — Agora, gostaria de começar a examinar a Ginger.

Lentamente, o papai pôs o jornal de lado, enfiou a mão no bolso interno do casaco e tirou um maço de papéis.

— Na verdade, gostaríamos de fazer algumas perguntas antes de começarmos o exame.

— É claro — assenti, embora a grossura do maço de papéis, em conjunto com seu comportamento relaxado, tenha me parecido um forte mau presságio. Dei uma olhada rápida nas folhas. Eram digitadas, em espaço simples, com perguntas numeradas. Havia muitos números.

— Vamos ver aqui, por onde podemos começar? — Ele olhou atentamente para os papéis.

— Quem sabe pelo número um? — sugeri.

— Hmmm, é uma idéia.

— A Ginger é um bebê muito sensível — sussurrou a mãe. — Vamos começar pelas temperaturas.

— Boa idéia, querida. Acho que as perguntas sobre temperatura estão na página dois.

Jeremy esmagou um biscoito com um golpe barulhento, e algumas migalhas voaram para todos os cantos da sala. Os pais eram desencorajados a levar os outros filhos até as salas de exame, mas acho que os McNulty não queriam que Jeremy ficasse ansioso em virtude da separação, já que eles estavam evidentemente planejando uma estada mais longa.

— Jeremy, você vai incomodar a sua irmã — sussurrou a mãe.

— Que bom — respondeu Jeremy, golpeando outro biscoito.

— Tá certo, por que não começamos com esta aqui: qual deve ser a temperatura do quarto de Ginger? — perguntou o Sr. McNulty.

— De vinte a 22 graus — respondi.

— Está bem. E qual deve ser a temperatura da água do banho?

Imaginei os dois medindo literalmente a temperatura da água, de modo que resolvi ser mais abrangente e respondi "morna".

— E qual deve ser a temperatura da água *durante* o banho?

Aqueles dois eram pais evidentemente ricos, cultos e sofisticados. Ainda assim, suas perguntas encaixavam-se na categoria "*Alôôôô*, Já Ouviram Falar de Bom Senso"?

— Ela é a segunda filha de vocês e, já que Jeremy está claramente muito bem, sugiro que vocês sigam com Ginger as mesmas rotinas que usaram com ele — eu disse.

Penny e Fred McNulty me olharam surpresos.

— Doutora, o Jeremy nasceu há mais de três anos, e o mundo mudou muito desde então — retrucou o pai.

— É triste, mas é verdade. Jeremy nasceu numa época mais inocente — disse a mãe, olhando para sua bebê de uma semana que mamava e enfrentava o futuro num bravo mundo novo.

— Não estou sabendo de qualquer mudança nas exigências de temperaturas de quartos — eu disse.

— Bem, seria negligente da nossa parte não confirmar isso — explicou o pai.

— Profundamente negligente — completou a mãe.

— Posso seguir com o exame?

— Você vai realmente tirar minha bebê do meu seio?

— A menos que vocês queiram ficar esperando aqui enquanto vejo outros pacientes, não há alternativa.

— Não vejo por que você precise nos apressar assim — disse o pai.

Jeremy golpeou mais um biscoito, atirou um bloco do outro lado da sala e perguntou:

— Quando a Ginger vai voltar para o lugar de onde ela veio?

Graças a Deus por Jeremy, porque o humor na sala ficou instantaneamente mais leve. Os pais e eu trocamos sorrisos.

— Acho que você vai ter que se acostumar com a sua irmãzinha — respondeu o pai.

A mãe desceu da mesa e me entregou a bebê. Aninhei Ginger em meus braços e olhei para o corpinho minúsculo, suas pernas gorduchas e a impressionante cabeça de cabelos dourados, com os olhos azul-claros me olhando com inocência e curiosidade. Senti seu cheiro doce e fresco. Senti a mesma onda de admiração que sempre toma conta de mim quando seguro um bebê nas primeiras semanas de vida. Ela era tão indefesa, tão pura, tão confiante, uma união tão perfeita do biológico e do divino — era como segurar a própria Vida nos braços.

— Ela é um bebê lindo — elogiei. Nós três nos entreolhamos, derretidos pela presença de Ginger.

— Devolva ela mesmo assim! — disse Jeremy, pontuando a exigência com um tom ensurdecedor.

Os McNulty e eu demos uma risada, e pude encerrar meu exame com relativa rapidez.

O paciente seguinte era Ethan Morrow, um jovem de 18 anos que eu havia herdado do Dr. Clark. Ethan estava prestes a alcançar o máximo limite de ainda estar indo a um pediatra. Na verdade, como nunca tinha tido um paciente tão velho antes, eu estava um pouco nervosa — os enfeites do Elmo não o conquistariam.

Quando entrei na sala de exame, encontrei um rapaz bonito de um metro e oitenta de altura, forte, com cabelos loiros curtos e desalinhados e uma pele bronzeada pela prática de esportes sentado na mesa de exame, completamente vestido. O que faltava em Ethan era aquele inquestionável ar de confiança e poder que a maioria dos pacientes tinha. Na verdade, ele parecia ansioso.

— Oi, Ethan, sou a Dra. Green.

— Muito prazer, doutora.

Apontei para suas roupas:

— Você não quer que eu o examine?

— Na verdade não tenho nenhum problema, doutora. — Fez uma pausa. — Bem, na verdade, acho que isso não é exatamente verdade. Tenho, sim, um problema.

— Diga lá.

— Meninas.

— Meninas?

— Meninas.

— Meninas em geral? Alguma específica? Estou aqui para ouvir e ajudar como puder.

— Acabo de terminar meu primeiro ano na Penn, e consegui entrar para o time de lacrosse. Joguei durante todo o colégio, e acho que sou muito bom. Enfim, na Penn tem um monte de *groupies* de esportes. Quer dizer, não sou um cara muito de festa. Quero estudar engenharia. Sou meio nerd, na verdade, ainda que não pareça ser.

— Entendo — eu disse, sem fazer idéia de aonde ele queria chegar com aquilo.

— Bom, as meninas da Penn não estão interessadas no meu nerd interior. Elas, ahn, estão interessadas no meu corpo de jogador de lacrosse. Quer dizer, elas estão *muito* interessadas, quer dizer, elas são inacreditavelmente agressivas, doutora, elas passam o tempo todo em cima de mim. E eu não gosto de decepcionar as garotas.

Ethan olhou para as mãos, que estavam entrelaçadas e fechadas firmemente.

— Então você está me dizendo que teve uma vida sexual ativa neste ano?

— Nossa, e como. Doutora, eu poderia fazer sexo todos os dias da semana, se quisesse. Três vezes por dia!

Agora ele estava começando a suar.

— Então, Ethan, dá para dizer que você está sentindo muita pressão para fazer sexo?

— Pressão? Que tal coerção? Elas batem na minha porta à meia-noite, tentam me embebedar, me convidam para festas que terminam sendo apenas para dois. Uma garota fez sexo oral em mim embaixo de uma mesa da biblioteca enquanto eu estava estudando para uma prova de cálculo. Aquilo tirou minha concentração.

Eu havia lido sobre como as garotas haviam se tornado sexualmente agressivas em algumas faculdades de elite, mas ouvir aquilo em primeira mão certamente deu vida ao assunto. O que isso dizia sobre a nossa cultura? Sobre a competição entre as garotas? Sobre os efeitos colaterais do feminismo? Mas a questão que mais me confundia era: o que Ethan queria de mim?

— Bem, Ethan, parece que isso realmente está interferindo na sua formação. Há algum ponto médico que você queira discutir comigo? Alguma coisa a ver com doenças sexualmente transmissíveis, talvez?

Ethan respirou fundo, suspirou e soltou:

— Preciso de uma receita de Viagra!

— Viagra?

— Quer dizer, elas pegam muito pesado, me intimidam. Às vezes, sabe, eu não consigo *desempenhar*. Eu gosto de um pouco de preliminares, um pouco de carinho, isso me ajuda a entrar no clima... mas para a maioria dessas meninas eu sou só, bem, eu sou só um pênis. Um pênis enorme. E isto é parte do problema. Meu pênis é grande. Muito grande. E a notícia se espalhou. Virou uma espécie de competição entre as meninas. Para elas, eu não passo de um pênis troféu.

Muito bem.

— Nenhuma delas quer falar sobre os meus sentimentos, os meus sonhos para o futuro, os grandes túneis e pontes do mundo. É tudo pá-pum, valeu. Bom, eu não consigo simplesmente ter uma ereção por encomenda. Preciso sentir algum tipo de ligação emocional. É por isso que preciso do Viagra. Para ter uma ereção, terminar a história e voltar aos estudos... eu só quero estudar.

Viagra como ferramenta para os estudos — eis uma nova perspectiva. Talvez a Pfizer pudesse fazer alguns anúncios em torno disso.

— Ethan, acho que você deveria conversar com um terapeuta sobre desenvolver outras formas de lidar com isso. Você realmente precisa aprender a dizer não.

— Estou com pavor do verão. Aceitei um emprego de monitor num acampamento de meninos no Maine só para me afastar das garotas... daí, descobri que tem um acampamento de meninas do outro lado do lago. Tenho pesadelos com uma frota de meninas remando através do lago no meio da noite, cercando a minha cabana e me estuprando. Estou assustado.

— Ethan, acho que você precisa falar logo com um terapeuta antes de ir para o acampamento.

— Estou me sentindo um pênis com um corpo.

— Ethan, vou ligar imediatamente para o psiquiatra.

Foi exatamente o que fiz, marcando uma consulta para a semana seguinte. Ele ficou muito grato.

No começo da tarde, eu me fechei na minha sala para comer uma salada rápida e revisar alguns papéis. Enquanto comia e fazia anotações, me dei conta de quanto do meu trabalho ultrapassava os parâmetros da mera pediatria. Assim como Ethan, muitas das crianças mais velhas precisavam de um confidente, um amigo e um modelo, tanto quanto precisavam de um médico. A Dra. Marge às vezes se referia a nós mesmos como escultores, dizendo que nós moldamos vidas, famílias e futuros. Eu tinha que concordar. Era um privilégio e uma responsabilidade muito grandes, que eu havia jurado guardar e respeitar. Terminei a salada e me levantei, ansiosa por voltar ao trabalho.

Alison Young estava sentada na borda da mesa de exame, com as pernas magras balançando ao lado. Estava pálida e tristonha. Eu havia pedido que Candace marcasse meia hora para ela. O pai, que, ao que constava, era um economista mundialmente famoso, não a acompanhou. Alison havia ido com a governanta, a Sra. Figueroa, que estava com ela no dia em que nos conhecemos.

— Alison, que bom ver você de novo.

— Bom ver você também, Dra. Green. — Deu-me um sorriso muito doce. Triste e um pouco perdido. Não conseguia deixar de imaginar Alison naquele dia do outono anterior, de pé em frente à escola com a mochila nas costas, esperando a mãe aparecer na esquina...

— Como você está se sentindo hoje? — perguntei.

— Mais ou menos igual. Fraca e cansada.

— Mais alguma coisa?

— Não, acho que não. Só me sinto cansada por tudo.

— O tempo todo?

— Basicamente.

— Como anda o seu apetite?

— Não tenho muito.

— Sabe me dizer há quanto tempo você se sente assim?

Suspirou forte, e seu olhar ficou distante. Suspeitei que estivesse se lembrando daquele dia. Esperava que ela falasse na mãe, mas não achava que devia ser eu a puxar o assunto.

— Não tenho certeza — respondeu, afinal.

— Tudo bem. Agora quero fazer um exame completo. Tudo bem?

Ela assentiu.

Fiz o exame com a maior delicadeza possível, tentando mostrar a Alison que ela era querida, estava segura. Não encontrei nenhum nódulo inchado, nenhum ponto macio sobre os ossos e as articulações, nenhum aumento do fígado ou do baço, nenhum sopro no coração. O exame neurológico deu negativo, e os pulmões estavam limpos. Apesar do fato de não haver sinais evidentes de alguma doença sistêmica ou inflamação, a palidez e a apatia eram preocupantes. Claro que uma reação psicossomática à morte da mãe era a minha maior aposta, mas eu primeiro queria descartar todas as possíveis doenças.

— Alison, detesto ter que fazer você passar por isso de novo, mas preciso de um pouco mais de sangue. Tudo bem?

— Tudo bem.

— Obrigada.

Eu normalmente pedia que Claire tirasse o sangue, por dois motivos. Primeiro, porque poupava tempo. Segundo, porque tirar sangue pode ser assustador, até mesmo traumático, para uma criança, e eu achava melhor não associar a pediatra a esse tipo de experiência. Mas eu queria mostrar a Alison que estava tendo um interesse especial em relação a ela. Ela virou a cabeça, mas, no mais, ficou sentada estoicamente durante todo o processo.

— Você é uma mocinha muito corajosa, Alison. E vou fazer tudo o que puder para ajudar você a se sentir melhor. Só tem duas coisas que eu quero que você faça, se não se importar. A primeira é me dar uma amostra de urina. Claire vai lhe dar um potinho que você pode levar para casa, colher o xixi e trazer de volta para a gente. Você faria isso por mim?

— Sim — Alison ficou em silêncio por um instante, como se estivesse pensando. Então olhou para mim e perguntou: — Você sabe sobre a minha mãe?

— Sei, sim, Alison.

Houve uma leve pausa, então ela sacudiu a cabeça e olhou para baixo. Parecia muito frágil em sua camisa branca de mangas curtas e saia cinza de lã, os braços e as pernas brancos e pálidos — uma menininha numa cidade grande.

— Obrigada por ser tão legal comigo — disse ela.

— O prazer é meu.

— Eu sei por que você está fazendo isso.

— Sabe?

— Sim. Porque tem pena de mim. Como todo mundo na escola.

— Essa pode ser uma parte do motivo. Mas eu sou a sua médica, Alison, e você não está se sentindo bem. Quero descobrir por que e ajudar você a se sentir melhor.

— Você acha que eu tenho uma doença?

— Eu sinceramente ainda não sei. O que sei é que algo muito duro e muito triste aconteceu com você.

— Você conheceu a minha mãe?

— Não. Sinto muito, não conheci. Queria ter conhecido. Tenho certeza de que ela era uma pessoa muito especial.

Alisou ficou olhando para as mãos pelo que pareceu um tempo muito longo. Então, de repente, ela me olhou com uma expressão furiosa.

— Cale a boca, e não fale da minha mãe. Você nem conheceu ela! — Alison estava com o rosto vermelho e o peito subindo e descendo com uma respiração breve e rápida. — Ela era minha mãe, não sua. Então, cale a boca!

Alison voltou a olhar para as próprias mãos, que agora estavam fechadas em seu colo. Ficou assim por muito tempo. Gradualmente, a respiração ficou mais profunda. Então, sem erguer o olhar, ela disse:

— Isso foi grosseiro da minha parte, e eu peço desculpas.

Cada uma das minhas moléculas queria segurá-la em meus braços, apertá-la, enchê-la de beijos. Em vez disso, eu disse:

— Desculpas aceitas.

Houve um longo silêncio, e eu senti como se Alison estivesse me testando, para ver se podia confiar em mim, se eu realmente me importava. A certa altura, ela olhou para mim, e nossos olhares se cruzaram. Então voltou a olhar para baixo, e houve mais silêncio. Afinal, ela disse:

— Escrevi uma redação sobre a flora e fauna do Central Park.

— Parece interessante.

— Sabia que tem raposas no Central Park?

— É mesmo?

Ela fez que sim com a cabeça.

— Claro que os *ratos* são os mamíferos mais comuns no parque, mas até mesmo eles contribuem com alguma coisa no ecossistema... as raposas e as corujas adoram comer ratos. Tem mais de quarenta tipos de ninhos de aves no parque. — À medida que

Alison falava, a voz dela ia ficando mais alegre e animada, e os olhos brilhavam.

— Já vi grupos de observadores de pássaros.

— Tem mais de trinta tipos de flores selvagens que crescem no parque, e sete variedades de cogumelos. Tem quatro grandes áreas de água, três quilômetros de riachos e pelo menos oito tipos de peixe.

— Isso é incrível, Alison. Nunca mais verei o parque do mesmo jeito novamente. Obrigada por abrir meus olhos.

— De nada.

Então não consegui me segurar. Segurei o rosto dela entre as mãos e lhe dei um beijo na testa.

10

OS WALKER MORAVAM num suntuoso edifício de apartamentos do pré-guerra na altura das ruas sessenta e poucos da Quinta Avenida — um daqueles edifícios que falavam de riqueza, segurança e cães minúsculos de casaquinhos Burberry. Como a rota de entregas do meu pai começava algumas quadras ao norte, eu conhecia aquele tipo de prédio e senti uma minúscula explosão de triunfo ao chegar como convidada. Um porteiro, elegante em seu uniforme, abriu a porta para mim com muita elegância. O saguão era imenso, cheio de confortáveis assentos que pareciam nunca terem sido usados. Outro homem uniformizado se aproximou.

— Olá, estou aqui para visitar Amanda Walker.

— Dra. Green?

— Sim — respondi, sentindo-me importante.

— A senhora pode subir direto — disse ele, inclinando-se levemente, indicando um elevador. Um terceiro homem uniformizado apareceu para me conduzir até a cobertura dos Walker.

As portas do elevador se abriram para um saguão privativo — maior do que o meu apartamento — decorado num estilo minimalista moderno com bancos de madeira lustrosa, espelhos sem molduras, um cesto para guarda-chuvas feito em aço inoxidável e fotos abstratas em preto-e-branco em molduras prateadas. O elevador fechou atrás de mim, e eu fiquei ali parada, de repente me sentindo pequena e deslocada. Respirei fundo e lembrei a mim mesma de que era uma médica, pediatra orgulhosa, que estava ali em termos, pelo menos, quase profissionais.

Toquei a campainha — que não soou, mas tocou várias notas de "Girls Just Want To Have Fun". Hummmm. Então a enorme porta se abriu e revelou não a empregada que eu estava esperando, mas a própria Amanda, linda, de um jeito improvisado — calça de linho branco, suéter de cashmere azul-acinzentado com decote em V e jóias de ouro na quantidade certa para fazê-la cintilar apenas um pouco. De repente, senti-me vestida inadequadamente — e imensa, é claro. Sempre me senti pertencente a uma espécie diferente à das mulheres de ossatura pequena — eu era Gulliver, e elas, as liliputianas.

— Shelley! — gritou Amanda, agarrando as minhas mãos e me beijando no rosto. — Entre.

Ela me levou para uma enorme entrada circular com teto abobadado e piso de mármore incrustado. Uma mesa de centro redonda estava enfeitada por um buquê alto e farto, cheio de flores que eu nunca tinha visto antes. Tentei fingir que meu olhar embasbacado não passava de um leve interesse. A partir da entrada, um amplo hall tinha paredes com quadros em molduras pesadas e, depois de um arco, uma sala se estendia na direção de um horizonte distante. A sala tinha uma lareira em cada ponta e parecia estar dividida em três ou quatro salas menores, centradas em torno de grupos de cadeiras e sofás. Tudo brilhava, reluzia e cintilava.

— Oi, Amanda.

— Que maravilha ver você. Você está *sensacional* — ela disse. Foi até uma porta de metal e apertou um botão ao lado. Uma porta de elevador se abriu. Eu não tinha acabado de sair de um elevador? Este tinha botões marcando 1, 2 e 3, e Amanda apertou o 3.

— Está um dia tão gostoso. Pensei que podíamos tomar o chá ao ar livre — ela disse.

Saímos do elevador, e ela me guiou por um amplo corredor que se abria de repente para um solário deslumbrante. Era um ambiente de canto, e duas das paredes eram inteiramente de vidro; as outras duas eram uma pintura mural de jardim tropical. Toda a mobília era de vime branco com almofadas de estofamento floral amarelo. O efeito era maravilhoso, ainda que um pouco dissonante — Palm Beach no céu. Um jovem loiro estava esparramado num sofá, falando ao celular. Reconheci-o como sendo Marcus, o cabeleireiro de Amanda, do dia em que ela havia irrompido na sala de espera com Smith. Ele nos acenou e sorriu. As portas francesas foram abertas, e Amanda me guiou até o terraço.

Nossa!

A varanda parecia percorrer o entorno de todo o andar. Mais além, à minha esquerda, havia uma elegante piscina com raias instalada num canto cheio de plantas. À direita, também mais além, uma área de gramado perfeito com um parquinho infantil. Estávamos no meio, uma extensão ladrilhada pontilhada de mesas e cadeiras, chaise-longues, aparadores, vasos de plantas e flores. Tudo era imaculado, luxuoso e, de alguma forma, informal e elegante ao mesmo tempo. O mais impressionante de tudo era a vista: o Central Park se estendia abaixo de nós no máximo desabrochar da primavera — um lindo tapete mágico. Do outro lado do parque estavam os suntuosos edifícios de Central Park West e, ao sul, as torres de Midtown. Era a vista mais espetacular que eu já tinha observado na vida.

— Amanda, isto é... — mas não consegui terminar a frase. Era algo indescritível.

— As benesses de Wall Street — disse ela, sentando-se a uma mesa redonda de tampo de vidro arrumada para duas pessoas. Juntei-me a ela. — Olhe só, Marcus veio até aqui para cortar os meus cabelos, e pedi que ficasse para cortar os seus também. Tudo bem?

— Sim, obrigada.

— *J'arrive* — disse Marcus, vestindo uma capa em mim. — Tenho tesouras, vou viajar. — Ele deu um passo para trás e me avaliou, estreitando os olhos. — Você não faz idéia de como é bonita, não é?

— Eu lhe disse que ela é um diamante bruto — lembrou Amanda, enquanto Marcus começava a cortar, com rapidez e confiança.

Um homem de meia-idade apareceu.

— Angie, esta é a Dra. Green.

— Oi — eu o cumprimentei.

— Olá — respondeu Angie, com um sorriso simpático.

— Café, chá, vinho? — perguntou Amanda.

— Café está ótimo.

— Cappuccino, expresso, normal, descafeinado, quem sabe um frapê de café?

Ser rico significa ter muitas opções.

— Um cappuccino está ótimo.

— Quero uma taça de Sancerre — disse Amanda. — Preciso ir a um evento beneficente esta noite no Frick, que é *o* lugar mais metido de toda a cidade. Tento ficar um pouquinho alta antes de sair... faz com que toda aquela gente de dinheiro antigo fique mais fácil de suportar. Eles acham que Jerry e eu somos cafonas e novos-ricos, mas, na verdade, têm raiva porque ele é cem vezes mais rico do que eles. Não interessa o que digam as velhas famílias. Nesta cidade, o dinheiro vence tudo.

— Acredito em você — disse eu. Marcus virou meu queixo para a esquerda, um leve toque habilidoso.

106

— A sua inocência está chegando ao fim. Convidei você para lhe fazer uma oferta. Antes disso, queria agradecer novamente por sua ação rápida e calma com Smith.

— Eu só estava fazendo o meu trabalho.

— Você fez isso de maneira soberba, Shelley, e eu admiro isso.

Amanda parecia muito relaxada, atenciosa e sincera. Eu realmente me sentia como se tivesse entrado em outro mundo, um mundo onde ninguém gritava para o outro lado da sala nem brigava pela última fatia de torta, onde as pessoas podiam ser agradáveis e generosas, onde a vida era cheia de tranqüilidade e estilo, sofisticação e possibilidades. Será que eu não estava sendo ingênua? Provavelmente. Mas tudo era tão emocionante, que não me importei.

— Ora, obrigada, Amanda.

— Pedi aos monstrinhos que viessem cumprimentar você — disse ela.

Como que tendo ouvido a deixa, Smith e Jones apareceram, seguidos a uma discreta distância por duas babás. Smith usava um vestido de verão. Jones estava de jeans, camiseta vermelha e boné dos Yankees. Estavam absolutamente encantadores, quase como crianças normais. O que os denunciava era aquela inconfundível atitude de poder. Lembrei a mim mesma que eles não podiam evitar — *eram* poderosos. As babás eram mulheres simples de 20 e poucos anos que lembravam as assistentes pessoais que famosas como Anna Nicole Smith tinha naqueles reality shows trash que eu adorava. (Aliás, *realidade de celebridades* não é um oximoro?)

— Smith, você se lembra da Dra. Green, e este é meu filho, Jones.

— Oi — Smith me cumprimentou.

Jones aproximou-se e estendeu a mão. Cumprimentei-o, e ele disse:

— Muito prazer.

— É um prazer ver vocês dois — eu disse.

— Espero que você os veja muito mais — completou Amanda.

— Kim, Alexa, por que vocês não levam as crianças até o playground?

Sem dizer nada, as babás depositaram suas cargas no gramado, onde elas começaram a brincar. Era um pouco surreal estar naquele ninho opulento vinte andares acima de Manhattan, olhando para duas crianças brincando num perfeito gramado verde-claro em seus modernos brinquedos em miniatura.

— Eles adoram você — informou Amanda, enquanto Angie servia o meu cappuccino, o vinho de Amanda e várias bandejas de sanduichezinhos e biscoitos minúsculos cuidadosamente decorados. Os ricos também comiam biscoitos melhores.

Marcus enfiou um biscoito na boca, anunciando:

— Cinco dólares.

— Christina me disse que você tem um irmão muito bonitão — disse Amanda, tomando um gole de vinho.

Eu pensava que Ira seria um constrangimento neste mundo — afinal, era o que ele era em todos os outros lugares —, mas acho que as coisas ficavam confusas no ar rarefeito.

— Sendo irmã dele, *bonitão* não é a primeira palavra que me vem à mente, mas as mulheres sempre o acharam intoxicante — respondi.

— A Christina certamente acha. E fiquei sabendo que ela vai fazer alguns pequenos procedimentos em troca de você cuidar de Ingrid.

Senti o rosto corar e tomei um gole do cappuccino.

— Estou pensando nisso — confessei, encabulada.

— Muito cuidado, Shelley — aconselhou Marcus. — Você não quer ficar com uma aparência comum demais, feito biscoito num pacote. Por falar em biscoitos... — enfiou mais dois na boca. — Dez dólares, quinze dólares.

— Marcus adora provocar. Esses biscoitos *não* custam cinco dólares cada... custam quatro e oitenta e cinco. — Amanda e Marcus trocaram sorrisos irônicos. Eu estava morrendo de vontade de comer um dos biscoitos, mas, em vez disso, peguei um sanduíche minúsculo, que acabou tendo apenas pepino de recheio. — Shelley, posso ser sincera com você?

— É claro.

— Posso ver que você está tentando sair de algum lugar, subir na vida. Está escrito na sua testa. O maravilhoso de Manhattan é que você pode se reinventar aqui. E se tem talento, energia, vontade, beleza, humor, charme, brilho, *enfim*, pode construir uma vida incrível. Uma das melhores coisas de ter muito dinheiro é que ele nos deixa na posição de ajudar as pessoas, de encorajá-las. Eu acredito, assim como Christina, que você pode se dar bem nesse mundo. Você pode ter uma vida muito emocionante, uma *grande* vida, como gosta de dizer Oprah.

— Tudo pronto — anunciou Marcus, tirando o avental e afofando meus cabelos.

— Fofo — elogiou Amanda.

Marcus segurou um espelho de mão na minha frente. Meus cabelos, que costumam ficar numa explosão desafiadora em cima da minha cabeça, uma entidade separada do rosto embaixo dele, agora tinham realmente alguma relação com o meu rosto, emoldurando-o com cachos suaves, realçando meus olhos, destacando as maçãs do rosto, me deixando com uma aparência, se não bonita, ao menos distinta, e talvez até atraente.

— Ficou ótimo, Marcus, obrigada.

— O prazer é meu, boneca — disse ele, com um sorriso caloroso. — Você é uma jovem muito impressionante.

— Leve esses como gorjeta — disse Amanda, oferecendo a ele o prato de biscoitos.

— Eu não devia — disse ele, pegando o prato. — Estou a caminho de cortar Cruela de Kissinger. — Com isso, foi embora.

— É o apelido carinhoso dele para Nancy Kissinger — disse Amanda. — Ele também corta o cabelo de Hillary Clinton.

— Do que ele a chama?

— Docinho. Por falar em grandes vidas, Marcus cresceu num trailer nos bosques do Tennessee. Seu nome verdadeiro é Elmer. Agora ele é proprietário de uma casa no Village e já viajou o mundo inteiro bajulando clientes. — Tomou um gole da taça. — Este vinho é uma gostosura... não, não, ele tem uma certa *tranqüilidade*. Tenho uma consultora de vinhos. Ela me educou no jargão dos vinhos. Não é decadente? A verdade... é que eu ficaria satisfeita com um Chianti barato.

Neste instante, o homem mais sexy que eu já vi na vida saiu para o terraço. Ele era magro, alto, de mais ou menos quarenta anos, bonito num estilo mais rude de Robert Redford, com cabelos castanhos impossivelmente espessos e olhos verdes faiscantes. Vestia jeans desbotados, cinto de couro marrom com fivela dourada e uma camisa azul oxford com os dois botões de cima abertos. Fiz um esforço para conter a minha reação desconhecida: desejo.

— É o rapaz que cuida da piscina — informou Amanda, com um sorriso malicioso e sedutor.

— Muito engraçado, Amanda — disse ele. Então olhou para mim e sorriu. Não era o sorriso resplandecente de astro de cinema que eu estava esperando, mas um casual sorrisinho amistoso. — Oi, sou Josh — disse ele, pegando três sanduichezinhos.

— Shelley, Josh Potter. Josh, esta é a Dra. Shelley Green — apresentou Amanda.

— Olá — minha boca seca conseguiu dizer.

— O que o traz à cidade? — Amanda perguntou a ele, antes de se virar para mim. — Josh mora em Amagansett.

— Estou aqui para o evento beneficente do Sierra Club — explicou Josh.

— Adoro o meio ambiente — disse eu, feito uma idiota, agarrando um sanduíche em seguida. Então o pus de volta. E depois completei: — É tudo muito importante. O planeta, as árvores, essas coisas.

Josh riu e disse:

— Principalmente essas coisas.

Ri de um jeito sedutor e autodepreciativo — quer dizer, não é bem verdade. Gargalhei feito um humorista suando demais. Desejei que houvesse um rolo de fita isolante por perto, para que eu pudesse calar a mim mesma.

— Olha só, Mandy, você se importa se eu nadar um pouco?

— É muito gentil da sua parte perguntar — disse Amanda enquanto Josh seguia em direção à piscina. — É o amigo mais antigo do meu marido. Usa a nossa casa como se fosse seu hotel pessoal. Shelley, você está babando.

— Estou? — peguei um guardanapo e limpei a boca vigorosamente.

— Estava falando metaforicamente. Ele é um bonitão de qualidade internacional, não?

Olhei para a área da piscina — ele estava tirando a roupa, até ficar só com a samba-canção listrada de azul e branco. O sol fraco de fim de tarde brincava em seus músculos e tendões. Os cabelos escuros do peito desciam até a barriga e desapareciam dentro dos shorts. Afastei o olhar.

— Josh é inteligente e divertido, um pouco imaturo, mas dedicado a causas ambientais. E, sim, Shelley, ele é solteiro.

Naquele instante, a mulher de meia-idade de quem me lembrava da visita de Amanda à Clínica Pediátrica Madison apareceu no terraço.

— Sra. Walker, temos um *problema* — comunicou ela, com um sotaque britânico.

— Phyllis, você se lembra da Dra. Green?

— É claro. É um prazer revê-la — disse Phyllis.

Phyllis era magra, tinha os cabelos curtos, pernas finas e postura ereta. Vestia um discreto terno azul-marinho.

— Que tipo de problema? — Amanda perguntou.

— A senhora aceitou jantar na casa de Anne Bass na mesma noite do evento beneficente do Cooper-Hewitt.

— Não irei ao evento do Cooper-Hewitt — Amanda disse, insensata, tomando um gole de vinho.

— Mas, Sra. Walker, a senhora faz parte *da comissão* do Cooper-Hewitt — insistiu Phyllis, como se aquela se tratasse da mais importante informação jamais pronunciada.

— Hummm.

— Já pedi em diversas ocasiões que a senhora não aceitasse convites sem antes checar comigo — disse Phyllis com firmeza. Ela estava começando a me lembrar uma versão britânica da Sra. Saperstein, a severa diretora da minha escola primária.

Amanda me lançou um olhar divertido:

— Tenho sido muito travessa.

— A senhora pode considerar isso extremamente divertido, Sra. Walker. *Eu* não considero. Levo a responsabilidade a sério.

— Tudo bem, vamos ajeitar as coisas. Shelley, voltarei em dois minutos — Amanda pegou a taça de vinho e seguiu Phyllis para dentro do apartamento.

Olhei para a piscina — Josh estava fazendo uma postura de ioga, segurando uma perna atrás do corpo com o braço oposto. Percebeu que eu estava observando.

— Ei, Shelley, por que você não dá um mergulho?

— Não, obrigada — respondi.

Ele caminhou na minha direção:

— Ah, vamos lá, é aquecida.

— De verdade, não tenho maiô.

— Tem um monte de maiôs na casa da piscina — disse ele, apontando para uma pequena estrutura moderna logo depois da piscina.

Eu preferia andar de metrô na hora do rush a vestir um maiô na frente daquele deus.

— Quem sabe na próxima? — eu disse.

Ele pegou mais alguns sanduíches.

— Já ouvi falar em você. Você salvou Smith de uma vida de paralisia.

— Não salvei, mas já desisti de negar — eu disse, sentindo-me levemente mais confortável agora que estávamos falando de pediatria.

— É isso mesmo. Neste mundo, as pessoas assumem o crédito por tudo o que podem. Meu Deus, que dia bonito — disse ele, sentando-se, esticando as pernas e virando o rosto para o sol. — Ninguém diria, num dia como hoje, que o sol se tornou a arma letal da Mãe Natureza. Por que você não vai ao evento beneficente comigo? Tenho um convite extra.

— Você está falando sério? — perguntei.

Ele me olhou com seus deslumbrantes olhos verdes:

— Claro que estou. Por que não estaria?

— Não sei. Acabamos de nos conhecer.

— E que jeito melhor de conhecer você? É apenas mais um evento chato em nome de uma causa honrada.

Ele queria me conhecer melhor? De verdade?

— Esta foi definitivamente a melhor oferta que recebi hoje, mas, infelizmente, já tenho planos. — Não senti necessidade de lhe dizer quais eram: Arthur havia feito uma reserva numa turnê gastronômica por Flatbush. Nós iríamos passar por seis culinárias étnicas. E eu sequer estava comendo.

— Bom, vou dar meu mergulho. Vou lhe deixar o meu cartão, caso seus planos mudem. — Caminhou até a piscina e mergulhou. Minha respiração voltou a ter uma aparente normalidade.

Amanda reapareceu, segurando a taça de vinho vazia, e acenou para as crianças.

— Eu pago oitenta e cinco mil dólares por ano para esta mulher ser grosseira comigo. E ela vale o dobro disso — disse ela, enchendo a taça novamente. De pé, com a mão na cintura, olhou para Josh, que dava pequenos mergulhos e saía de dentro d'água. — Adoro vê-lo nadar. Aliás, ele gosta de você.

— Tá certo — disse eu, incrédula.

— Acredite em mim, Shelley, eu sei. Josh é um cara interessante. A primeira mulher o deixou por outra mulher. E ele não é chegado nessas mulherezinhas bonitas e burras, embora ser bonito seja o principal atributo dele.

— O que ele faz da vida?

— Não muito. Ele tem dinheiro de família, embora ninguém saiba exatamente quanto. Foi ator até os 20 e tantos anos, mas desistiu dessa carreira e começou a se interessar por fazer documentários para o cinema. Agora está envolvido com toda aquela coisa de terras não ocupadas nos Hamptons. Acho que ele não tem um *emprego* de verdade há anos. Ele é um pouco sem direção, mas quando se tem a aparência dele, o mundo é complacente. Você perdoaria o fato de ele ter um subemprego, não?

— Já perdoei.

— Eu também. Olha só, está na hora de eu cumprir a minha agenda. Mas, antes, o meu presentinho para você.

Ela me entregou uma caixinha preta com o rótulo DOLCE & GABANNA. Eu a abri e tirei um vestidinho preto que gritava sexo, dinheiro e Sarah Jessica Parker.

— É maravilhoso.

— A Christina me contou como você tinha emagrecido. E, sim, Shelley, você *pode* usar esse vestido. Agora que já amaciei você um pouco, a história é a seguinte: meu marido tem obsessão pela saúde de Jones e de Smith. Ele pira ao menor dos sintomas. E o Jones tem um pouco de asma. Temos uma casa em East Hampton e queremos separar um quarto para você no verão para você ir o quanto considerar razoavelmente possível. Claro que pagaremos um generoso honorário diário para cada dia que você for. Falei com a Dra. Marge, e ela disse que isso pode ser acertado. E então, o que você acha disso?

Fiquei surpresa, lisonjeada e um pouco desconfiada. Será que eu realmente queria ficar tão envolvida com a família Walker tão rapidamente? Mal fazia um mês que eu estava na clínica, e os portões do reino estavam se escancarando, e eu estava sendo convidada a entrar. Será que eu devia discutir isso com Arthur? Olhei ao redor, no terraço, para as crianças, os sanduíches, e então para a piscina, onde Josh estava sentado na beirada, chutando a água de leve. Confissão: não foi só o dinheiro, ou as crianças ou os sanduíches que me fizeram decidir.

— Parece uma oferta incrível, e eu aceito.

Amanda serviu uma taça de vinho e me deu.

— Bem-vinda ao meu mundo.

E brindamos.

11

CHEGUEI EM CASA a tempo de tomar uma ducha rápida e vestir algo confortável para a minha viagem até Flatbush. Pensei de novo na tarde no terraço, o luxo maluco do gramado e da piscina nas alturas, e o jeito mais maluco ainda como Josh havia olhado para mim, como se realmente aprovasse o que estava vendo. Durante a maior parte da minha vida, eu normalmente evitei fazer contato visual com o meu corpo, com medo dos horrores carnudos que pudesse ver, mas, enquanto me ensaboava sob a água morna, ousei olhar. Eu realmente havia emagrecido mais do que imaginava. Não estava uma magra do tipo Renée-Zellweger-em-*Chicago*, graças a Deus, mas até eu podia admirar uma nova firmeza e definição. Tinha passado muito tempo da minha vida com vergonha dos meus seios, tentando disfarçá-los com blusas soltas e sutiãs apertados demais. Mas tinha visto o brilho nos olhos de Josh e o jeito que o olhar dele se fixou no meu peito. E se eles realmente fossem... bonitos?

Enquanto me secava, pensava no que devia vestir. Algo simples, é claro. Só de pensar em me arrastar de um lado para outro experimentando comida étnica com Arthur e um grupo de pessoas inteligentes, sinceras e queridas... *noooossa*. Eu estava cansada de esconder a minha luz — e os meus peitos — sob um barril. Abri a caixa Dolce & Gabanna, peguei o vestidinho e o segurei. Será que eu realmente entraria nele? E mesmo que entrasse, seria adequado para Flatbush?

Entrei no vestido e me olhei no espelho de corpo inteiro. O decote era ao mesmo tempo canoa e em V. Em outras palavras, ele descia — descia muito — até o V. O vestido terminava no meio da coxa, e as minhas coxas realmente estavam bastante apresentáveis. Calcei sapatos pretos simples de salto anabela. Meu novo corte de cabelo estava lindo, minha pele estava radiante por causa da ducha. Eu estava me sentindo... sexy.

Sentei-me na cama, contei até vinte, respirei fundo e peguei o telefone. Graças a Deus, atendeu a secretária eletrônica de Arthur.

— Oi, querido, sou eu. Olhe só, estou muito exausta e irritada, não estou muito a fim de ir a Flatbush esta noite. Vá você, e divirta-se. Te amo.

Desliguei e telefonei de novo, antes de ser atingida por uma avalanche de dúvidas e culpa.

— Alô — atendeu Josh.

— Oi, Josh, é a Shelley.

— Ora, olá.

— Olhe só, os meus planos para esta noite foram cancelados. O seu convite ainda está de pé?

— Claro que sim. Encontro você na frente do edifício Puck às oito.

Desliguei e fiquei ali parada, num leve choque. Aquela foi a coisa mais nada a ver comigo que eu já tinha feito na vida. Por um instante, pensei em ligar de novo para Josh e cancelar — mas então lembrei a mim mesma que era apenas mais um evento beneficente chato em nome de uma causa nobre. Certamente não era um *encontro*. Era um bom lugar para fazer contatos profissionais.

12

ESTAVA UMA NOITE maravilhosa de Nova York, quente, mas seca, com uma leve brisa — uma pálida lua crescente flutuava no céu azul-índigo. Enquanto seguia de táxi para o centro, eu praticamente me contorcia de ansiedade e empolgação.

O edifício Puck estava banhado em luzes, dois moinhos de vento reluzentes ladeavam a entrada, e uma faixa estendida na frente dizia ESFRIAR! Uma pequena multidão, jovem e glamourosa, fazia hora na frente — e lá estava Josh. Querendo dar a impressão de que costumava chegar a essas coisas o tempo todo e lembrando de todas as fotos que eu tinha visto de estrelas de cinema saindo de carros, abri a porta do táxi e pus uma perna para fora — e o meu pé pousou em alguma coisa empapada e nojenta. Olhei para baixo e vi um Big Mac pela metade. Josh me viu e se aproximou. Saí e sorri para ele com um entusiasmo exagerado — qualquer coisa para distrair a atenção dos meus pés.

— Nossa! — exclamou ele, parecendo querer dizer: "Você está incrível."

— Obrigada. Você também está muito bem.

Josh ainda estava de jeans, mas vestia um blazer escuro e uma gravata vermelha colorida — o efeito era algo do tipo Colorado em Manhattan.

Ele me pegou pelo braço e me levou para dentro do prédio. O grande salão de baile havia sido decorado com capim alto, samambaias e outras plantas que não consegui identificar, todas maravilhosamente iluminadas — o efeito era onírico, romântico. Então vi Susan e Tim, Reese e Ryan, Harrison e Calista, Meryl, Viggo *ai-meu-Deus-Viggo!* — minha cabeça estava girando tão rápido que pensei que eu podia ficar com torcicolo. Outro evento beneficente chato?

Eu tinha certeza de que todos estavam se perguntando o que *eu* estava fazendo ali. Então me dei conta de que *eu* era a única me perguntando o que eu estava fazendo ali. Então me lembrei de que era uma jovem médica bem-sucedida, que havia sido convidada por Josh Potter, que estava usando um vestido lindo e tinha um dos melhores pares de peitos de toda a cidade.

Comecei a relaxar e a aproveitar.

Josh não parava de cumprimentar as pessoas e me apresentar. Todos eram jovens e fascinantes, e não pude deixar de notar que vários homens percorriam meu corpo de cima a baixo com os olhos. Havia música tocando, reggae, e todo mundo estava radiante. O ambiente tinha uma energia festiva e excitante que me levantaram feito uma onda e puseram o ânimo nas alturas.

Fomos até o bar, e Josh me entregou uma taça de vinho branco. Tomei um gole e fiquei observando enquanto ele conversava e ria com um velho amigo, um negro bonito, falavam alguma coisa sobre pântanos, mas eu não me importei porque — ah, meu Deus, Robert De Niro *sorriu* para mim e eu sorri *de volta*, como se fizesse isso todos os dias. E então o amigo de Josh me contou que a mulher dele estava grávida e que eles iriam me ligar, e eu disse "Maravilha", e estava tão perto de Josh que pude sentir o cheiro do sabonete de pinho dele.

Não demorou muito para eu estar na segunda taça de vinho. Josh e eu começamos a dançar, e ele dançou perto de mim. Ao redor, todos os corpos ondulavam, e as pessoas riam e cintilavam, e Josh olhava para mim de um jeito que me deixava muito nervosa, mas eu adorava, e então ele se inclinou e sussurrou no meu ouvido:

— Vamos dar uma volta?

Assenti.

Começamos a caminhar sob o ar da noite a caminho do centro.

— Está bem badalado lá dentro — comentou Josh.

— Com certeza.

— Não sou muito chegado a festas. Prefiro pequenos jantares onde podemos realmente conversar. Ou algo a dois.

As pessoas e o tráfego da cidade seguiam enlouquecidos ao nosso redor, mas eu me sentia isolada de tudo aquilo, como se Josh e eu estivéssemos sozinhos em alguma estrada do interior iluminada apenas pela lua. Ficávamos batendo um no outro e acabamos caminhando com os ombros tocando um no outro. Tentei fazer alguns comentários sobre o Protocolo de Kyoto, mas papos inteligentes estavam bem fora de questão.

— Olhe só, estou com as chaves do loft de um amigo. É a menos de duas quadras daqui. Quer subir e atacar o bar dele?

Senti sinais de alerta disparando em meu corpo, junto com um tipo de emoção com um toque de pânico.

— Acho que já bebemos demais.

— Ele tem café também.

— Preciso acordar cedo.

— É descafeinado.

— Não toco nisso.

— Entendo — ele disse. Caminhamos por mais uma quadra.

—Então aposto que você terá uma desculpa para cada sugestão que eu der, não é, Dra. Green?

— Ah, meu Deus. — parei e olhei para aqueles olhos lindos. — Certamente espero que não.

O loft era num prédio industrial reformado. Josh abriu a porta externa, e fomos até o elevador. Quando entramos, ele enfiou uma chave e apertou um botão, e nós subimos. As portas do elevador se abriram para um espaço enorme e resplandecente, com luz entrando de uma parede inteira de janelas. Josh pousou a mão levemente na parte de baixo das minhas costas quando saí do elevador.

Olhei ao redor, mas não registrei nada, na verdade. Josh foi até a cozinha.

— O que você quer... refrigerante, suco, chá?

— Só um copo d'água.

Estávamos conversando falando baixo, sussurrando, iluminados pelo brilho da cidade do outro lado das janelas.

Sentei num dos bancos altos da ilha da cozinha.

— Você está bem? — Josh, encheu um copo com gelo. Estava adorando vê-lo se movimentar.

— Acho que estou um pouco tonta.

— Água é bom para tontura. — Ele se aproximou e estendeu o copo. — Posso lhe dizer uma coisa?

Assenti.

— Estou sentindo uma forte necessidade de beijar você agora mesmo.

Tomei um gole d'água, torcendo para a minha mão não tremer.

— Posso? — ele perguntou.

Assenti novamente.

Ele tirou o copo da minha mão e o pôs de lado. Então se inclinou para mim, e nos beijamos.

Eu meio que caí do banquinho, apoiando-me em Josh, que me prendeu em seus braços. Continuamos nos beijando, e eu subi a mão até o rosto dele, acariciando o pescoço.

Ele me levou pela mão até o sofá, onde ficamos nos agarrando feito dois adolescentes. De repente, ele estava sem casaco e sem camisa, levou a mão nas minhas costas e abriu o zíper do meu vestido, que escorregou do meu corpo. Depois, tirou a calça, e nós dois ficamos só com as roupas de baixo, espalhados pelo sofá, com as mãos percorrendo o corpo um do outro, e o corpo dele era muito forte, e os beijos, muito suaves. Quando vi, eu estava sem sutiã, e ele me beijava bem ali. Então ele se inclinou por cima do braço do sofá e começou a procurar por uma camisinha num dos bolsos da calça.

— Preciso ir — eu disse.

Ele ficou boquiaberto.

— Desculpe, eu sou noiva — confessei, me sentando.

— Ah.

Então me levantei e comecei a brigar com as minhas roupas. Foi aí que começou, uma explosão do que considero um vômito verbal de Shelley, uma efusão de vergonha e insegurança que é mais ou menos assim:

— Ah, não é culpa sua. Quer dizer, como você poderia saber? A culpa é minha, é toda minha, vamos apenas fingir que nunca aconteceu nada. Não é problema seu que eu seja noiva, é problema meu. Você não fez nada de errado, eu fiz.

Josh continuou sendo um cavalheiro, aceitando a minha interrupção com um olhar de tranqüila empatia.

— Deixe eu descer para chamar um táxi.

— Ah, não precisa, eu me viro — disse, enquanto lágrimas quentes se amontoavam atrás dos meus olhos.

13

MINHA VOLTA DE TÁXI PARA CASA foi a maior de todas as montanhas-russas emocionais. Fiquei sentada em estado de semichoque enquanto ondas de culpa, remorso e ansiedade tomavam conta de mim. Não parava de pensar em Arthur, de ver o rosto dele, ouvir a sua voz. Eu o imaginava nos confins de Flatbush experimentando comidas exóticas e se exibindo com aquela história de minha noiva, a pediatra". Enquanto isso, a noiva dele, a pediatra, estava *prestes* a transar com um estranho num loft. Eu era uma pessoa terrível, uma vadia amoral, uma ordinária. Eu tinha ferrado com a única coisa verdadeira da minha vida. Enrosquei as pernas sob o corpo, me encolhi num canto do banco traseiro e comecei a chorar.

Queria odiar Josh, botar a culpa nele. Não era eu uma vítima de um galinha predador que tirou vantagem da minha ingenuidade e fraqueza para a bebida? Em uma palavra: não. Eu o queria pelo menos tanto quanto ele me queria. Na verdade, eu me sentia culpada por ter dado bola para ele. Foi realmente injusto da minha parte.

Respirei fundo algumas vezes, e as lágrimas pararam.

O tráfego estava pesado, e o táxi parou num semáforo. Havia um restaurante na esquina, lindamente iluminado, alegre, cheio de gente bonita conversando, rindo. Arranha-céus reluziam a distância e, quando o táxi começou a seguir para Uptown, passamos por lojas, cafés, pessoas — um panorama de Manhattan, tudo era luz, luxo e beleza, uma cidade coberta de possibilidades e uma leveza reconfortante e estrelada.

Lembrei da festa, de Josh, da nossa caminhada até o *loft*, do primeiro beijo, do sofá e de tudo. Tudo havia acontecido tão rapidamente, parecia ter vida própria — parecia uma experiência fora do corpo.

Eu ri. Sinto muito, não consegui resistir, e ri.

O riso provocou mais lágrimas, de culpa, confusão e remorso, mas havia mais alguma coisa acontecendo, também. Seria alegria? Sim, eu tinha feito uma coisa estúpida e errada, mas também havia me libertado da minha bolha de moça-boazinha, sido espontânea e impetuosa pela primeira vez na vida.

Tudo bem, Shelley, então você saiu da sua bolha, mas a que custo? Apenas a sua integridade. E lá estava Arthur de novo no meu foco de atenção — o gentil, encantador e carinhoso Arthur. Ser noiva dele quer dizer alguma coisa. É um pacto, uma ligação, um compromisso entre vocês dois. Você quebrou esse compromisso — e isso é simplesmente errado. Errado, errado, errado.

O táxi parou na frente do meu prédio. Meu pequeno canto da cidade dificilmente podia ser considerado glamouroso, com sua mercearia apertada e a velha pizzaria, prédios de tijolos gastos, calçadas sujas. Subi as escadas correndo, tirei o vestido e preparei um banho quente no qual pus todos os sais, óleos e sabonetes em gel que encontrei. Fiz uma xícara de chá, pus um CD da K.D. Lang, peguei a última *InStyle* e o meu celular e entrei na banheira — *ahhhhh*. Banhos de banheira eram meu refúgio desde a adolescência, um jeito de fugir do caos da minha família, um lugar para pensar, para me acalmar, para me renovar, para ler. É claro que, naqueles dias, eu lia Jane Austen e Edith Warton, mas não vamos dedicar muito tempo ao meu gosto literário.

Eu estava acabando de entrar no mundo da diversão que não necessitava de nenhum esforço mental — uma minuciosa investigação dos hábitos de compras da Cameron — quando o meu telefone tocou. Olhei para o número: era Arthur. *Ai, meu Deus.*

— Oi, querido — tentei parecer casual, com o coração batendo forte no peito.

— Estava muito divertido em Flatbush... comi uma samosa de javali incrível! Como você está se sentindo, bonitinha?

— Estou bem. Estou tomando um banho quente, me preparando para dormir.

— Meu amor da banheira. Como foi a sua noite?

Lá vem, a Grande Mentira:

— Sem nada de especial.

— Senti a sua falta.

Dava para sentir as lágrimas se formando. Então ouvi o sinal de outra chamada: era Josh.

Eu não ia atender de jeito nenhum!

— Arthur, estou com outra ligação, você pode esperar um pouco?... Alô?

— Oi, Shelley, é Josh. Eu só queria ter certeza de que você tinha chegado bem em casa e de que está bem.

Ah, meu Deus, aquela voz.

— Cheguei bem, sim, obrigada. Estou bem, acho, mais ou menos, talvez menos, mas não é culpa sua, é...

— Espere um pouco, pode parar. Eu me diverti muito hoje à noite, muito mesmo, mas, agora que sei da sua situação, não vou nem ligar para você mais.

Ele havia se divertido muito.

— Josh, pode esperar um pouquinho?

— Claro.

— Arthur?

— Estou aqui.

— A Amanda Walker quer que eu cuide dos filhos dela neste verão. — Isso era verdade. — Posso ligar de novo em seguida?

— Eu espero, querida. Agora que você é uma médica especialista, preciso me acostumar a essas interrupções.

— Está bem... Josh?

— Estou aqui, Shelley.

Mergulhei de cabeça:

— Eu também me diverti muito esta noite. Obrigada.

Ambos fizemos barulhinhos tipo ronronados involuntários.

— Shelley, eu *adoraria* ver você de novo.

Sob as bolhas, a água ficou um pouco mais molhada.

— Josh, acho melhor eu desligar agora...

— Boa noite, Shelley. E obrigado de novo.

— ...Arthur?

— Por que você está falando com essa voz rouca? Está resfriada?

Limpei a garganta.

— Ahn, puxa, espero que não... Então, parece que foi divertido em Flatbush. Como eram as pessoas?

— Eram todas muito legais. A Jennifer Wu usou o seu ingresso — comunicou Arthur, com uma casualidade um pouco exagerada.

— Ah, usou, é?

— Eu não quis desperdiçá-lo.

— Claro que não.

— Shelley, você parece estar com ciúme.

— Talvez esteja, um pouco.

— Bom, você tem tanta coisa acontecendo na sua vida agora, que eu preciso de uma reserva.

— Por que não convidou um amigo?

— A Jennifer é muito divertida, Shelley, e o nosso relacionamento é estritamente platônico.

Depois do que eu tinha feito, não dava para acreditar que estava questionando aquela excursão inocente.

— Eu estou bem exausta, querido. Vamos conversar amanhã.

— Eu te amo, gatinha.

Larguei o telefone e desci na água até a nuca — e continuei, até mergulhar a cabeça.

14

GRAÇAS A DEUS PELO TRABALHO. Nas semanas seguintes, tirei homens, sexo e relacionamentos da cabeça e me concentrei em ser uma boa médica. Estava vendo muitos dos pacientes que havia herdado do pobre Dr. Clark pela primeira vez, e já estava recebendo novas indicações. A clínica era um estudo sobre o caos pouco controlado enquanto uma correnteza sem fim de crianças, pais e babás passava por lá. E havia ainda os telefonemas e a papelada. Eu tinha a impressão de estar perpetuamente vinte minutos atrasada e que nunca iria recuperar esse atraso. Graças a Deus também pela Candace, recepcionista e encantadora de crianças, que chupava cana e assoviava — a gente sabia que, por mais frenéticas que ficassem as coisas, ela estaria coordenando tudo lá na frente com perspicácia, autoconfiança e ópera.

Era sexta-feira de manhã, e eu estava sentada à minha mesa, repassando a agenda do dia. A semana tinha sido longa, mas eu havia descoberto que, por mais exausta que estivesse quando acordava, assim que chegava ao consultório, eu me sentia imediatamente disposta. É claro, precisava acompanhar os outros médicos. Como havia visto com o Dr. Healy, existia definitivamente uma margem competitiva tácita nos relacionamentos que mantínhamos uns com os outros. Se eu precisava de mais provas disso, a Dra. Chrissy Watson apareceu na minha porta, carregando uma cesta de presente do tamanho de uma lata de lixo transbordando de especialidades gourmets. É preciso observar que o caminho da recepção até a sala dela não passa pelo meu consultório — aquele foi um desvio exibicionista. Como sempre, Chrissy estava quase explodindo de energia positiva e bem arrumada.

— Ah, minha nossa, você acredita no tamanho dessa coisa? Caramba! — disse ela, dando aquele sorriso gigantesco.

— É incrível — disse eu, casualmente, apoiando o queixo no punho, de modo que o bracelete de ouro que Amanda havia me dado ficasse bem visível.

— Vamos ver... tem foie gras, escargots defumados, musse de salmão, trufas de chocolate, coalhada de limão e pepinos em conserva. E tudo isso só na camada de cima! Meu Deus, acho que os meus pacientes me adoram, realmente me adoram!

— É bem impressionante.

— Vou mandar tudo para o Safe Harbor, um abrigo para ex-detentas, deficientes mentais e sem-teto. Tenho certeza de que isso vai alegrá-las na hora!

— Sem dúvida — respondi, tentado pensar nas ex-detentas, deficientes mentais e sem-teto dividindo educadamente o foie gras e os escargots defumados.

— E então, companheira, como vão os negócios com as crianças? — ela perguntou.

— Estou muito ocupada.

— Nem me diga, amiga! Você não se sente às vezes como uma mistura de formiga com abelha?

— Hmmm...

— Por falar nisso, é melhor eu sair voando, a minha colméia está precisando de mim.

Um dos meus primeiros pacientes era um menino de 8 meses de idade, Christopher Wells. Christopher era de uma família do showbiz: a mãe era uma atriz de novela chamada Linda Simpson, e o pai, produtor de um daqueles sofisticados programas de notícias do horário nobre. Eu adorava assistir a esse tipo de coisa — eles conseguiam flexibilizar a definição de notícias para incluir perfis escandalosos de celebridades e terríveis investigações de divórcios complicados de bilionários, tudo exibido com um ar de importância de tirar o fôlego.

Já que novelas eram um vício que eu tinha conseguido evitar, não tinha familiaridade com Linda Simpson. Esperava alguém alegre e bonita, mas ela tinha o rosto redondo e usava óculos. Estava usando calça de algodão, camisa azul de oxford e nada de maquiagem. Com o filho no colo, irradiava inteligência e seriedade. Acho todos os bebês encantadores, mas tive de admitir que Christopher, com seus olhos castanhos redondos e covinhas, era delicioso.

Depois de me apresentar, perguntei como Christopher estava.

— Está maravilhoso. Acabou de conseguir mais um trabalho.

— Trabalho?

— É. O Christopher é modelo — explicou a mãe. — A agência dele o chama de supermodelo, mas sou modesta demais para fazer isso.

— Bem, vamos dar uma olhada no nosso pequeno modelo.

A mãe o passou para mim.

— Deixe-me mostrar o book dele. — Ela foi até a bolsa e tirou de dentro um enorme portfólio. Enquanto eu examinava Christopher, ela segurava o livro de pé e virava as páginas. — Aqui é o BabyGap... Aqui é o comercial da Gerber que ele fez... Charmin... Fisher-Price... Target. Ele pode participar do novo filme do Spielberg. A professora de atuação acha que ele tem uma presença especial. Ela chama de "empatia celestial". É a forma como ele *escuta*. Pouquíssimos bebês sabem como escutar de verdade.

Ainda bem que havia leis sobre trabalho infantil nos livros, embora o jovem Christopher não parecesse ter sofrido qualquer efeito negativo de sua agenda disciplinada, e ele gorgolejou durante todo o exame.

— Bem, o Christopher parece estar em perfeita saúde — comuniquei.

— Eu tenho uma preocupação — disse a mãe.

— Sim?

— O nariz dele.

— O nariz dele?

— Sim, o nariz dele. Infelizmente, acho que está começando a ficar parecido com o meu nariz original. — Ela passou o dedo pelo narizinho de Christopher. — Olhe como é largo aqui, e tem esse pequeno bulbo na ponta. Eu gostaria de consertar isto logo. Você conhece algum bom cirurgião plástico pediátrico?

— Posso lhe garantir que o nariz do Christopher ainda está no estágio inicial de desenvolvimento. Os ossos do rosto não estarão completamente crescidos até ele ter pelo menos 16 anos. É impossível dizer, aos 8 meses, como o nariz dele vai ficar até lá. Cirurgia plástica na idade dele está fora de cogitação.

— Bem, um diretor de elenco comentou a respeito.

— Não estou dizendo que conheço em detalhes a produção de elencos, mas acho que criticar o nariz de uma criança de 8 meses é um absurdo. Além disso, acho que ele tem um nariz perfeito.

Linda Simpson desviou o olhar, com os olhos dispersos, introspectiva e séria, como se estivesse diante de uma decisão de vida ou morte. Então assentiu muito levemente, para si mesma — havia chegado a um veredicto. Virou-se e olhou para mim, os olhos cheios de uma sabedoria conquistada a muito custo e resignação agridoce. Eu quase aplaudi.

— Dra. Green, você é uma mulher apaixonada e convicta, e confio na sua avaliação. Só quero o que for o melhor para Christopher. Mas, quando ele chegar à adolescência, a concorrência vai ficar muito acirrada. E se o nariz não estiver funcionando, vai dançar.

Assegurei-lhe que voltaria a tratar da questão de bom grado então.

No meio da tarde, eu tinha acabado de atender um paciente quando o alto-falante da clínica anunciou:

— Dra. Green, ligação na linha sete.

Fui até a minha sala e atendi o telefone:

— Dra. Green, aqui é Fred McNulty. A Ginger está doente.

— Qual é o problema?

— Ela está com constipação e diarréia.

— Sr. McNulty, são duas condições mutuamente exclusivas.

— Bem, ela está com as duas coisas, eu juro.

Pedi que ele descrevesse o problema.

— O que o senhor está descrevendo é perfeitamente normal. Bebês amamentados no peito às vezes prendem o intestino, que depois têm movimentos explosivos e aquosos.

— Tem certeza?

— Absoluta.

— Nós não devíamos tratá-la de constipação e diarréia?

— Eu *garanto* que não há problema algum. Não é preciso fazer qualquer tipo de tratamento. O sistema digestivo de Ginger está funcionando exatamente como deveria.

— Mas ela está constipada e com diarréia.

Existe algo tocante — e divertido — num pai preocupado. Quando se trata de bebês, os pais são muito mais impotentes do que as mães. Principalmente quando o bebê é uma menina.

— Se quiser trazer a Ginger até o consultório, eu adoraria dar uma olhada nela — eu disse.

O papai soltou um profundo suspiro de alívio:

— Obrigado, doutora.

Eu estava esperando que os resultados dos exames de laboratório de Alison Young tivessem chegado, mas não. Eu havia falado muito rapidamente com o pai dela no começo da semana — ele foi bastante brusco — e lhe dito que ligaria hoje. Queria esperar até ter os resultados em mãos, mas achei que lhe devia o telefonema de qualquer maneira. Peguei-o em seu escritório na Universidade Rockefeller.

— Aqui é Francis Young. — Ele tinha um daqueles intimidadores sotaques britânicos que dizem *sou muito inteligente e muito ocupado, então, por favor, não desperdice meu precioso tempo.*

— Olá, Sr. Young. Aqui é a Dra. Green.

— Sim?

— Só estou ligando para dizer que os resultados dos exames de Alison ainda não chegaram. Liguei para o laboratório, e eles me disseram que estavam muito assoberbados.

Ouvi um suspiro exasperado:

— Isso é muito típico do sistema médico americano. Vocês se atrapalham com *tudo*, não é?

Como tinha plena consciência do diagnóstico errado da mulher dele, segurei a língua.

— Peço desculpas pelo atraso, mas, por favor, tente se lembrar de que eu estou do seu lado. Como está a Alison?

Ele aliviou o tom levemente:

— Minha filha não está bem, Dra. Green.

— Ela esteve no campo alguma vez no último mês e meio? — Como a concentração da doença de Lyme pode levar até seis semanas para aparecer num exame, quis confirmar.

— Não, não esteve.

— Ela piorou, de alguma maneira? Desenvolveu algum sintoma novo?

— Não, mas está com um terrível mal-estar. Estou bastante preocupado, Dra. Green. Infelizmente, estou também muito ocupado. Devo apresentar um importante estudo econômico em Genebra dentro de três semanas. Era a minha mulher quem cuidava da família. Minha filha vai ficar bem?

— Eu certamente não posso dizer isso definitivamente sem os resultados dos exames, mas a avaliação preliminar de Alison foi normal. Assim, estou tendendo a um diagnóstico de manifestação psicossomática. Eu recomendaria que ela fosse a um terapeuta. Sr. Young, acho que a sua filha precisa de alguém com quem possa falar a respeito dos próprios sentimentos.

— Ela passou por muitas coisas neste ano. — De repente, ele pareceu murcho e triste.

— Sim, passou. E isso pode estar causando os sintomas físicos atuais. Eu ficaria muito feliz em indicá-la a um psiquiatra qualificado, a alguém que tenha demonstrado capacidade de ajudar crianças na situação de Alison. Enquanto isso, espero receber os resultados dos exames de laboratório no começo da próxima semana e ligarei para o senhor assim que isso ocorrer.

Houve uma pausa, e pensei ter detectado uma leve pitada de respeito na voz dele quando disse:

— Muito bem, então, Dra. Green.

Foi um telefonema estressante, feito ao final de uma semana exaustiva. Apesar de tudo, eu estava esperando ansiosamente pelo resto do meu dia. Minha última paciente do dia seria a filha de 4 anos de um *grande* astro de cinema — do tipo bonitão arrasa-corações — que fora indicado por Christina Allen para vir até o meu consultório. A família estava morando numa suíte do Pierre enquanto o papai filmava na Costa Leste, e a secretária deles tinha ligado para dizer a Candace que a menina estava sendo levada até a clínica pela mãe. Por mais louca por celebridades que fosse, eu estava determinada a segurar a baba e as tendências bajuladoras e ser o epítome da indiferença profissional.

Mas antes eu tinha dois meros mortais para ver. Estava na minha sala, fazendo anotações, quando Candace apareceu à porta.

— Sua próxima paciente me pediu para lhe dar isto — ela, me entregou uma cópia da última edição da *Elle Decor*. Abri numa página marcada com um Post-It. Era o retrato de um enorme loft no centro da cidade que havia sido decorado no que a revista tratava como sendo um "retrô futurista" feito pela "mais do que moderna" decoradora de interiores Suzie Bell. Havia uma foto de Suzie, que parecia impressionantemente bonita, chique e confiante em sapatos baixos dourados, calça preta, um cinto dourado e uma camisa de seda preta. Os cabelos loiros curtos e a pele estavam radiantes. Ela estava de pé com uma das mãos na cintura e a outra sobre um busto art déco de Greta Garbo que havia "conseguido num antiquário divino que tinha descoberto na mais profunda Praga — meus instintos animais afloram quando vou às compras. Grrrrrr".

— Ela parece uma tigresa — comentei.

— Bem, a tigresa caiu na armadilha dos filhotes. Espere até vê-la — disse Candace.

Entrei na sala de exame e encontrei Blair Buell, de dois meses, sobre a mesa de exame e uma Suzie Bell desarrumada, irritada, inchada e gorducha de pé ao seu lado.

— Olá, sou a Dra. Shelley Green.

— E eu sou um caos. Quer dizer, *olhe* para mim. Faz dois meses que não durmo. Quero dizer *nem uma piscadela*. Ganhei oito quilos *desde* o parto, meus cabelos perderam o volume, minha pele perdeu a cor, sinto azia, dores de cabeça e estou com hemorróidas.

Eu me sinto péssima vinte e quatro horas por dia, sete dias por semana. Minha carreira não suporta isso... sou uma profissional de sucesso, mas estou parecendo uma doente mental. *Tem* que haver uma maneira de fazer esse bebê dormir. Estou falando sério, porque estou começando a odiá-la, e isso não pode ser saudável. — Ela me olhou com tristeza.

Ah, sono. É sempre um grande problema que acompanha a chegada de um bebê. E para personalidades controladoras de sucesso que levavam vidas até então cem por cento controladas, é um problema colossal. Elas consideram sua incapacidade de controlar os invariavelmente caóticos primeiros meses de vida de um bebê como um fracasso pessoal.

— Como está Blair? — perguntei, mais preocupada com a bebê do que com a mãe, que, com seu desespero selvagem, poderia realmente passar por doente mental, ou pelo menos uma bela atriz de TV interpretando uma no *CSI*.

— Ah, ela está ótima, exceto pelo fato de eu temer que tenha algum problema neurológico raro que a impeça de ter uma boa noite de sono.

— Duvido disso. Quase todos os bebês têm rotinas de sono muito inconstantes durante pelo menos os primeiros três meses de vida.

— Três meses! Até lá eu vou estar com cem quilos e completamente louca.

— Os cérebros dos bebês são imaturos e desorganizados, e não podemos simplesmente impor uma rotina a eles.

— Minha amiga Didi jura que seu pequeno Benjamin dormiu feito um anjo desde o primeiro dia. Didi jura que não perdeu uma única noite de sono desde que ele nasceu.

— Acredite em mim, Benjamin é uma rara exceção. Agora, posso examinar Blair?

— É claro.

Blair era uma criança encantadora, com espessos cabelos escuros e um sorriso fácil, que parecia *estar* dormindo bastante. Enquanto eu a examinava, a mãe mantinha um monólogo atrás de mim.

— O meu problema é que eu não tomo remédios para dormir, simplesmente *não tomo* remédios para dormir. Eles são uma rampa escorregadia, e já vi muita gente, gente rica, famosa, *inteligente,* escorregar para o vale das bonecas. Mas não Suzie Buell, não quando tem a biblioteca de Fran Templer para projetar.

Graças às colunas de fofoca, eu sabia que Fran Templer era o maior ícone da sociedade e da moda de Nova York, uma mulher de uma certa idade, que Yves St. Laurent havia chamado de "a mulher mais chique do mundo".

— Quer dizer, você sabe o que *significa* projetar a biblioteca de Fran Templer? — perguntou Suzie Buell. — É como o presidente pedir para redecorar a Casa Branca... com a diferença que Fran Templer é muito maior do que o presidente nesta cidade. E você acha que eu posso deixar Fran Templer me ver desse jeito? Ela me *demitiria...* e eu não a culparia por isso. Você deixaria uma doente mental redecorar a *sua* biblioteca?

— Você tem uma babá?

— Claro que tenho uma babá. Tenho três. E, aliás, meu marido não toca em mim há um mês. E eu não o culpo por isso. Eu não tocaria em mim. A menos que tivesse algum fetiche com doentes mentais.

— Blair parece perfeitamente bem.

— Nenhum problema neurológico?

— De forma alguma.

— Toda essa coisa de gritaria-no-meio-da-noite é normal?

— Perfeitamente normal. Bebês ficam com fome.

— Então a Blair é só uma criança normal?

Levando em consideração a mãe e o ambiente que a cercava, normal não seria a primeira palavra que eu usaria, mas mordi a língua.

— Normalíssima.

Suzie Buell abriu um enorme e caloroso sorriso — toda a angústia hiperativa desapareceu, e ela passou a ser apenas uma mãe.

— Ah, muito obrigada, doutora. Ela não é o bebê mais lindo que você já viu? Ah, quem se importa em dormir quando se tem um anjinho desses? — Suzie pegou o bebê e aninhou-o nos braços, balançando-o para frente e para trás. — Meu doce anjinho, meu sonho, minha menininha, meu amorzinho. — Inclinou-se e esfregou o nariz no nariz dela. Mãe e filha arrulharam de prazer. Então a mãe me olhou com os olhos exaustos. — Ah, tudo bem, Dra. Green, se você *insiste tanto*, vou pedir que meu médico me dê uma receita de algum remédio para dormir. Mas nada pesado. A Didi confia completamente no Ambien.

Disse a Suzie Bell que não recomendava que ela tomasse remédios para dormir enquanto estivesse amamentando no peito, e ela me disse que estava prestes a passar para a mamadeira, de qualquer forma. Assim, dei-lhe minha bênção.

Quando estava no corredor, ouvi:

— Dra. Green, ligação na linha três.

Entrei na minha sala.

— Alô.

— Oi, Shelley, é Amanda.

— Oi, como está?

— Ocupada fazendo nada, como sempre. E então, fiquei sabendo que você acabou indo ao evento beneficente com Josh.

Senti o sangue gelar nas minhas veias. Ela sabia. Será que Josh tinha quebrado a promessa, e a notícia do nosso encontro clandestino já estava correndo o Upper East Side? E ela estava ligando para o meu trabalho só para fofocar? Isso seria um péssimo sinal.

— Fui, sim. A Dra. Marge diz que ir a eventos beneficentes é a melhor publicidade que a clínica pode ter.

— Você se divertiu?

— No começo, fiquei completamente intimidada. Mas, depois, pensei, que se dane, e relaxei.

— Meus espiões me disseram que você dança muito bem. Mas Josh disse que você estava cansada, e que ele a botou num táxi para casa muito cedo.

Deus abençoe o coração de cara certinho dele.

— Foi isso mesmo.

— Bem, talvez você tenha melhor sorte com ele na próxima vez.

— Amanda, eu sou noiva.

— Eu nunca deixei isso me impedir. Brincadeirinha. Mal posso esperar para conhecer o seu noivo. Tenho certeza de que ele é maravilhoso, e um homem de muita sorte. Olhe só, estou ligando para ver se vou poder levá-la para East Hampton no próximo final de semana para mostrá-la como são as coisas por lá.

— Parece ótimo, Amanda.

— Maravilha. Mandarei um carro buscá-la no seu apartamento às nove da manhã do próximo sábado. Talvez eu planeje alguma coisinha social para o sábado à noite. *Ciao*.

Eu nunca tinha ido aos famosos Hamptons, aquela seqüência de cidades na ponta leste de Long Island, que eram o playground dos ricos, tinham praias famosas e haviam recentemente se tornado a Hollywood do leste, uma central de celebridades. Embora estivesse empolgada com a perspectiva de conhecer os Hamptons, havia definitivamente uma leve influência oculta de mão de ferro no convite elegante de Amanda. E por mais ansiosa que ela estivesse por conhecer Arthur, ele não estava incluído. Eu já havia aprendido que, no Upper East Side, os bônus vinham com um preço. Além disso, eu estava com outras coisas na cabeça; quer dizer, eu estava a um paciente de conhecer a filha de um Famoso Astro de Cinema, um bonitão que havia sido considerado pela revista *People* o Homem Mais Sexy do Mundo duas vezes nos últimos cinco anos.

Do lado de fora da sala de exame, peguei uma ficha e li que meu próximo paciente era Nicholas Fielding-Gray, de 14 anos, cujo pai era vice-presidente da Shearson Lehman e cujo... outro pai era advogado sênior na Merrill Lynch. Hmmmm, Nicholas tem dois pais. Eu tinha visto pais do mesmo sexo durante a residência, mas aqueles eram os meus primeiros gays de luxo.

Nicholas estava sentado na mesa de exame. Era um garoto magro e alto, no meio de um surto de crescimento adolescente — os punhos saltavam para fora das mangas da camisa, a calça estava curta demais, sua aparência geral era a de um adolescente saudável, meio desgrenhado, arrebentando as costuras das roupas. Os pais, por outro lado, eram dois homens radiantes, interessantes e bonitos de trinta e tantos anos, impecavelmente vestidos em ternos conservadores.

— Olá, sou a Dra. Shelley Green.

— Olá, Mark Fielding.

— Allan Gray.

— Pode me chamar de Nick.

— Antes que você diga mais qualquer coisa, foi Suzie Buell que vimos na sala de espera? — perguntou Fielding.

Assenti.

— O que aconteceu com ela? Ela parece uma doente mental — comentou Gray.

— Doente mental ou não, ela é incrível — disse Fielding.

— Queremos que ela redecore a nossa casa na cidade, mas sua lista de espera é de três anos — anunciou Gray.

Nicholas se contorceu e revirou os olhos.

— E está fazendo a biblioteca de Fran Templer — completou Fielding, em tom reverente.

— O que é como ser convidado por Deus para decorar o Paraíso — rebateu Gray.

— Só que Fran Templer é muito mais do que Deus nesta cidade — disse Fielding.

Nicholas, parecendo envergonhado, explicou:

— Dra. Green, nós nos mudamos de Houston para cá no ano passado, e Mark e Allan são pateticamente fascinados pelas celebridades.

Fielding fez um carinho afetuoso nos cabelos do filho.

— Encontramos uma excelente terapeuta para ele.

— Ela trata seis crianças Rockefeller — disse Gray.

— E você está gostando do seu novo lar? — perguntei a Nicholas.

— Totalmente. Nova York é demais.

— Por que não começamos a examinar você? — sugeri.

— Mark, Allan, vocês se importam de ficar na sala de espera? — perguntou Nicholas. Depois que os dois saíram, ele disse: — Eles têm essa mania de ficar por perto. É uma espécie de compensação exagerada.

— E como é a sua escola?

— A Dalton é ótima. Só que, bem...

— Sim?

— Mark e Allan. Eles meio que me dão vergonha.

— Por serem gays?

— Ah, não. Ter pais gays é muito legal, tem muitos deles na Dalton. Mas o Mark e o Allan são muito *certinhos*. Sabe, corporativos. Eles nunca se soltam. Quer dizer, vão aos meus jogos de futebol usando camisas pólo e mocassins com franjas, com uma cestinha de vime cheia de sanduichezinhos perfeitos. É um horror. Eles são os pais modelos.

— Você já falou sobre isso com eles?

— Eu tentei, mas eles não entendem. A minha terapeuta está me ajudando a aceitá-los como são.

— Isso é provavelmente o melhor.

O exame de Nicholas mostrou que ele estava com uma saúde excelente.

— O meu pênis é normal? — perguntou ele, ansioso.

— Perfeitamente normal — garanti.

— E esses inchaços no meu, ahn, escroto?

— São pequenos depósitos de gordura. Todos os homens têm isso.

— Eu estava com medo de que fossem câncer, ou herpes.

— Você precisa ter relações sexuais para contrair herpes. Você já teve relações sexuais?

— Não. Mas certamente já pensei nisso.

— Tem alguma coisa que você gostaria de falar a respeito de sexo?

Nicholas hesitou, olhou para mim com um olhar desconfiado e crítico, e então disse:

— Peguei umas camisinhas do criado-mudo do meu pai e estou tentando aprender sozinho como usar. Você sabe, só para garantir. Quer dizer, eu dei uns amassos com a Claire Bookman no Serendipity.

Nicholas estava numa idade em que todas as crianças começam a se preocupar com sexo, e uma grande parte do trabalho do pediatra é aprender a conquistar a confiança delas e a falar honesta e abertamente.

— Claire Bookman e eu vamos ao cinema no sábado à noite... quem sabe o que pode acontecer — disse Nicholas com um encantador misto de bravata e insegurança.

142

— Bem, Nicholas, você sabe que há riscos associados a sexo sem proteção. Existem inúmeras doenças sexualmente transmissíveis.

— Não acho que Claire Bookman tenha qualquer doença sexualmente transmissível... ela estuda na Chapin.

Contive o sorriso:

— Estudar em uma escola específica, em *qualquer* escola, não protege ninguém de doenças. E tem ainda o risco da gravidez. As camisinhas podem estourar.

Nicholas ficou ali sentado, digerindo as informações. Depois de alguns instantes, ele disse:

— Muito bem, entendi. E acho que tenho uma solução.

— Qual?

— Se as coisas ficarem intensas com a Claire Bookman, vamos ficar no sexo oral.

Achei importante não me colocar no papel da negadora pudica. Só serviria para acabar com a comunicação entre nós dois. Adolescentes fazem sexo. Para começo de conversa.

— Bem, Nicholas, esta é uma decisão que deve ser tomada por você e Claire, mas não acho que seja uma decisão que vocês dois devam tomar sem pensar bem. E *há* doenças que podem ser transmitidas por sexo oral.

Nicholas pensou um pouco e suspirou:

— Acho que preciso ser um cara responsável, né?

Assenti.

— É o que os pais perfeitos estão sempre me dizendo também.

— Você tem toda a vida pela frente, Nicholas. E se algum dia quiser conversar sobre isso, basta me ligar.

Quando eu estava saindo da sala de exame, Nicholas disse sem pensar:

— Dra. Green, a Claire Bookman é *muito* gostosa.

Virei-me e olhei para ele, que sorria, os olhos brilhavam, e não soube direito o que dizer... então simplesmente sorri de volta.

Antes de ver o bebê de Hollywood, entrei na minha sala e dei uma conferida rápida no espelho de corpo inteiro que ficava atrás da porta. Levando em conta que eu não havia parado desde as oito da manhã, nada mau. Eu estava vestindo um terno bege novo e havia tido um cuidado extra com a minha maquiagem minimalista. Respirei fundo, endireitei a postura e segui para a sala de exame.

Eu tinha visto fotos da jovem nos tablóides e sabia que ela não era nenhum modelo de glamour, mas mesmo assim fiquei surpresa com o quão malvestida ela estava: agasalho de moletom, tênis de corrida, um top disforme de algodão, boné de beisebol, nada de maquiagem. Eu compreenderia alguém que saísse com aquela roupa para tomar um café sem ser reconhecida num domingo de manhã em Malibu, mas andar pelo Upper East Side? A gerência do Pierre devia ficar passada. Cheguei a falar da pele e dos cabelos? Simples e sem brilho.

— Olá — eu a cumprimentei. — Sou a Dra. Shelley Green.

— Oi — respondeu ela, distraída. A filha de 4 anos de idade estava sentada na mesa de exame, parecendo muito amada e um pouco perplexa com a vida. Num macacão amarelo alegre, estava muito mais bem-vestida do que a mãe, que estava de pé atrás dela, pairando, numa pose protetora. Havia uma pequena pilha de livros sobre a mesa de exame ao lado da garota. Dei uma olhada rápida nos títulos: *O imperativo eólico*, *O enigma da cabala*, e *Madame Bovary*. Hmmm.

— E esta deve ser Tia — eu disse. Tia parecia não estar segura sobre como reagir. Eu podia jurar que ela parecia absolutamente confusa. Talvez a mãe andasse lendo *O enigma da cabala* para ela.

A mãe envolveu a menina nos braços e se inclinou por cima dela.

— Sim, esta é Tia. Estamos aqui para o nosso reforço de vacina, não precisamos de um exame. Qual é o percentual de reciclagem de papel desta clínica?

— Ahn, não sei o percentual.

Recebi um olhar de condescendência politicamente correta.

— A nossa pediatra em Santa Mônica recicla *cem por cento* do papel dela. Não é, Tia? — Tia assentiu. A mãe acariciou seus cabelos. — Seria legal se pudéssemos deixar um planeta para Tia, não acha?

— Acho.

— Bem, isso não vai acontecer se não fizermos nada.

— Você gostaria que eu descobrisse o percentual de papel que reciclamos?

— A esta altura, não tem muita importância.

Tinha importância trinta segundos antes, mas fiquei calada. Tudo o que pude pensar foi, aquele bonitão vive com isso? Não é de se estranhar que goste tanto de filmar épicos em locações distantes. Quer dizer, aquela mulher devia estar criando cabras numa fazenda em Vermont — e acontece que eu sabia que o marido dela havia pagado US$ 17,5 milhões pela casa deles em Pacific Palisades, que já tinha sido de Goldie Hawn, que a comprara de Bea Arthur.

Estava muito claro que ela não deixava ninguém se aproximar da filha, de modo que resolvi simplesmente fazer o meu trabalho da melhor maneira possível.

— Estou com a vacina de Tia preparada — informei.

A mãe levantou a manga de Tia e, então, para meu espanto, levantou a própria manga:

— Tia e eu estamos juntas nisso.

— Você não quer uma vacina de verdade, quer?

— Meu marido e eu imunizamos dez mil crianças sudanesas. Foi meu presente de Natal para ele. Isso e um jipe híbrido.

— Que coisa maravilhosa de se fazer.

Ela balançou a cabeça com ar nobre.

— A Barbra chorou quando contei a ela.

A menção do nome d'A Grande me fez estremecer de emoção, quer dizer, esqueça aquela teoria dos Seis Graus de Separação...

Doctors, doctors who treat movie stars' children
Are the luckiest doc-tors
In the world*

— Nós vamos ser uma menina muito corajosa — a mãe disse a Tia, que olhou para ela ansiosamente.

Aproximei-me da mesa de exame. Estava determinada a criar alguma ligação com aquela pobre criança, que tinha os maravilhosos olhos azuis do pai.

— Olá, Tia — eu sorri.

Tia olhou para mim, e no instante em que um sorriso estava começando a se espalhar por seu rostinho, a mãe tapou os ouvidos da menina e sibilou:

— Nós evitamos que estranhos se aproximem de Tia. Há muitos malucos por aí, seqüestradores, neuróticos, mulheres carentes.

Eu não precisava procurar muito longe para encontrar uma mulher neurótica e carente. Uma que tinha acabado de insultar o meu profissionalismo.

— Estou longe de ser uma estranha. A Tia é minha paciente, e enquanto estiver neste consultório, seu bem-estar é de minha responsabilidade. É uma responsabilidade que levo muito a sério.

---

*"Médicos que tratam filhos de estrelas de cinema/ São os médicos mais sortudos/ Do mundo" — referência à famosa música "People", interpretada por Barbra Streisand, cuja letra diz "Pessoas que precisam de pessoas/ São as pessoas mais sortudas/ Do mundo". (*N. da T.*)

Antes que eu possa aplicar a vacina, preciso examinar Tia para me certificar de que ela não esteja com qualquer doença ou infecção que possa baixar seu sistema imunológico e deixá-la mais suscetível a efeitos colaterais significativos — eu disse, com firmeza, encarando a mãe bem nos olhos.

A mãe tentou sustentar o olhar, mas não conseguiu.

— Eu sabia disso — ela encolheu os ombros casual.

Enquanto eu examinava Tia, a mãe olhava atentamente, inclinando-se com os olhos arregalados e a respiração tensa, como se a filha fosse feita de porcelana e pudesse se quebrar em mil pedacinhos se eu a tocasse com muita força.

— Ela parece ótima — informei.

A mãe acarinhou o rosto de Tia e disse, com voz de bebê:

— Eishtamos prontaish pá nocha vachina.

Esfreguei o bracinho de Tia com álcool e disse, com a voz mais gentil do mundo:

— Não se preocupe, Tia, isso vai terminar num instante, e vai evitar que você fique doente.

O rosto de Tia relaxou, e cheguei a ver até mesmo uma centelha de confiança. A mãe, por outro lado, estava se encolhendo toda, numa apavorada expectativa, como se estivesse num avião prestes a cair.

Piquei a pele de Tia.

— Prontinho — eu disse.

Por um milésimo de segundo, ela esteve ótima — então a mãe gritou "Aaii!", e Tia começou a chorar. E então, eu não estou brincando, a mãe começou a chorar, deu a volta na mesa de exame, sentou-se e segurou a mão de Tia. Eu só fiquei ali parada, embasbacada, enquanto as duas permaneciam sentadas, de mãos dadas, chorando em uníssono. Se estivéssemos numa clínica de baixa renda, eu teria chamado os Serviços de Proteção à Infância — mas aquela não era uma clínica de baixa renda, apenas de baixa sanidade.

Ignorei a mãe e perguntei:

— Você está bem, Tia?

Tia, que tinha parado de chorar, assentiu de um jeito extraordinariamente tranqüilo e olhou para a mãe com uma preocupação antecipada, como se soubesse o que viria a seguir. As lágrimas ainda estavam correndo pelo rosto da mãe.

— Isso sempre acontece comigo quando estou longe do meu psiquiatra, do meu guia de Cabala, do meu professor de ioga e do meu colorista, eu desmorono... e, sim, eu *sei* que tenho uma ligação narcisista com Tia e que uso a minha aliança com ela como uma defesa contra meus sentimentos de inadequação conjugal, mas não é fácil ser casada com o meu marido, sabendo que todas as mulheres do mundo querem dormir com ele e que metade delas já dormiu, e sou eu que preciso manter tudo funcionando: as casas, os empregados, você sabe quanta *papelada* tem nisso? E ainda tem as causas sociais, as festas, as roupas, e eu preciso ser muito equilibrada e *intelectual*, quer dizer, vamos ser realistas, ele não se casou comigo pela minha aparência, e por que a Paroxetina não está me fazendo feliz? Eu quero ser feliz, eu tenho de tudo, eu *preciso* ser feliz.

Tia fez um carinho no rosto da mãe.

— Está tudo bem, mamãe, está tudo bem.

— Ah, Tia, você me ama... não ama?

— Eu amo a mamãe. — Tia se virou para mim: — Lenço?

— É claro. — Entreguei-lhe uma caixa, e ela tirou vários lenços e os deu para a mãe.

— Pegue, mamãe. — A mãe assoou o nariz e secou os olhos. De repente, parecia pequena e tímida. — *Boa* menina, mamãe *boa* menina — disse Tia. Então desceu da mesa, segurou a mão da mãe e levou-a calmamente para fora da sala.

E então, como se alguém tivesse acionado um interruptor, a exaustão da semana tomou conta de mim, e eu me recolhi ao meu consultório. Olga, uma russa corpulenta de meia-idade, estava esperando para me fazer uma massagem na cabeça e na nuca. Candace tinha dado a idéia de trazer uma massagista nas tardes de sexta-feira para ajudar os médicos e os funcionários a descomprimirem a tensão da semana. Dava sempre para saber quem já havia sido massageado, pois estes andavam de um lado para o outro com sorrisos tranqüilos, enquanto os intocados mantinham as expressões perturbadas.

— Nossa, como estou feliz por ver você — eu disse. Olga sorriu. Ela não falava nem compreendia mais do que uma ou duas palavras em inglês. Enquanto ela trabalhava, eu me concentrava em respirar profundamente e exalar com um suspiro. Tive um professor de medicina incrível que sempre dizia que a respiração profunda é a mais poderosa ferramenta terapêutica do mundo, mas que, como era de graça e não vinha em forma de pílula, as pessoas raramente a usavam.

A Dra. Marge apareceu na minha porta. Definitivamente, já havia recebido sua massagem, porque estava com um sorriso benevolente, embora levemente triste, nos lábios.

— Posso entrar? — ela perguntou.

— É claro.

Sentou-se na minha frente.

— Acabei de fazer uma coisa que nunca faço.

— O que foi?

— Cancelei um compromisso social no último minuto. — A Dra. Marge era conhecida por sua capacidade de trabalhar o dia inteiro, ir para casa, vestir uma roupa maravilhosa e sair para uma estréia ou um jantar dançante, onde era charmosa e brilhante. Embora dissesse que metade daqueles eventos tinha a ver com conseguir novos clientes, Candace me contou que a Dra. Marge, na verdade, adorava o redemoinho social, adorava se vestir bem, adorava ver seu nome impresso. — Carolyn Roehm me convidou para ir a Litchfield no fim de semana. Ia mandar um carro, mas liguei para ela há cinco minutos e disse que simplesmente não podia ir, que não estava me sentindo bem.

— Você não está bem?

— Estou ótima... fisicamente. — Ela fez uma pausa enquanto eu me perguntava se devia me intrometer ou não. — Shelley, você não usou a sua deixa. — A Dra. Marge tinha um certo toque leve e hábil e algo que eu considerava um charme claramente europeu, sutil e irônico. Era uma daquelas mulheres que nunca levantam a voz ou perdem o controle. Uma espécie de espelho inverso meu.

— Por que você cancelou o fim de semana?

— Porque não estava suportando a idéia de dois dias de conversas superficiais, de compras de antigüidades caras demais e caminhadas na natureza. Existe alguma coisa mais superestimada do que as árvores? Quer dizer, elas crescem por tudo. Basicamente, não passam de ervas daninhas gigantes. Essa reverência americana a elas é tão infantil. Sou capaz de ver a mão de Deus em Michelangelo, em Mozart, num Chateau LaTour '67, mas numa erva daninha monstruosa? Por favor.

Gemi.

— Olga não é maravilhosa? — comentou a Dra. Marge.

— Hummmmm.

— Olhe só, o meu marido não está na cidade, de novo. Posso convidar você para um jantarzinho leve? Podemos discutir o que você acertou com os Walker.

O convite foi feito com muita gentileza, e senti que não seria prudente recusá-lo.

— Eu adoraria ir, se não for muito incômodo.

— Claro que não. Vou fazer uma omelete. Teremos uma gostosa noite de conversa e estaremos na cama antes das dez.

— Parece perfeito. Vou estar pronta em 15 minutos... aaah, Olga, você acabou de soltar o nó da morte.

15

A DRA. MARGE MORAVA na Central Park West, na Trump International Tower. Estava uma noite agradável de verão e, enquanto caminhávamos a pé pelo parque — repleto de flores e jovens amantes —, a Dra. Marge estava com um espírito reflexivo.

— Lembro de quando tinha a sua idade e estava bem no começo da minha carreira. Cada dia parecia uma nova aventura. Cada paciente me dava uma pequena sensação de expectativa. As crianças são maravilhosas e surpreendentes... é a inocência, a abertura delas que faz isso. — Olhou ao redor e então virou-se para mim. — Sinto uma falta terrível dos meus filhos. — Senti que ela queria dizer mais alguma coisa e fiquei em silêncio. — Mas eles não sentem a minha falta. São rapazes, agora, e a última pessoa em quem estão interessados é a mãe deles. É uma velha história, e a gente sabe que vai ser desse jeito, mas, ainda assim... a maternidade é muito importante para mim.

— Quero muito conhecer os seus filhos — eu disse.

— Os dois são encantadores... inteligentes, atenciosos e adoráveis. E muito independentes — acrescentou, com uma risadinha triste.

— Independência é bom — eu disse, pensando em Ira, ainda morando na casa dos meus pais aos 29 anos.

— Posso confessar uma coisa, Shelley?

— É claro.

— Estou entediada.

— Entediada?

— Com a clínica. Eu sei que você é provavelmente a última pessoa a quem eu devia estar dizendo isso, mas você é uma alma muito compassiva, sabia disso?

— Obrigada.

— Depois de quase vinte e cinco anos, estou entediada até a raiz dos cabelos com as dores de garganta, as reações alérgicas, as vacinas, isso sem falar nas seguradoras implacáveis e os regulamentos intermináveis. E, para completar tudo isso, a enlouquecedora epidemia de superproteção dos pais está desafiando a minha paciência além da conta. Eu quero um novo desafio.

Um jovem skatista passou zunindo, deu um salto, girou no ar e voou de volta para o chão.

— Isso não parece emocionante? É essa sensação que estou querendo ter!

Chegamos ao carrossel, os seus enormes cavalos pintados, a música característica e crianças alegres. Ficamos paradas vendo-o girar e girar, com os pequenos cavaleiros deliciados e encantados, gritando de alegria e acenando. Havia algo de eterno naquela cena, como se estivéssemos no Central Park de cem anos atrás. Era reconfortante. Não importa o quão complexo o mundo tenha se tornado, o quão neuróticos e estressados sejam os pais de hoje em dia, as crianças ainda brincam e correm, saltam e pulam, ainda estão cheias de curiosidade e alegria.

— Quando vim para Nova York, este era um dos meus lugares preferidos da cidade. Meus filhos adoravam. Meu marido e eu os trazíamos todos os sábados de manhã. Depois, nós os levávamos ao Rumplemeyer's para tomar milk-shakes. O Rumplemeyer's não existe mais também. Ah, Deus, lá vou eu de novo. Marge Sentimental. Chega. Conte como você está, Shelley — disse ela, ao retomarmos o caminho até o West Side.

— Bem, estou muito feliz de estar na Clínica Madison, muito feliz com o trabalho e, para ser sincera, muito feliz com o mundo do Upper East Side.

Ela me deu um olhar significativo.

— Cuidado, Shelley. Os ricos e privilegiados sempre cuidam de si mesmos. Certifique-se de estar cuidando de você mesma. Mantenha um grau saudável de ceticismo.

Chegamos ao Central Park West, logo acima do Columbus Circle. A torre coberta de dourado do Trump International agigantou-se acima de nós.

— Sei que é *over*, mas meu marido insistiu que nos mudássemos para cá depois que os meninos foram para a faculdade. Como você sabe, ele ganha a vida identificando tendências de consumo. É uma área muito preocupada com a imagem, e este endereço impressiona seus clientes da Ásia e da América do Sul, que é onde está o dinheiro hoje em dia. Neste momento, ele está em Miami Beach, no Delano.

Entramos no prédio, passamos pelos funcionários deferentes e seguimos até os elevadores.

— O seu marido sente tanta falta dos filhos como você?

O elevador chegou, e entramos. A Dra. Marge apertou o botão do 25º andar.

— Não. Tanto quanto eu, não. Ele sempre foi um homem ocupado, mas ele e os meninos são ótimos amigos, e isso me deixa feliz. Os três viajam juntos para esquiar. Eu vou com eles, mas, como não esquio, acabo ficando sozinha, lendo ou à beira da piscina aquecida.

— As portas do elevador se abriram, e percorremos o corredor amplo. — Por mais nouveau que seja este prédio, preciso admitir que as vistas são espetaculares, assim como os serviços. É quase como morar num hotel. Depois de um longo dia de trabalho, eu realmente gosto de poder pedir um jantar no quarto.

Ela abriu a porta do apartamento, e entramos num amplo saguão que se estendia para um vasto ambiente com uma janela que tomava uma das paredes, com uma vista impressionante de todo o parque. Eu mal havia começado a apreciar a decoração quando uma jovem nua de cabelos longos e seios de silicone que se destacavam à frente como dois enormes acessórios desafiadores da gravidade atravessou a área. Tinha uma lata de refrigerante na mão. Ela nos viu, abriu a lata e disse casualmente:

— Oi, meninas.

Neste exato momento, entrou sua gêmea idêntica, identicamente despida e siliconada.

— Vista chocante — comentou a gêmea.

Então as duas riram.

A Dra. Marge ficou mais branca do que um lençol.

— Meus bebês querem o papai? — Apareceu um homem de meia-idade, também nu, com um drinque na mão. Ele nos viu e parou, parecendo ter engolido um peixe enorme.

Sabe aquela expressão "o tempo parou"? Bem, eu vivi isso. Houve uma pausa pesada, que não pode ter durado mais do que alguns segundos, mas pareceu eterna.

Finalmente, a Dra. Marge disse:

— Herbert, esta é a Dra. Shelley Green. Shelley, este é o meu marido, Herbert Mueller.

Herbert Mueller engoliu em seco e conseguiu pronunciar:

— É um prazer.

— Oi — eu disse.

— O que aconteceu com Connecticut? — perguntou ele, melancólico.

— Imagino que ainda esteja lá — respondeu a Dra. Marge, numa voz mais seca do que o Saara. — Você não vai nos apresentar as suas amigas?

— Ah... é claro. Dra. Green, minha mulher Marjorie... estas são Tiffany-Dawn e Brianna-Jasmine.

— Somos as gêmeas Polson — disse Tiffany-Dawn, como se isso explicasse tudo. Então mordeu o lábio inferior, como se tivesse encaixado as peças.

Brianna-Jasmine estava muito à sua frente, e soltou:

— Nossa, que clima.

E então as duas riram.

16

DEI UM RÁPIDO ADEUS e saí, encerrando o que certamente foi o momento mais torturante da minha vida, sem falar na da Dra. Marge. Senti por ela, ainda mais quando ela me ligou mais ou menos às onze daquela noite, parecendo surpreendentemente sóbria.

— Shelley?

— Oi, Marge.

Esperei, querendo que ela tomasse a dianteira, para evitar consolos ou questionamentos sem saber o que ela queria.

— Obrigada por sua discrição — ela agradeceu.

— Pode contar com isso.

— Eu me mudei para o Lowell — ela informou. — É um hotel residencial tranqüilo na 63 Leste.

— Por favor, me diga se tiver alguma coisa que eu possa fazer por você — ofereci.

Houve uma pausa, e então ela disse:

— Bem, então nos vemos na segunda.

— Certamente, Dra. Marge. Gostei muito da nossa caminhada pelo parque hoje.

— Eu também. Você tem uma bondade natural, Shelley.

— Você ainda não jogou Palavras Cruzadas comigo. Sou impiedosa.

Ela riu, e aquilo me pareceu muito bom. Então ela disse:

— Você já tinha visto alguma coisa tão ridícula quanto os seios daquelas duas? Pareciam armas letais.

— Aríetes com mamilos.

E então começamos a rir:

— Vista chocante.

E a gargalhar:

— Somos as gêmeas Polson.

Quando finalmente terminamos, parecia que uma brisa terapêutica havia soprado sobre nós.

Houve um longo instante de silêncio, e então a Dra. Marge disse:

— Boa noite, minha amiga.

17

O DIA SEGUINTE era o aniversário de 65 anos do meu pai, e Arthur e eu estávamos a caminho de Jackson Heights para o que a minha mãe chamou de "uma pequena *petite soirée* familiar" — o que significava duas coisas: a) mamãe havia se inscrito num curso de francês no Learning Annex, e b) haveria quarenta parentes gritões enfiados no apartamento apertado e abafado deles. Era a primeira vez que eu via Arthur desde a minha própria *petite soirée*, e eu estava *un peu* nervosa. Fizemos planos de nos encontrar várias vezes, mas cada um de nós acabou cancelando por um ou outro motivo, e eu acabava sempre secretamente aliviada. Eu precisava de alguma distância entre mim e a minha indiscrição.

Arthur apareceu no meu apartamento vestindo, surpresa, seu uniforme de calça baggy de veludo, camisa jeans, uma gravata retrô com uma mancha e um paletó de tweed. Vê-lo provocou uma enorme onda de culpa, que eu disfarcei empolgando-me com nosso beijo.

— Nossa — ele disse. Então deu um passo para trás e olhou para mim: — Você está perfeita.

— Você também — devolvi o elogio.

— Mas acho que você devia começar a comer de novo — ele disse. Naquele instante, ele se tornou o porta-voz do leviatã da Família Green. O clima se foi.

— Arthur, eu não quero comer mais. Eu me sinto melhor com este peso.

— Está bem, docinho, está bem. Desde que você esteja fazendo isso pelos motivos corretos, não só para impressionar um monte de gente fútil do Upper East Side.

— O Upper East Side não tem o monopólio das pessoas fúteis. Ora, aposto que até dá para encontrar uma ou duas delas no sagrado Brooklyn.

Por que estávamos caindo naquele previsível padrão de implicância?

Porque acho que ambos compreendíamos que o nosso relacionamento estava menos seguro do que imaginávamos. Que havia uma nova incerteza sobre o nosso futuro juntos. Imagino que, se fôssemos pessoas mais evoluídas, teríamos falado desses sentimentos abertamente.

Mas, como não éramos, implicávamos um com o outro.

Pensei se eu deveria abrir o jogo a respeito de Josh. Aquilo nunca aconteceria de novo — foi uma aberração única, um ataque pouco característico de desejo reprimido. Mas contar a Arthur só serviria para causar uma dor indevida e complicar nosso relacionamento de maneira desnecessária. Quando se trata dos sentimentos alheios, nunca acreditei na sinceridade absoluta.

— Vamos parar — disse Arthur.

— Vamos parar — concordei.

Trocamos sorrisos sem graça, e eu me ocupei em arrumar o apartamento que já estava arrumado.

— Comprei ingressos para o jogo dos Mets para o seu pai — informou Arthur.

— Perfeito. Eu comprei uma TV de tela plana.

— Meu Deus, isso deve ter custado uma fortuna — ele comentou.

Redobrei a falsa arrumação.

— Faz anos que ele quer uma. E é o único pai que tenho. Eu queria fazer isso — senti meu ressentimento crescendo. Por que eu teria de justificar a compra de um bom presente para o meu pai?

Arthur atirou-se na cama com um suspiro:

— Você está absolutamente certa, Shelley, e peço desculpas. É um presente maravilhoso e vai deixá-lo muito feliz. Sabe do que precisamos?

Ele pegou a minha mão, puxou-me para a cama, rolou por cima de mim e me deu um beijo forte e demorado. Aquilo era pouco comum. E eu gostei. Começamos a fazer amor, e por um instante pensei que talvez fosse ser diferente, mas logo virou a velha coreografia conhecida. Eu devia ter feito alguma coisa um pouco maluca, um pouco não-Shelley ou não-velha-Shelley, mas não fiz, e o instante passou, e seguimos rumo a um desfecho previsível, e foi bom, mesmo... bem, na verdade foi melhor do que bom — porque embora meu corpo estivesse na cama com Arthur, a minha cabeça estava naquele loft com Josh.

18

NO METRÔ A CAMINHO de Jackson Heights, Arthur estava relaxado, quase expansivo, com o orgulho masculino pacificado. Passei o braço no dele e aproveitei nossa compatibilidade fácil, o conforto de estar perto dele. Eu vinha andando muito de táxi ultimamente, e andar de metrô pareceu um pouco estranho — foi assim, afinal, que passei a vida toda antes de eu ser puxada para o mundo da Clínica Madison.

Era a primeira vez em meses que eu ia até o bairro onde eu havia crescido. Jackson Heights é um lugar legal, cheio de conjuntos de apartamentos baixos de tijolos construídos nas décadas de 1920 e 1930. Arborizado e seguro, passou por uma sensível renovação desde a minha infância, alimentada por um influxo de homens gays e imigrantes indianos, mas ainda é um universo diferente de Manhattan. Enquanto Arthur e eu caminhávamos da estação de metrô até o meu prédio, não pude deixar de comparar as pessoas de classe média por que passamos, o clima rotineiro, com a pretensão do Upper East Side.

Nosso apartamento ficava num daqueles prédios antigos com um grande pátio. O corredor — com a cerâmica amarelada e rachada, as paredes cobertas com muitas camadas de tinta barata — era antiquado e pitoresco, na melhor das hipóteses, sombrio e deprimente, na pior. Enquanto subíamos no elevador que rangia, percebi como me sentia diferente — eu me sentia como uma visita. Aquela não era mais a minha casa. E, o mais importante, eu não queria que fosse.

Deu para ouvir o barulho da festa assim que saímos do elevador, e um sorriso se abriu no rosto de Arthur. De algum modo, ele ficava muito contente com a minha família barulhenta e emotiva — eles pareciam deixá-lo relaxado. Eu havia estado com os pais de Arthur várias vezes. Eles eram acadêmicos e intelectuais um tanto condescendentes, com uma formalidade típica do Meio-Oeste. Arthur adorava Nova York com a paixão de um transplante, e a minha família fazia parte dessa paixão.

Eu estava um pouquinho arrumada demais para a festa: usava salto alto e um conjunto de saia e blusa cor de vinho que havia comprado na Bloomingdale's. Tinha cuidado da maquiagem e do novo penteado. A verdade era que eu queria impressionar o leviatã da Família Green com o meu sucesso.

— Shelley, o que aconteceu com o seu cabelo? — foram as primeiras palavras que saíram da boca da minha mãe depois que ela abriu a porta. — E, Arthur, nossa, como você está bonitão!

Não consegui me conter:

— O que foi, mamãe? Você não gostou do meu cabelo?

Ela pôs a mão na cintura e me avaliou.

— Bom, está... diferente. Certamente parece... caro e *au courant*. Assim como a roupa. E a perda de peso. Nossa, como mudamos. Estou com medo de você achar esta festa muito Breughelesca para o seu gosto, agora que você vive na Degaslândia. Somos apenas camponeses celebrando depois de uma semana dura no campo. Mas temos a nobreza dos oprimidos.

Minha mãe não parecia muito oprimida ou nobre em suas roupas de festa: um vestido azul com alcinha de cetim, sapatos de salto combinando, um enorme broche de zircônia em forma de estrela e do tamanho de um prato raso, anéis e pulseiras em abundância, seus brincos candelabros característicos e muita maquiagem, incluindo lábios contornados em vermelho-escuro e base que acabava de repente na linha do maxilar e parecia ter sido aplicada com um rolo de tinta. O cabelo tinha passado a tarde em rolos e recebido spray até uma consistência que beirava a blindagem. Apenas para que o glamour não fosse muito ofuscante, ela complementou tudo isso com seus onipresentes óculos-na-cordinha.

Atrás de nós, a festa era uma confusão de primos, tias, tios e agregados, todos gritando e comendo, em geral ao mesmo tempo. Eu queria puxar a mamãe até o corredor do edifício e implorar: "Mamãe, tudo o que eu sempre ouvi desde o dia em que nasci foi 'Por favor, Shelley, estude bastante, faça alguma coisa da vida, tenha sucesso, nos faça melhorar, nos encha de orgulho', e agora que estava fazendo exatamente isso, o que eu recebia? Observações depreciativas."

Mas eu não a puxei para o corredor. Engoli a frustração e a decepção. Fica mais fácil com o passar dos anos, mas nunca é bom.

— Agora, Arthur, você está igual, graças a Deus. Entrem, entrem, comam, bebam, divirtam-se. — Arthur foi imediatamente sugado para o meio do redemoinho. Mamãe e eu ficamos sozinhas na entrada do apartamento.

— Shelley, perdoe as modestas instalações, e desculpe não haver caviar.

— Chega, mamãe — eu disse, com firmeza.

— Estou muito orgulhosa de você, Shelley. E você está linda.

Este era o *modus operandi* da mamãe: me pressionar o máximo que conseguia e, quando eu reagia, inverter a situação.

— Comprei uma TV de plasma de 48 polegadas para o papai — eu disse, enfiando a mão na bolsa e tirando o folheto brilhante da TV. — Ela vai ser entregue na terça-feira.

Mamãe pegou o folheto e olhou para as fotos.

— Ah, Shelley, que presente mais lindo. Nem consigo imaginar o quanto você gastou. E faz anos que eu quero trocar o carpete, mas não há de ser nada, é a intenção que conta, e o papai adora ver os jogos, e eu tenho o meu *Ao Vivo de Met*, se ele algum dia me deixar assistir. Você é a filha mais maravilhosa que qualquer pai poderia desejar.

Agora eu estava recebendo as duas mensagens na mesma frase. Era de se admirar que eu tivesse conflitos sobre alguns aspectos da minha vida?

Eu estava começando a sentir um pouco de claustrofobia no hall, ainda mais com a mamãe em cima de mim, o armário de miudezas de um lado, a tapeçaria judaica pendurada do outro. Mas ela ainda não tinha terminado comigo.

— O seu irmão trouxe *uma mulher* para a festa — disse mamãe, baixando a voz em tom conspiratório, falando com desprezo.

— Você acharia melhor se ele trouxesse uma cabra?

Por mais que a mamãe reclamasse dos hábitos terríveis e das ausências inexplicáveis de Ira, o que ela mais temia, além de ele terminar na sarjeta, era que realmente conseguisse uma boa garota e fosse morar com ela.

— Shelley, eu posso viver melhor sem o seu sarcasmo num momento como este. O inferno não conhece fúria semelhante ao de um filho ingrato... e parece que tenho dois assim. Eu gostaria de receber algum apoio, é pedir muito?

— Mamãe, se acha que vai conseguir meu apoio para manter Ira como um adolescente emocional, você está enganada.

Mamãe olhou para mim como se eu tivesse acabado de enfiar uma faca no coração dela.

— Eu iria me matar, mas você acabou de fazer isso por mim.

Quando eu era pequena, minha mãe entrou para uma companhia de teatro do bairro, mas só durou uma semana antes de desistir, alegando que o papel que lhe deram era pequeno demais. Em casa ela podia ser a única estrela do espetáculo. Sempre me perguntei se as coisas teriam sido diferentes para mim e Ira se nossa mãe tivesse tido a oportunidade de trabalhar seus instintos de sofrimento dramático num ambiente mais adequado do que o nosso apartamento.

Naquele momento, ouvi uma voz conhecida me chamando:

— Shelley!

Olhei por cima do ombro da mamãe e vi Christina Allen vindo em nossa direção.

— É ela — sibilou a mamãe.

— Mãe, ela é minha amiga. É médica.

— Não me interessa se ela curar o câncer, ganhar o Prêmio Nobel e tiver o rosto estampado num selo, *eu-não-gosto-dela*.

Christina estava informalmente deslumbrante de jeans, cinto e sapatos pretos baixos e uma blusa drapeada de veludo verde.

— Sra. Green, Miriam, eu adoro a sua família, todo mundo é tão carinhoso, divertido e maravilhoso... Nossa, daria para montar todo um elenco de *Um violinista no telhado* sem sair da cozinha. E o seu apartamento é tão... autêntico. Seu filho também é muito autêntico. A senhora fez um excelente trabalho na criação dele.

Nem a mamãe conseguiu resistir a este último elogio.

— Ora, obrigada. Bem, vou deixar as duas médicas falando de negócios. — Ela se afastou com um "Apos".

— "Apos"? — perguntou Christina.

— Você não iria querer saber.

Christina me deu um abraço.

— Shelley, você está incrível. E eu estava sendo sincera... você tem uma família maravilhosa. Devia ver como são as festas da *minha* família... ficam todos enchendo a cara fingindo que não estão bêbados, e só sabem falar de ações, cavalos e o quanto odeiam Hillary Clinton. É um porre. *Isto* é divertido.

Sorri. Só o olhar externo de Christina podia me fazer apreciar minha origem gritona.

— São pessoas legais — eu disse. — Amo muito a todos.

— E eles amam você. Devia ouvi-los falando. Eles têm muito orgulho de você, Shelley.

— Ah, Christina, você não imagina como é importante ouvir isso.

— Conheci Arthur... — ela informou.

— E...?

— Ele é muito querido...

— E...

— Educado...

— E...

— Não é nenhum Josh Potter.

— Christina, nós estamos noivos.

— Eu sei disso, e acho que é pitoresco, mas... bem, não vamos conversar sobre isso agora, porque já falaremos disso num minuto. Tenho uma proposta para você — disse ela, com um sorriso malicioso.

— Ah, é?

— Uma velha amiga minha, Lucy Clarke, uma advogada-banqueira, absurdamente brilhante, acabou de conseguir o emprego da vida dela, presidente de não-sei-o-quê-não-sei-onde, mas é lá no fim do mundo, em Sydney, na Austrália. Para encurtar a história, ela quer manter o apartamento de Nova York e está procurando por alguém para sublocar. É um condomínio divino na esquina perto dos nossos consultórios. Uma pegadinha: ela tem uma arara que adora. Em troca de cuidar da arara, você fica com o apartamento por nada além da taxa de condomínio, que é mais ou menos novecentos dólares por mês.

Novecentos dólares por um apartamento num condomínio divino no Upper East Side? Eu pagava muito mais do que isso pelo meu minúsculo conjugado.

— Christina, Arthur e eu acabamos de assinar o contrato de um apartamento em Carroll Gardens.

— Isso não é no Brooklyn? Isso é estranho, para não dizer trágico. Conheço um advogado que livra você desse contrato antes de a espuma de um *mocaccino* se desmanchar.

— Mas, Christina, eu estou noiva.

— Você pode me odiar pelo que vou dizer agora, mas vou dizer mesmo assim. Este é o seu momento. Muitas portas bastante emocionantes estão se abrindo. Se você pelo menos não mergulhar os dedos dos pés no grande mundo glamouroso para ver se gosta ou não, talvez venha a se arrepender mais para frente. Quer dizer, olhe para você, Shelley... você é um mulherão. E tem charme de verdade. Sei com certeza que Josh Potter está interessado em você. Você não quer chegar aos 65 anos e olhar para trás cheia de *eu devia-eu podia-eu teria*, desejando ter pelo menos beliscado o fabuloso bufê que foi estendido diante de você.

Olhei por cima do ombro dela e olhei para Arthur.

— Arthur não vai a lugar algum, Shelley. Tenho certeza de que é um cara muito legal, mas ele vai esperar por você. Na verdade, se ama você, ele vai entender. Eu tenho dois homens back-up na minha vida, caras que se casariam comigo num instante. E pode até acontecer, mas, se acontecer, quero que seja do meu jeito. Somos mulheres de sucesso, Shelley, ganhando muito dinheiro. Não precisamos de homens da mesma forma que as gerações anteriores de mulheres precisaram. Conquistamos o direito de tomar as nossas próprias decisões. — Ela passou os dedos pela bela volumosa cabeleira escura e sacudiu a cabeça. O rosto se suavizou num sorriso caloroso. — Desculpe se estou sendo agressiva demais, mas tenho verdadeira paixão por ver as mulheres tendo poder sobre suas vidas. Cresci numa família de brancos anglo-saxões e protestantes de direita que acham que nós não temos direito de controlar sequer nossos próprios corpos, pelo amor de Deus.

— Ah, Christina, eu não sei. Não suporto a idéia de magoar Arthur.

— Você é uma querida, Shelley Green. — Neste instante, Ira chegou deslizando por trás dela e passou os braços em volta de sua cintura. Ela se aconchegou nele e ronronou. — Assim como o seu irmãozinho. Além de outros certos atributos.

Acho que quando algumas mulheres assumem o controle das próprias vidas e fazem próprias escolhas, escolhem homens como Ira. E por falar em Ira, o rosto dele parecia muito... luminoso e, bem, estranhamente macio.

— Oi, mana — ele disse.

— Oi, Ira. Você está bonito.

— Ei, obrigado. Devo tudo à minha cirurgiã plástica aqui.

— Só um peeling leve e um pouco de Botox — explicou Christina.

— Na idade dele? — perguntei.

— Nunca é cedo demais para começar. Por falar nisso, a Ingrid chegará em seis semanas. Já decidiu o que vai querer fazer?

— Vou cuidar da sua filha, sem cobrar, e vou bancar as minhas cirurgias quando me sentir pronta. Se esse dia chegar — respondi.

— Eu podia fazer coisas incríveis com os seus lábios. E um peeling deixaria você luminosa como uma adolescente — insistiu Christina.

— Vamos ver — eu disse. — É melhor ir atrás do aniversariante.

Christina inclinou-se para perto do meu ouvido e sussurrou:

— Me encontre no meu consultório amanhã ao meio-dia. Vamos dar uma olhada rápida no apartamento de Lucy. — Hesitei. Ela pegou minha mão e apertou. — É só uma olhada.

— Tudo bem.

Ao percorrer o corredor, ouvi atrás de mim:

— Ira, este armário é tão sexy, vamos entrar.

— Ah, gata.

Olhei por cima do ombro a tempo de ver a porta do armário se fechando atrás deles. Então me virei e segui para o caos festivo.

Meu pai — altura mediana, barrigudo, careca, com uma palidez nova-iorquina e grandes e tristes olhos castanhos — estava de pé no meio da sala cercado pelo leviatã. Estava aproveitando a atenção. Deus sabe que isso acontecia muito raramente. Os pais dele haviam vivido durante a Depressão e encorajaram o filho a sonhar pequeno: um emprego público, um salário estável, uma aposentadoria decente. Ele nunca me disse se tinha outros sonhos, e eu nunca perguntei, mas havia muito tempo ele tinha se conformado com o que a vida lhe reservara. E não era nada tão mau assim, afinal. Ele adorava gente, adorava percorrer seu trajeto e, se alguma profissão realmente tinha a nobreza dos oprimidos, era a de entregar correspondência um dia depois do outro. Eu tinha orgulho dele.

— Shelley — ele gritou, me prendendo num abraço de urso. Então segurou meu rosto entre as mãos e me beijou.

— Feliz aniversário, papai.

— Ah, minha menininha — disse ele, com os olhos se enchendo de lágrimas. — Acredita que seu velho está com 65 anos? E você é uma médica, como sempre disse que seria, exatamente como todos queríamos. E está linda. Ela não está linda?! — ele gritou.

Houve um exuberante assentimento no ambiente e, de repente, eu era o centro das atenções. Perguntas, elogios e beijos voavam de todos os lados. Eu estava de volta ao seio do leviatã da Família Green. E sabe do que mais? Foi ótimo. Estava prestes a falar para o papai sobre seu presente, enfiando a mão na bolsa para pegar o folheto, quando:

— *Silêncio, todo mundo! Tenho um anúncio a fazer!* — Minha mãe estava de pé em cima de uma cadeira, gritando com todas as forças. — *Eu disse SILÊNCIO TODO MUNDO, EU TENHO UM ANÚNCIO A FAZER!!*

Aos poucos, a sala foi ficando silenciosa, cheia de expectativa, com todos os olhos voltados para a mamãe. Ela ficou um minuto aproveitando aquele momento.

— Obrigada. Só queria lembrar a todos que o *meu* aniversário é no dia 11 de outubro. — Forte gargalhada. — Falando sério, quero contar a vocês todos algo muito emocionante e bonito. — A sala ficou absolutamente silenciosa, e a expressão da mamãe foi ficando absolutamente beatificada, os olhos, marejados de lágrimas. — Shelley comprou para o pai uma TV de plasma de quarenta e oito polegadas de presente de aniversário.

Ótimo, mamãe, obrigada.

Minha raiva florescente foi repentinamente cortada pela gritaria orgástica que começou a vir de repente do armário do hall de entrada.

— *É uma Sony!* — Berrei acima dos gritos... e, felizmente, começaram as comemorações.

19

COMO PLANEJADO, EU ME ENCONTREI COM CHRISTINA no consultório dela na manhã seguinte. Ao contrário da decoração centrada em crianças da Clínica Madison, a Lazansky & Allen Cirurgia Plástica tinha uma sala de espera parecida como uma suíte de um hotel muito caro e moderno — tudo era cor-de-rosa e bege, havia poltronas e sofás geométricos baixos, iluminação suave, arte abstrata. E pode esquecer *Family Fun* e *Ladies' Home Journal* — aquilo era *Town & Country*, *W* e *Maxim*.

— Adoro o silêncio que faz aqui aos domingos — Christina levou-me até a sala dela, que também era ampla, confortável e chique. Ela se atirou em sua cadeira e pôs os pés em cima da mesa. Eu me sentei no sofá. — Aquela festa estava uma delícia. O seu irmão é um cara muito bacana. Olhe só, deixe eu mostrar onde fazemos as nossas cirurgias mais simples. As maiores são feitas em Lennox Hill — Christina me guiou por um corredor até uma minissala de operação supermoderna. Era exatamente como as dos seriados *Dr. 90210* e *Nip/Tuck*. — Tem certeza que eu não posso convencê-la a tomar algumas injeções de Botox, talvez um pouco de colágeno? Levaria dez minutos.

— Hoje, não.

— Tudo bem, vamos ver o apartamento.

O apartamento de Lucy Clarke ficava num distinto edifício de apartamentos do pré-guerra a duas quadras da Clínica Pediátrica Madison. Christina me apresentou ao porteiro, que era igualmente distinto e tinha evidentemente um orgulho de proprietário do prédio.

Quando Christina abriu a porta do apartamento do quarto andar, fomos cumprimentadas com um alto "Ei, gata, rebola, rebola".

— Este é Harry — explicou Christina. — Ele é fofo, mas um pouco abusado. — Foi até uma gaiola. — Oi, Harry.

— Ei, gata, rebola, rebola. — A bela e multicolorida arara saltou e enfiou o bico pelas grades. Christina o acariciou. — Isso é tão careta, isso é tão careta — ele grasnou.

— Cuidado, cara, se você quer ter o que comer. Venha conhecê-lo — ela disse.

— Oi, Harry — eu cumprimentei o pássaro.

— Ei, gata, rebola, rebola.

Ele parecia adorável e engraçado, como um homenzinho orgulhoso, todo inchado e cheio de si. Fiquei encantada.

— Te peguei, te peguei — grasnou ele, me botando no meu lugar.

— A Lucy tem obsessão pelo Ashton Kutcher — explicou Christina.

— Quem pode culpá-la?

Christina indicou o apartamento com um gesto:

— Bem, aí está.

— Christina, é lindo — a ampla sala de estar tinha proporções clássicas, móveis lindos, estantes embutidas, uma lareira, uma grande área de jantar e uma vista de fartas copas de árvores.

— Lucy tem um gosto perfeito... para decoradores. Dê uma olhada no resto do apartamento.

O apartamento tinha corredores e armários em abundância, sancas no teto, um quarto de sonho, um escritório confortável, um banheiro imenso que parecia ser o mesmo da época em que o prédio foi construído, com azulejos pretos e brancos e uma antiga pia de pedestal, um lavabo ao lado do hall de entrada. A cozinha era encantadora, reformada com simplicidade, com uma mesinha e um banco comprido com vista para os jardins das casas vizinhas. Uma porta levava até a escada dos fundos e o elevador de serviço. Voltamos para a sala de estar.

— O que você achou? — perguntou Christina.

— Bem, é basicamente o apartamento dos meus sonhos.

— E pode ser seu por novecentos dólares por mês. Lucy está disposta a fechar por dois anos. E antes que você pense que sou a Madre Teresa, venho tomando conta de Harry há um mês, e estou cansada disso.

O apartamento parecia isolado da cidade que o cercava, um refúgio, um oásis. Imaginei como seria acordar ali, fazer meu café, comer meus cereais e a minha fruta, e chegar ao trabalho em cinco minutos. E depois voltar para esse esplendor ao final do dia, preparar um banho quente ou me acomodar para ver um pouco de TV naquele sofá com-tanto-jeito-de-ser-confortável. Percebi com uma pontada de culpa por Arthur não fazer parte desse meu cenário.

— Você acha que teria algum problema se Arthur viesse morar aqui comigo? — perguntei, com remorso.

Christina hesitou por um instante:

— Vou ter que falar com Lucy, mas acho que não.

— Isso é tão careta — disse Harry.

— Quase inacreditável — disse Christina.

20

OS RESULTADOS DOS EXAMES de Alison Young chegaram na manhã seguinte e não eram o que eu estava esperando. Ela tinha uma taxa de sedimentação eritrocitária alta, de 35, quando o normal era menos de 20. Uma taxa elevada de sedimentação pode indicar uma infecção corrente ou recente. Pode ser também um sinal inicial de uma doença inflamatória sistêmica. Eu havia suposto prematuramente que os sintomas de Alison eram psicossomáticos, dito ao pai dela que a filha precisava de terapia, e agora parecia que havia de fato uma causa fisiológica para a indisposição, a palidez e a perda de peso. Estava me sentindo uma tonta, uma idiota e — muito pior — uma má médica. Ainda achava que Alison se beneficiaria de uma terapia, mas o simples fato médico era o de que ela precisava fazer mais exames para determinar a etiologia exata da taxa de sedimentação elevada.

Permaneci sentada no meu consultório com os resultados dos exames de Alison à minha frente ficando com mais e mais raiva de mim mesma. Prometi desde o começo da faculdade de medicina que seria uma médica humilde, metódica e meticulosa. E agora, menos de dois meses depois de começar a praticar a profissão, eu havia me apressado numa avaliação, deixando minha ligação emocional com Alison se sobrepor à tranqüilidade e ao compromisso com a ciência que eu havia desenvolvido com tanta dedicação.

Dediquei a mim mesma cerca de trinta segundos de auto-recriminação. Então, peguei o telefone e liguei para o pai de Alison.

— Sr. Young, aqui é a Dra. Green. Os resultados dos exames de Alison chegaram.

— E?

— Eu lhe devo um pedido de desculpas. Alison tem uma taxa elevada de sedimentação.

Ele bufou triunfalmente.

— Foi exatamente o que aconteceu com a minha mulher. Vocês, médicos americanos, pensam que têm todas as respostas... não apenas isso, vocês as têm ontem. Mas não passam de um bando de tolos arrogantes. — Ele suspirou fundo, e pude notar a exaustão emocional em sua voz. — A Sra. Figueroa me disse que Alison não está se alimentando e tem reclamado de dor de cabeça. — Houve uma pausa, e a realidade da situação pareceu fazer efeito. — Então isso pode ser realmente grave. Fale-me sobre as possibilidades.

Expliquei o que a taxa elevada de sedimentação podia significar, de algo benigno, como uma infecção recente, à possibilidade de uma disfunção auto-imune como artrite reumatóide juvenil ou lúpus.

— Há quanto tempo a senhora é médica, Dra. Green?

— Estou atendendo há cerca de seis semanas.

— Entendo. E quantos pacientes já teve com os sintomas da minha filha?

— Sr. Young, com todo respeito, eu não vou entrar nessa discussão com o senhor. Se quiser trocar de pediatra, é uma prerrogativa sua. Meu plano a esta altura seria obter um diagnóstico definitivo. Eu gostaria de ver a Alison mais uma vez, já que os sintomas parecem ter piorado desde a semana passada. E também gostaria de marcar uma hora para ela se consultar com o Dr. Charles Spenser, que é especialista em doenças infecciosas e imunologia pediátricas.

Houve uma pausa.

— Deixe-me pensar no assunto.

— O tempo é importante neste caso, Sr. Young. Se o senhor quiser trocar de pediatra, terei prazer em lhe dar algumas indicações. De qualquer maneira, eu gostaria de ver Alison entre hoje e amanhã.

Ele deu um suspiro pesado.

— A Alison não estava se sentindo bem para ir à escola hoje de manhã. Está em casa com a Sra. Figueroa. Imagino que tenha o número de lá.

— Tenho, sim.

— Muito bem. Não tenho dúvidas de que voltaremos a nos falar. — Dizendo isso, desligou.

Eu havia feito rondas com o Dr. Charles Spenser na faculdade. Era um dos maiores especialistas do país, brilhante e atencioso. Liguei para o consultório dele e consegui uma consulta para as cinco e meia da tarde do dia seguinte. Então liguei para a Sra. Figueroa, e ela concordou em levar Alison à clínica imediatamente. Pedi a Candace que avisasse aos pacientes seguintes que eu me atrasaria cerca de vinte minutos.

Alison tinha a aparência de quem não estava passando bem. O rosto pálido, apática, os olhos tinham bolsas escuras ao redor e ela parecia ter perdido mais peso. A Sra. Figueroa se sentou numa cadeira, parecendo preocupada.

— Bom dia, Alison.

— Oi, Dra. Green — tentou sorrir, mas não obteve muito sucesso.

— Soube que você não está se sentindo nem um pouco melhor. Ela sacudiu a cabeça.

Afastei os cabelos de seu rosto e senti uma das faces com a palma da mão; a pele estava pegajosa.

— Sinto muito por isso, mas tenho certeza de que vamos descobrir o que você tem, e você vai se sentir melhor logo, logo.

— O papai está bravo comigo porque estou doente — ela disse.

— Eu conversei com o seu pai, Alison, e ele está preocupado com você.

— Ele vai apresentar um trabalho muito importante em Genebra.

— Bem, você é mais importante para ele do que qualquer trabalho. E você também é importante para mim. Agora, pode me dizer como está se sentindo? Alguma coisa diferente na última semana?

— Eu não tenho vontade de comer, nem de fazer nada. Não quero ir para o acampamento de verão.

— Ela está sem energia nenhuma — completou a Sra. Figueroa.

Fiz um exame físico. Mais uma vez, nada de nódulos linfáticos aumentados, nenhum inchaço nas articulações ou áreas doloridas e nenhuma limitação nos movimentos. Os pulmões estavam limpos, não havia aumento do fígado ou do baço, e o exame neurológico deu negativo. Eu estava muito satisfeita que o Dr. Spenser fosse entrar no caso.

— Alison, eu marquei para você uma consulta com outro médico amanhã. O nome dele é Dr. Spenser, e ele é um homem muito legal e um médico muito bom. Se concordar, eu gostaria de ir junto. Tudo bem para você?

Alison assentiu.

— Sra. Figueroa, por favor dê dois comprimidos de analgésico para a Alison a cada seis ou oito horas se os sintomas continuarem. Alison, beba muito líquido e seria bom você tentar comer alguma coisa.

— Vou tentar.

— Obrigada. Vejo vocês amanhã às cinco e meia no consultório do Dr. Spenser.

Alison assentiu tristemente. Dei-lhe um abraço, envolvendo-a em meus braços, sentindo seu calor.

— Isso foi bom — ela disse.

De volta à minha sala, olhei a agenda do dia, tanto para me familiarizar com ela quanto para tirar o meu foco de Alison. Tinha tido esse tipo de problema durante a residência: envolvia-me emocionalmente com pacientes a ponto da coisa se tornar um dreno potencial das minhas energias. Isso era má medicina. Eu moveria montanhas para ajudar Alison a melhorar, mas também tinha responsabilidades em relação a meus outros pacientes.

Candace apareceu à porta, parecendo preocupada.

— A Dra. Marge acabou de chegar e me disse que se mudou para o Lowell. Não quero me meter, mas a minha curiosidade está me matando. Você sabe o que aconteceu?

— Não sei. Como ela parece estar?

— Arrasada. mas controlada. Eu sabia que ela estava tendo problemas no casamento. Você não foi jantar na casa dela na sexta?

— Achei que você não quisesse se meter.

Candace e eu nos entreolhamos.

— Entendi o recado.

— Aliás, Candace, como você está se sentindo?

— Estou me sentindo ótima, mais forte a cada dia. Forte o bastante para estar morrendo de curiosidade sobre o que está acontecendo com a Dra. Marge.

— Qual a previsão para a semana?

— Vai ser intensa.

— Preciso sair às cinco amanhã. Vou me encontrar com Alison no consultório do Dr. Spenser.

— Aquela menininha querida.

— Como está o CD?

— Meu sobrinho deve estar trabalhando nele, mas ele detesta ópera. Vou ligar para fazer um pouco de pressão. Quero dar um para Alison. Agora deixe-me ir ver se alguém terá de ser remarcado amanhã.

Minha primeira paciente da tarde foi Bethany Clarkson, de 5 anos, que estava se sentindo "eca". Bethany e a mãe eram de Charleston, na Carolina do Sul, e estavam hospedadas no Waldorf. A mãe era amiga de muitos dos pais da clínica e havia usado essas conexões para conseguir uma consulta. Claire havia medido a temperatura da menina, que estava em 38,3 graus.

⸱ Entrei na sala de exame para encontrar uma menininha com aparência triste de cabelos loiros e beicinho. Embora Bethany estivesse claramente doente, estava pronta para uma festa do século retrasado, usando um vestido amarelo armado, com detalhes de renda —, e era julho em Manhattan. Sentada numa cadeira havia uma adolescente entediada acima do peso com cabelos crespos loiros, com raízes escuras aparecendo, unhas pintadas com redemoinhos cintilantes, um piercing no lábio e uma camiseta justa nos seios onde se lia GOSTOSA. Estava mascando um imenso bolo de chiclete. Tratava-se provavelmente de uma babá de última hora.

— Oi, sou a Dra. Shelley Green.

— Oi — disse Bethany, com um sotaque sulista. Nada da babá.

— Sou a Dra. Shelley Green — repeti.

Desta vez, a garota estourou uma bola de chiclete em resposta. Fiquei imaginando onde ela havia freqüentado a escola de etiqueta — talvez em Riker's Island.

Voltei minha atenção para Bethany.

— Então você não está se sentindo bem?

Bethany sacudiu a cabeça e franziu o rosto exageradamente.

— Meu vestido *pinica* — ela reclamou.

— Não olhe para mim, não fui eu que a vesti assim — resmungou a garota. — Hoje eu deveria estar no Joey.

— Ela é de um serviço de babás — explicou Bethany.

Aquela não era a primeira vez que eu via uma mãe rica deixar uma criança nas mãos de alguém com quem pensaria duas vezes antes de deixar meu cachorro. Era um fenômeno estranho, que eu já havia discutido com a Dra. Marge e a Candace, a forma como muitas dessas mulheres da sociedade confiavam despreocupadamente numa governanta que não falava inglês ou numa *au pair* que estava no país havia uma semana ou num serviço de babás neófitas para acompanhar os filhos em algo tão importante quanto uma consulta médica.

— Meus sapatos estão apertados — resmungou Bethany.

— Bom, vamos tirá-los. — Tirei os sapatos dela. — E você quer tirar o vestido? Temos um roupão para você botar.

— Não.

— Agora, Bethany, eu só vou dar uma olhada na sua boca e nos seus ouvidos, tudo bem?

— Não.

— Bem, você quer se sentir melhor, não quer? Quando a febre começou?

— Ontem.

Apalpei o pescoço e os ombros de Bethany, e os nódulos linfáticos estavam inchados. Pedi para Claire tirasse uma amostra de sangue e levasse ao laboratório para determinar se a infecção era bacteriana ou viral.

Naquele instante, uma menininha de mais ou menos 3 anos de idade entrou correndo na minha sala, gritando de terror, e enroscou os bracinhos em minhas pernas.

— *Medo!* — ela gritou.

A força de seu corpo voando contra mim quase me tirou o equilíbrio, e dei um passo para trás para me firmar.

— *Medo!*

Então me abaixei e segurei o rostinho contorcido, que chorava e tremia, apavorado e vermelho.

— Do que você está com medo, querida? — perguntei.

Ela arfou e se acalmou um tantinho.

— Médico!! *Medo* do médico!! — Então soltou um berro enorme que produziu um monte de saliva.

Eu me senti péssima por ela, mas havia algo cômico e comovente naquele medo. Abaixei-me e tentei pegá-la no colo, mas ela estava apertando as minhas pernas como um torno. Seria mais fácil erguer um elefante.

— Eu daria um tapa nessa maluca — ajudou a babá.

O Dr. Cheng apareceu à porta. A visão dele disparou um novo grito e um inútil agachamento até meus pés.

— Aqui está a pequena Margie — ele se inclinou, tentando disfarçar o constrangimento.

— *Medo do médico!* — gritou Margie.

— Vamos lá, Margie... — encorajou o Dr. Cheng.

Felizmente, a mãe de Margie apareceu na sala e arrancou a filha de mim.

— Já chega disso, Margie — disse ela, com firmeza, levantando a filha. Virou-se para mim: — Sinto muito. Estamos tendo um dia ruim.

Elas voltaram para a sala de exame do Dr. Cheng.

— Obrigado, Sra. Fina — agradeceu o Dr. Cheng. Virou-se para mim e disse, timidamente: — Ela não gosta que olhem dentro dos ouvidos dela. Então ficou sério e pensativo por um instante, antes de exclamar, triunfantemente: — Não chores por mim, Margie Fina! — Deu uma gargalhada e saiu.

Claire voltou até a sala e informou que o sangue de Bethany foi positivo para infecção viral. Eram infecções extremamente comuns em crianças daquela idade, e em geral se resolviam dentro de 36 a 48 horas.

— Dra. Green, ligação na linha quatro.

Atendi o telefone da sala de exame. A voz do outro lado da linha falava muito rápido, com um sotaque sulista muito forte.

— Olá! Aqui é a mãe da Bethany. Estou na quadra do consultório neste instante...

— Está bem.

— Estou quase chegando...

— Estaremos aqui.

— Estou entrando no prédio... estou na sala de espera, estou passando pela sala de espera, no corredor... — então a mãe apareceu, a orelha ainda grudada ao telefone. — Tará! — anunciou alegremente, fechando o telefone com uma mão só. Na outra mão, trazia pelo menos meia dúzia de sacolas abarrotadas de compras.

A mãe de Bethany era uma mulher magra de aproximadamente trinta anos, com os cabelos alisados, muita maquiagem e acessórios chamativos. Deu um suspiro exagerado, soltou as sacolas e exclamou:

— Pronto, estamos aqui! — Então abriu a bolsa, tirou um pó compacto, abriu o estojo e deu uma retocada rápida na maquiagem. Finalmente olhou para mim, como se pela primeira vez.

— Liddy Clarkson, muito prazer — estendeu a mão para um cumprimento. Tinha um aperto de mão firme. — A minha menininha está doente? Buá. Mas sei que a boa médica vai fazer você ficar ótima rapidinho. Porque será um dia importante no sábado. É o dia do almoço beneficente dos Amigos de Winterthur no St. Regis, e a mamãe é a vice-presidente. É uma causa *crítica*: o estofamento da

183

sala de música estava se desintegrando totalmente. Agora, temos algumas decisões muito importantes a tomar.

Enfiou a mão numa sacola que trazia a inscrição "Bonpoint" e tirou de lá duas ou três roupas minúsculas penduradas em cabides forrados de cetim: um terninho estilo Chanel amarelo, um vestido longo de tafetá cor-de-rosa e um terno preto com lantejoulas douradas.

— *Un, deux, trois!* — Ela pendurou o mini-Chanel atrás da porta e o minitafetá num gancho na parede. Então se virou para mim e perguntou: — Você se importa, querida? — antes de me passar o miniterno. Daí, enfiou a mão numa sacola com a inscrição "Príncipes e Princesas" e tirou de lá três pares de sandálias bordadas com lantejoulas, que colocou no chão, na frente das respectivas combinações.

— Pronto! — exclamou.

Deu um passo para trás, com as mãos na cintura, e examinou um conjunto de cada vez, estreitando os olhos, empurrando o lábio inferior para frente e deixando escapar um "hummmm" baixo.

Bethany assistiu a toda essa performance com um olhar de pavor derrotado. A babá seguiu mascando chiclete com jeito entediado. Eu estava começando a me sentir uma idiota, segurando o terninho preto.

— Sra. Clarkson, a Bethany está com uma infecção v...

— Psiu! Agora não, docinho, estou pensando... Hummm, estou mais inclinada para o terninho. Doutora, qual a sua opinião?

— A minha opinião é que a Bethany deve ficar na cama, tomar analgésicos e muito líquido e comer canja de galinha se tiver vontade. Ela deverá estar melhor dentro de dois ou três dias.

A Sra. Clarkson entortou a cabeça, como se estivesse surpresa:

— E antibióticos?

— A Bethany está com uma infecção viral. Os antibióticos seriam inúteis.

— A Bethany está com uma infecção, e eu gostaria que ela tomasse antibióticos.

— Sra. Clarkson, o uso excessivo de antibióticos, principalmente em crianças, está criando novas linhagens de bactérias resistentes. É um problema muito sério. Os antibióticos não apenas não fariam nada para abreviar a doença de Bethany como ainda poderiam lhe fazer mal.

Fiquei observando enquanto ela digeriu a informação e, em seguida, dando levemente de ombros, voltou à carga.

— Eu sempre tomei antibióticos quando era uma menininha doente, e não acho que eles tenham *me* feito algum mal.

A Sra. Clarkson era evidentemente uma mulher acostumada à gratificação instantânea.

— Eu realmente prefiro não receitar antibióticos para Bethany.

— Ah, sinceramente, doutora, eu tenho uma semana muito ocupada à minha frente. Doze *Du Pont* estão vindo para o evento Winterthur, e a Bethany não tem uma roupa ainda! Não tenho tempo para ficar discutindo antibióticos. — Pegou o mini-Chanel da porta e o passou para a babá. — Você pode ajudar Bethany a vestir este aqui? Doutora, você pode mandar a recepção pedir a receita numa farmácia perto do Waldorf? Ah, Bethany, alegre-se, você sabe o que a mamãe sempre diz: "Menininhas tristes nunca se casam."

— Sra. Clarkson, isto é uma sala de exame médico, não um provador de roupas. E eu não vou receitar antibióticos para Bethany.

Ela se virou para mim com um olhar de incredulidade ferida. Sob a fachada de olhos arregalados, pude ver as engrenagens girando — e se encaixando no lugar. Deu-me um sorriso inflamado que não conseguiu disfarçar a raiva que tentava esconder.

— Todo mundo que é *alguém* freqüenta a Clínica Madison, de modo que você deve saber o que está fazendo. Só espero que a Bethany não *morra*, é a minha única preocupação. Logo, acredito que não haja mais nada que devamos discutir. Você poderia, então, fazer a gentileza de nos deixar a sós para que Bethany possa experimentar sua linda roupa? E não se preocupe, Bethany, a mamãe tem os antibióticos dela, que pode dar a você.

Durante a minha residência, eu havia chegado à conclusão de que havia alguns pais que quase instintivamente criavam os filhos com o equilíbrio correto entre proteção e independência. A grande maioria dos pais faz sinceramente o máximo que pode, mas tende a ir levemente além numa ou outra direção. Há ainda um pequeno número de pais que são quase patológicos ao passar as próprias neuroses mal resolvidas para os filhos. Liddy Clarkson era o ícone desse terceiro grupo. Ao enfrentá-la na questão dos antibióticos, eu já havia ultrapassado os limites, de modo que resolvi deixá-la usar a sala de exame como provador particular. E esperei que houvesse alguém que fosse um pouco mais são na família de Bethany.

Escrevi minhas recomendações sobre o tratamento de Bethany, disse à mãe que me ligasse se tivesse alguma dúvida e a deixei para fazer seu desfile de moda.

Meu paciente seguinte era Caleb Saltonstall, de 11 anos. Vi na ficha de Caleb que ele e os pais, Marshall e Elizabeth, moravam em Greenwich Village e tinham uma segunda casa em Monhegan Island, no Maine. Em *Profissão*, ambos haviam escrito "ativista/ambientalista/filantropo". Entrei na sala de exame e encontrei Caleb, um menino magrinho com cabelos loiros longos e grandes olhos verdes, sentado sobre a mesa de exame vestindo jeans largos, tênis gigantescos, uma camiseta esportiva grande e pelo menos uma dúzia de anéis e colares. Ele parecia um aspirante a astro pré-adolescente de pop-rock-rap. Os pais estavam de pé, cada um de um lado dele, parecendo preocupados.

— Olá, sou a Dra. Green.

— Marsh Saltonstall.

— Libby Cabot-Saltonstall.

Marsh e Libby eram loiros e belos, tinham rostos bonitos e alegres e corpos altos e saudáveis. Ambos vestiam shorts, camisas de algodão cru e sandálias confortáveis. Olhando para eles dava praticamente para sentir o ar marítimo do Maine.

— Oi, sou Caleb — disse o filho deles com um sorriso inteligente.

— Prazer em conhecer vocês. Estou vendo que Caleb se consultou com o Dr. Clark há seis meses para fazer um check-up, no qual passou com louvor. Algo os trouxe até aqui hoje?

Caleb disse "não" enquanto os pais disseram "sim".

— Bem, talvez devêssemos começar com os sins.

— Caleb não quer comer — informou Libby.

— Eu não quero comer a porcaria que vocês me servem — retrucou Caleb.

A mãe tentou disfarçar sua mortificação com um sorrisinho, mas ele saiu mais parecido com um espasmo.

— Somos vegetarianos — explicou Marsh.

— Estão mais para nazistarianos. Eles não deixam entrar carne em casa. Nem açúcar. Então eu me recuso a comer lá. Quer dizer, você comeria um bolo de lentilha e tofu? Tem gosto de serragem mofada.

— Mas você está comendo em algum lugar? — perguntei.

Caleb sorriu.

O pai olhou para mim, mais com tristeza do que com raiva:

— Encontramos uma embalagem de Big Mac na mochila que ele leva para a escola.

A mãe fechou os olhos para absorver melhor o golpe.

— Veneno — sussurrou.

— Pode ser veneno, mas ao menos é comível. O que é mais do que dá para dizer dos quibes de soja de vocês.

— Estamos organizando um evento beneficente para a Frente da Liberação dos Animais de Fazenda, nós dois fazemos parte da diretoria, e Caleb entrou na reunião comendo um salsichão — contou o pai.

— Um animalzinho *no palito* — gemeu a mãe.

— Estava de-li-ci-o-so — disse Caleb, alegremente.

Achei que não devia contar a Marsh e Libby que houve um verão, quando eu tinha mais ou menos a idade de Caleb, que eu passei praticamente só à base de salsichão.

Os pais se entreolharam, arrumaram a postura e mudaram de tática.

— Estamos preocupados com o colesterol de Caleb — disse a mãe, rapidamente.

— E com as funções hepáticas — acrescentou o pai.

— Acho que devíamos fazer exames — sugeriu a mãe.

— Você está se sentindo bem? — perguntei a Caleb.

— Estou me sentindo ótimo. A menos que eu coma um dos cozidos de cevada e couve-flor da mamãe. Isso me deixaria doente, com certeza.

— Na ausência de sintomas, não costumo recomendar exames de colesterol e função hepática para crianças de 11 anos de idade, mas não vejo por que não possamos fazê-los. Minha assistente virá até aqui para tirar uma amostra de sangue.

Caleb bufou e revirou os olhos. Então, um brilho tomou conta do seu olhar.

— A mamãe e o papai comem rosbife — disse ele, casualmente.

Marsh e Libby ficaram da cor de um rosbife malpassado.

Houve um longo silêncio.

— Uma vez por ano — guinchou Marsh, encolhendo os ombros, esforçando-se para parecer casual.

— Na véspera do Natal — acrescentou a esposa.

— É uma tradição dos Saltonstall.

— Que data de 1844.

— É de carne orgânica.

— De animais criados humanamente.

— E mortos? — perguntou Caleb com fingida inocência.

— Claire já está vindo — informei, deixando-os com sua... carne.

Mais adiante, naquela tarde, Christina Allen apareceu e me contou que havia falado com Lucy Clarke em Sydney e que ela havia concordado que Arthur e eu ficássemos no apartamento. Deixou-me um molho de chaves para que eu o mostrasse para ele. Depois da última consulta do dia, liguei para Arthur e lhe contei as novidades.

— Mas, Shelley, assinamos o contrato do apartamento em Carroll Gardens.

— Nós podemos desistir.

— Você acha certo romper um contrato? Aquele edifício não é de uma grande empresa, mas de uma família.

— Arthur, não me importo nem um pouco de pagar dois meses de aluguel daquele apartamento, de fazer qualquer coisa que você e os proprietários considerarem justo.

— Ah, acho que é assim que os ricos funcionam... por capricho. Mude de idéia, faça um cheque, e tudo fica bem.

Respirei fundo:

— É um apartamento lindo, querido, e acho que seríamos muito felizes lá. E tem uma arara macho, chamado Harry, que fala e é encantador. É silencioso e aconchegante e tem uma vista linda. Arthur, acho que seria um lugar muito romântico para ficarmos juntos.

— Tudo bem, Shelley, vou dar uma olhada no apartamento. Mas não me sinto bem simplesmente rompendo um contrato de aluguel sem mais nem menos.

— Que tal na quinta à noite? Me encontre aqui na clínica mais ou menos às seis e meia, e a gente vai até lá a pé.

— A gente se vê, então.

21

A DRA. MARGE FOI a profissional perfeita a semana toda. Tratou de ser uma pediatra como se nada perturbador estivesse acontecendo em sua vida particular. Na verdade, ela parecia mais centrada, e meu respeito por ela ficou ainda maior. Reagi a isso tratando-a como sempre fiz. Ela claramente não estava interessada em discutir o que havia acontecido nem as conseqüências, e certamente não no trabalho. Na quarta-feira, ela me surpreendeu ao me convidar para almoçarmos juntas. Aceitei.

Fomos a um pequeno café na Avenida Lexington, e ela pediu uma mesa de canto tranqüila nos fundos.

— Venho aqui sempre que quero me esconder. É um dos lugares menos chiques das redondezas. Acredite em mim, na maioria dos restaurantes por aqui, meia dúzia dos nossos pacientes ou pais de pacientes viriam falar conosco, e passaríamos todo nosso almoço falando sobre gargantas inflamadas, como tirar as fraldas e boletins escolares. Às vezes estou disposta a ouvir tudo isso. Hoje, não.

O garçom chegou, e nós duas pedimos saladas *niçoises*.

— Shelley, convidei você para almoçar para dizer que estou pensando em tirar um ano de férias.

Fui pega tão de surpresa que simplesmente fiquei ali sentada, muda. A Dra. Marge deu um tapinha em minha mão.

— Não fique tão chocada, menina querida, não é o fim do mundo. E, na verdade, ainda não estou completamente decidida. Se eu realmente tirar uma licença, isso significará uma carga maior de pacientes para todos os outros médicos da clínica. Por isso, quero discutir o assunto com todos vocês antes de tomar a decisão final.

— Posso supor que isso foi provocado pelo...?

— Sim, foi certamente a gota-d'água. Acontece que o meu marido vinha tendo uma vida dupla já há algum tempo. Estávamos casados havia 27 anos. Eu suspeitava que em algumas de suas longas viagens de negócios... mas nada assim. Entrei com o pedido de divórcio, que ele não vai contestar... a menos que queira acabar morando numa caixa de papelão. — Ela pegou o guardanapo dobrado e o pôs no colo. — Então... de repente eu me vejo diante de uma lacuna entediante na minha vida. Com os meninos longe, estou essencialmente sozinha.

Nossas saladas e cafés chegaram.

— Você faz alguma idéia do que gostaria de fazer se tirasse um ano de licença? — perguntei.

— Sabe, quando uma coisa assim acontece com uma mulher, ela precisa tomar muito cuidado... porque pode entrar numa espiral de decadência. A amargura é muito pouco atraente. Talvez eu vá passar um ano na Hungria. Eles têm uma necessidade absurda de pediatras. Tenho ajudado a manter uma clínica infantil em Budapeste já há mais de uma década, e sei que gostariam de mim por lá. Essa seria minha escolha nobre. Outro lado meu gostaria de não fazer outra coisa além de viajar a todos os lugares que sempre quis visitar: China, África, Nova Zelândia. Mas o que eu realmente gostaria de fazer seria ter um caso apaixonado, mas isso, infelizmente, não pode ser agendado por meio de uma agência de viagens. Esta salada não é maravilhosa?

— Deliciosa. Por mim, não haveria problema algum se você tirasse um ano de licença. Claro que sentiria muitíssimo a sua falta, mas faria a minha parte para segurar as pontas durante a sua ausência. Na verdade, a mim me parece que todo mundo é incrivelmente leal a você e que você teria apoio universal. Agora, se Candace estivesse de saída, a história seria diferente.

— É verdade — ela sorriu. — Tenha certeza de que meus planos não irão interferir no seu verão com os Walker. Amanda é um verdadeiro furacão social desta cidade, e tê-la como cliente é muito bom para a Clínica Madison. Infelizmente, precisamos pensar assim.

— Eu compreendo.

— Você sabe que Amanda é conhecida por ser muito volúvel, não sabe? Por isso, fique atenta. Mas, Shelley, me diga uma coisa sobre você. Você já marcou a data do casamento?

— Hm, não, na verdade, ainda não. Na realidade... — de repente, senti uma imensa vontade de me abrir com a Dra. Marge, de contar o que havia acontecido e pedir a opinião dela.

— Sim...?

— Não sei, estou tendo dúvidas.

— Shelley, você vai se casar com este homem. Provavelmente terá filhos com ele. Não é uma decisão para se tomar sem pensar muito. Olhe o que aconteceu comigo.

— Quase dormi com outro homem — fui direta. As palavras simplesmente saíram, sem que eu pensasse. Me senti imediatamente mais leve.

Foi a vez de a Dra. Marge parecer chocada. Então ela disse:

— Este almoço acaba de ficar muito mais interessante. Conte mais. E prometo que a minha discrição será igual à sua.

Contei-lhe a respeito da minha noite com Josh Potter, deixando alguns detalhes de fora, mas não escondi nada a respeito de meu tumulto emocional. Quando o relato terminou, a Dra. Marge ficou um instante em silêncio e disse:

— Vou lhe dar meu conselho, mas, lembre-se, o conselho é meu, a vida é sua, e acredito que cada um de nós deve ser o principal juiz do que é certo para a própria vida. Eu pensaria muito antes de dispensar o seu Arthur. Sim, ele parece um pouco rígido demais, mas também parece sincero. Nós, mulheres, precisamos tomar muito cuidado para proteger nossos corações, porque, apesar de todos os nossos avanços profissionais, ainda somos muito diferentes dos homens. Sentimos as coisas mais profundamente.

Do lado de fora, havia começado a chover, e o interior do restaurante ficou mais escuro e envolvente. Ao fundo, tocava uma música clássica. Marge e eu ficamos em silêncio. Um casal mais velho entrou no restaurante, ambos bem-vestidos, discretos. Os dois demonstravam a familiaridade confortável que só vem com o tempo. Foram gentis com a hostess e, depois de estarem sentados, o homem estendeu o braço, segurou a mão da mulher e disse algo que a fez sorrir.

Olhei para Marge. Os olhos dela estavam cheios de lágrimas.

22

CHEGUEI AO consultório do Dr. Charles Spenser no New York Hospital às cinco e quinze. Não fazia idéia se o pai de Alison a estaria acompanhando, mas não me surpreenderia se ela aparecesse apenas com a Sra. Figueroa. Como era o final do dia, a sala de espera estava quase vazia. Havia um menino, mais ou menos da idade de Alison, usando um boné para disfarçar a perda de cabelos. Esperava que ele não estivesse mais ali quando ela chegasse.

Perguntei à recepcionista se o Dr. Spenser poderia me dar alguns minutos a sós. Eu havia enviado a ficha de Alison por fax no dia anterior, mas queria discutir o caso com ele rapidamente, e também queria dar um alô. Sua mistura de dedicação, inteligência e compaixão havia sido um modelo para mim durante a residência.

A recepcionista fez um sinal para que eu fosse até a sala dele. Charles Spenser estava sentado à sua mesa, lendo uma ficha. Era um homem alto de mais ou menos sessenta anos, fartos cabelos grisalhos e muita energia. Viúvo, havia se mudado de Baltimore — onde trabalhava no Johns Hopkins — para Nova York havia quatro anos, depois da morte da mulher. Sua sala era coberta de prêmios, citações e afiliações. Quando me viu, abriu um largo sorriso e se levantou. Apesar da fama e da reputação que tinha, o homem era completamente realista.

— Dra. Green, olhe para você.

Senti uma onda de orgulho quando nos cumprimentamos. Ele sabia como eu trabalhara duro durante a residência. E, é claro, havia também a questão da minha aparência, que havia sido claramente uma surpresa agradável para ele.

— Obrigada por ver a minha paciente tão em cima da hora, Dr. Spenser.

— Você é médica agora. É *Charles*.

Ele me chama de Dra. Green havia sido um sinal de respeito; ele me pedir para chamá-lo de Charles foi um sinal de amizade. Eu estava sendo aceita, por um dos melhores, na sociedade dos pediatras de Manhattan. Senti minha ansiedade em relação a Alison diminuir — eu não estava sozinha. Sorri, agradecida.

— E então, como é o Upper East Side? — ele perguntou.

— Um mundo centrado em si mesmo. O quociente de realidade pode diminuir um pouco.

— Não tenho dúvida disso. Tive a oportunidade de olhar a ficha de Alison Young. Não há nada que eu possa dizer que você já não saiba. Tem algo mais que eu deva saber?

Contei sobre a mãe de Alison.

— Isso é terrivelmente triste — disse ele. — E o erro de diagnóstico da mãe evidentemente piorou a dor da família.

— Ela é uma menina encantadora.

Ele olhou para mim e disse:

— Vamos fazer o melhor possível por ela, não é?

— Vamos, sim.

A luz do interfone acendeu.

— Dr. Spenser, há uma chamada para a Dra. Green na linha dois.

Atendi o telefone.

— Dra. Green.

— Aqui é Francis Young.

— Boa tarde.

— A Alison não irá ao consultório médico.

— Como?

— Resolvi levar minha filha para ser tratada em Londres. Para ser franco, considero os médicos ingleses superiores.

— Sr. Young, vou implorar para o senhor reconsiderar a decisão. O Dr. Spenser é um médico excelente.

— Para ser sincero, Dra. Green, eu simplesmente não tenho muita confiança na senhora.

— Quando o senhor vai partir? — perguntei.

— Na primeira hora da manhã. Minha filha não está bem.

— Compreendo. Ela tem um médico lá?

— Sim. Ela tem uma consulta marcada para depois de amanhã.

— Ótimo. Vocês voltarão a Nova York?

— Isso evidentemente vai depender do tratamento dela, mas espero que sim. Eu trabalho em Nova York, e Alison adora a Brearley.

— O senhor tem um telefone de contato lá? — Houve uma pausa. — Até o senhor me dizer o contrário, Sr. Young, vou me considerar a pediatra de Alison em Nova York.

Houve outra pausa.

— Obrigado por sua preocupação — ele me deu o telefone de Londres e desligou em seguida.

Fiquei sentada em frente a Charles Spenser sentindo a minha confiança, tão recentemente estimulada, afundar. Teria eu afastado o Sr. Young e Alison? Teria eu falhado, bem na frente daquele médico maravilhoso e importante?

— Shelley, você lidou perfeitamente com a situação.

— Não, não lidei.

— Veja bem: este é um caso incomum, e calhou de cair no seu colo bem no começo da sua carreira. Uma morte repentina assim deixa uma família em choque, e não é um choque do qual Alison e o pai conseguiram se recuperar em apenas oito meses. Ao que tudo indica, muitos dos reflexos do choque deles acabaram sobre você. E eles não são fáceis de serem digeridos, principalmente por uma médica como você. Durante a sua residência, pude ver constantemente o quanto você se preocupava. Bem, nós, médicos, precisamos lembrar de nos preocuparmos conosco. — Ele estendeu o braço e segurou a minha mão, dando um aperto reconfortante. — Você vai ter uma carreira maravilhosa, Dra. Green, mas vai precisar encontrar um equilíbrio. Se há uma coisa que aprendi tratando crianças doentes é que a vida é frágil. Aprendi o valor do riso, da diversão e mesmo da indulgência. Não sei o que estará acontecendo no resto da sua vida, mas espero que não seja tudo apenas trabalho. Porque, se for, ironicamente o seu trabalho irá sofrer. Você conquistou o direito de se divertir também, Shelley Green. Promete que vai tentar fazer isso?

Consegui assentir e dizer baixinho:

— Sim. E obrigada.

O Dr. Spenser bateu uma mão na outra e as esfregou vigorosamente:

— Bem, nós dois ainda temos um longo caminho a percorrer antes de irmos dormir.

Com isso, nos levantamos juntos.

23

O CONSELHO DO DR. SPENSER ficou comigo. Eu ainda estava buscando meu ritmo como médica pediatra em exercício. Sentia ter feito um trabalho ruim com o pai de Alison e que as conseqüências ainda eram indeterminadas. Durante toda a vida escondi minhas inseguranças atrás de muito trabalho. No mundo real da medicina, não havia onde se esconder. Era uma responsabilidade muito séria, e eu definitivamente ainda estava numa curva de aprendizado. Ele tinha razão — eu não devia, não podia, deixar a minha carreira me consumir. Quanto mais equilibrada estivesse a minha vida, melhor médica eu me tornaria. As palavras dele eram exatamente o que eu precisava para renovar meu compromisso comigo mesma.

Fiquei no consultório até tarde na quinta-feira, fazendo anotações numa ficha, quando Candace bateu na minha porta:

— Tem um cavalheiro aqui para ver você.

— Ele é alto, moreno e bonitão?

— É alto, bonito e me parece alguém para casar.

— É mesmo?

— Definitivamente. Mas quem sou eu para saber, estou no terceiro marido. Acho que finalmente acertei. Este me ama mesmo como uma maravilha de um peito só.

— Candace com um peito só é melhor do que a maioria das mulheres com dois.

— Aposto como você diz isso para todas as pacientes com câncer de mama.

— Me pegou. Mande o moço para casar entrar.

Arthur entrou na minha sala e disse:

— Nossa, isso aqui é muito diferente da clínica em que você trabalhou como voluntária durante o seu estágio.

— Isso o surpreende?

— Eu sabia que seria luxuoso, mas não esperava nada nesse nível.

— É uma clínica maravilhosa, e tenho orgulho de fazer parte dela.

A expressão de Arthur se suavizou:

— E eu tenho orgulho de você. — Ele se inclinou e me deu um beijo.

— Bem, vamos dar uma olhada no apartamento?

— Vamos.

O dia havia se tornado uma noite de verão sensacional, e o Upper East Side parecia algo próximo do paraíso: flores coloriam vasos e floreiras nas janelas, uma abóbada de árvores verdinhas cobria as ruas, as pessoas eram bonitas, as lojas cintilavam, a arquitetura era elegante e suntuosa. Uma menininha segurando um balão passou correndo por nós, rindo alegremente, seguida pelos pais radiantes. Imaginei como seria morar naquelas quadras, ser a médica daquela menina e chamar aquela vizinhança de lar.

O porteiro se lembrou de mim e nos abriu a porta com um floreio. Sorri e disse "obrigada", tentando compensar o constrangimento de Arthur.

Entramos no apartamento, e Arthur soltou um suspiro involuntário.

— Ei, gata, rebola, rebola.

— Este é o Harry.

Fui até a gaiola. Harry andou até as barras e abaixou a cabeça, para que eu coçasse a sua crista.

— Não é ilegal importar araras? — perguntou Arthur. — Elas não correm risco de extinção?

— Esta certamente não corre risco algum.

— Isso não é nada bom.

— Ah, qual é, querido, relaxe. Olhe para este apartamento. Não é lindo?

Queria que Arthur dividisse a minha empolgação com aquela oportunidade maravilhosa, que visse como um passo à frente nas nossas vidas.

— É certamente muito confortável.

— Deixe eu mostrar como é o resto.

Levei-o pela mão para fazer um tour, mostrando cada armário aberto e canto aconchegante, o banheiro clássico, a cozinha com seu banco comprido e a vista de jardins escondidos, a pequena lavanderia enfiada ao lado da porta que levava ao elevador de serviço. Arthur observou tudo com um leve ar chocado no rosto. Terminamos o passeio onde havíamos começado, na ponta de entrada da sala de estar, olhando para a vista onírica dos topos verdes das árvores do lado de fora.

— E então, o que você achou? — tinha certeza de que Arthur estaria tão cativado pelo apartamento como eu.

— Não acho que possamos nos mudar para cá, Shelley.

— Por que não?

— Eu não me sentiria confortável morando nesse tipo de opulência.

— Arthur, este apartamento é relativamente modesto. Você devia ver como é a casa da Amanda Walker.

— Prefiro não.

— Você está dizendo sinceramente que não quer que a gente fique com este apartamento?

— Estou.

Embora estivéssemos lado a lado, senti um imenso abismo se abrindo entre nós.

— Te peguei, te peguei.

Quando me aproximei para acariciar Harry, fui tomada por uma tristeza terrível. O pássaro deu uma bicadinha carinhosa no meu dedo.

— Adeus, Harry — me despedi.

Arthur e eu descemos o elevador em silêncio. Quando saímos na calçada, estava escuro. Virei-me e vi que e ele também parecia estar muito triste.

— Vou voltar para o consultório para trabalhar mais um pouco — eu disse.

— Você me odeia? — ele perguntou.

— Não. Eu não odeio você.

— Vamos para Carroll Gardens, então?

— Não sei, Arthur. Preciso de um ou dois dias para pensar nisso.

— O que isso quer dizer?

— Eu sinceramente não sei.

Ele olhou para baixo, e pude ver que seu orgulho masculino estava absorvendo o golpe. Meu instinto foi o de me aproximar e tocar nele, confortá-lo, desistir da idéia do apartamento. Mas não fiz isso. Mantive minha posição.

— Bom, o meu trem fica para lá — disse ele, apontando para a Lexington.

— E eu estou indo para cá — disse eu, apontando para a Madison.

Ficamos ali parados, sob o suave ar da noite, ambos partimos em duas direções simultaneamente.

24

EU NÃO FAZIA IDÉIA do que levar para um fim de semana nos Hamptons. Deveria ir informal — calças jeans e de algodão, blusões esportivos e tênis? Menos informal — calças e saias, malhas e mocassins? Nada informal — vestidos e twin-sets, saltos, jóias e maquiagem? Enquanto me esforçava para decidir, no sábado de manhã, podia sentir a minha ansiedade social aumentando. Na casa de praia dos Walker nos Hamptons, eu estaria em território estrangeiro, sem a segurança e a autoridade da Clínica Madison. Será que eu conseguiria me segurar, ficar de boca fechada quando não tivesse nada a dizer, ser interessante quando viesse a dizer alguma coisa, ser gentil sem ser puxa-saco, me virar, pegar o garfo certo e apenas, de um modo geral, não me sentir completamente intimidada pelas pessoas que tinham muito mais dinheiro e berço do que eu? Examinei a quantidade de roupas atirada sobre todas as superfícies livres do meu apartamento.

Olhei para o relógio: 8h45! Eu tinha quinze minutos para me arrumar e ainda estava de roupão de banho. Desejei poder simplesmente levar uma peça de cada coisa, mas daí acabaria levando três malas para uma estada de uma noite.

Meu telefone tocou.

— Shelley, é a Amanda, e aposto que você está aí parada tentando descobrir que diabos trazer.

— Ah, não... bem, na verdade, sim. Estou pirando, para ser sincera.

Amanda riu, e eu me senti imediatamente melhor.

— Traga aquilo com que você se sente mais à vontade. Fomos convidados para um jantar na casa de Zana e Cotty Clay. É um jantar de aprendizado para mim. Ela é o grande pilar da tradicional sociedade dos Hamptons, e eu faço tudo por ela, bom, basicamente porque sou uma prostituta social, e Zana Clay é um dos meus principais modelos. É muito fácil estragar tudo. Então, traga uma boa roupa para jantar, se tiver, se não, podemos comprar alguma coisa hoje à tarde.

— Amanda, talvez seja melhor eu não ir ao jantar.

— Não seja boba, não quero mais ouvir uma palavra a esse respeito. Você é minha convidada e, acredite, isso tem algum valor por aqui.

— O Josh Potter não vai estar lá, vai? Não acho uma boa idéia eu voltar a me encontrar com ele.

Amanda riu.

— Não há a menor chance de Josh Potter estar lá. Ele é de uma família tradicional, mas não dá a mínima para esses jogos sociais. Por algum motivo neurótico, eu dou. Além disso, eu sequer disse a Josh que iríamos neste fim de semana, por isso, não se preocupe. Vejo você daqui a mais ou menos duas horas.

Foi gentil de Amanda me ligar, mas eu não fazia idéia do que seria uma "boa roupa para jantar". E quem era Zana Clay? Era parente de Fran Templer? Adeus qualquer chance de me divertir. Bem, agora não havia mais como voltar atrás. Vesti calça jeans, uma camisa de algodão creme, sandálias de tecido e um cinto combinando.

Então atirei um pouco de tudo dentro da bolsa e desci para esperar pelo carro.

O carro era um Mercedes sedã dirigido por um russo de meia-idade. Acomodei-me no banco de trás macio com a última edição da *People*. Fui obrigada a comprá-la quando vi o Príncipe Harry na capa. Tenho uma queda pela família real, e o rebelde Harry era o meu preferido da vez. Adorava ler sobre suas aventuras com drogas, álcool e sexo casual. Alguém devia armar algo entre ele e uma das gêmeas Bush — eles têm tanta coisa em comum.

Estava um dia bonito, um pouco úmido, com o céu limpo e temperatura por volta dos suportáveis 27 graus. Deus sabe como eu havia visto fotos suficientes dos Hamptons para ter alguma idéia de como eram, e fiquei esperando a paisagem melhorar, mas tudo o que eu via era um interminável panorama de loteamentos residenciais e pinheiros anões. Afinal, chegamos a Southampton, e pegamos a famosa Highway Montauk, que não é auto-estrada coisa alguma, mas uma via de duas pistas com muito trânsito. Fiquei procurando por relances das vastas propriedades de gente como Steven Spielberg, Jerry Seinfeld e Calvin Klein, mas tudo o que via eram pequenos centros comerciais e hotéis de beira de estrada. Ainda assim, quanto mais longe íamos, mais bonito ia ficando, e a cidade de Bridgehampton era repleta de uma encantadora arquitetura antiga, lojas interessantes e pessoas bem-vestidas.

Percorremos mais alguns quilômetros pela Highway Montauk, entramos numa rua residencial e — nossa! — de repente estávamos em Oz. Realmente parecia que alguém havia agitado uma varinha de condão sobre a paisagem, uma varinha de condão que distribuía dinheiro, bom gosto e muitos jardineiros. Havia gramados verdes perfeitos por todo lado, além de canteiros perfeitos e muitas árvores, todas cercando imensas casas cobertas por telhas antigas com varandas amplas e torres pequenas mas majestosas.

Havia vários longos caminhos de carro de cascalho e cercas vivas altas, quadras de tênis e relances de piscinas escondidas. O que faltava era gente. Acho que estavam todos enfiados em seus porões bem decorados tomando cervejas e assistindo a corridas da fórmula Nascar. Abaixei o vidro do carro e inspirei o ar marítimo — cheiro de sal.

Viramos e, de repente, estávamos numa área ainda mais rica, o que não parecia possível. As casas eram mais afastadas umas das outras e ainda maiores — quer dizer, elas eram gigantescas, algumas eram geométricas, com vários níveis, pareciam terminais de aeroportos. Vi dunas de areia ao longe e percebi que estávamos andando em paralelo à praia e que aquelas eram as propriedades de frente para o mar pelas quais eu babava havia anos pelas seções de Casas de Celebridades das minhas revistas preferidas. Olhando aquelas mansões colossais, não pude deixar de pensar no quanto trabalho devia dar para mantê-las limpas — eu mal conseguia dar conta do meu conjugado. E então meu Arthur interior se lembrou de ter lido a respeito de trinta e oito hondurenhos ilegais que foram encontrados morando numa garagem para um único carro em Newark. Mantendo a mesma densidade, aposto que daria para botar toda a população de Honduras numa daquelas mansões. Eu provavelmente não devia comentar isso com Amanda.

Chegamos a uma placa que dizia FOLIE D'OR e viramos numa longa entrada para carros. A distância, em cima de uma duna, algo que parecia mais uma escultura gigante do que uma casa. Era algo muito Gehryesco, ondulando sobre a duna, com acabamento em metal azul brilhante.

Paramos na frente da casa. Tinha uma imensa entrada de carros circular, no meio da qual ficava uma enorme fonte abstrata que achei parecida com três garotas anoréxicas fazendo festa sob o efeito de Ecstasy, mas isso talvez fosse porque a *People* trazia uma foto de Paris e duas amigas numa danceteria. Havia um estacionamento para, ah, entre quarenta e cinqüenta carros, bem como um pequeno heliponto ao lado.

Saí do carro e me vi ao pé de uma escada larga. As portas de aço escovado da frente eram entalhados com mais abstrações, mais formas inspiradas em Paris-sob-efeito-de-Ecstasy. De repente, as portas se abriram sozinhas, e lá estava Amanda, parecendo surrealmente pequena contra a casa colossal.

— Bem-vinda, Shelley!

Nos encontramos no meio da escada e nos abraçamos. Amanda estava fresca e encantadora de shorts cáqui elegantes, uma camiseta branca gola V e tênis brancos. Mesmo vestida com tamanha simplicidade, conseguia passar aquele ar de ser super-rica. De repente comecei a me sentir como se tivesse de estar com um balde de produtos de limpeza numa das mãos.

— Não é ridículo? — ela comentou, apontando para a casa. — Bem, o que você quer por trinta e dois milhões? Pelo menos se o mercado de ações tiver uma quebra, podemos derreter tudo como ferro velho.

Amanda passou o braço no meu e me guiou escada acima. Quando chegamos ao topo, eu olhei pelas portas abertas. Bem em frente — do outro lado de uma vasta extensão e através de uma alta parede de vidro —, uma área de dunas pontilhadas de algas e, mais além, o esplêndido Atlântico azul.

— Amanda, esta vista é um sonho.

— Eu nem percebo mais — ela me levou para dentro. — Dá para ser mais decadente?

A sala principal era só um pouco menor do que o saguão principal da estação Grand Central. Móveis maiores do que o normal, lustrosos e ondulantes, estavam dispostos em uma meia dúzia de conjuntos. De repente me dei conta do motivo pelo qual os ricos são tão magros: é todo o exercício que fazem andando de uma ponta a outra de suas casas.

Apareceu um homem alto, magro e bem-arrumado — sim, isso é um código para gay —, vestindo um terno moderno e carregando a minha mala.

— Shelley, este é Andre, ele administra a Folie d'Or com raro brilho. Sem ele, eu não conseguiria sequer encontrar a cozinha. Andre é da Rússia, descendente dos czares, e eu o ganhei num leilão com Henry Kravis. Andre vai lhe mostrar o seu quarto.

— É um prazer — disse Andre com um sotaque encantador, inclinando-se levemente.

— Depois que estiver instalada, procure por mim — pediu Amanda. — Estarei na piscina, ou na quadra de tênis, ou na sala de ginástica, senão me chame com o seu Binky... Andre vai explicar tudo a você. Estamos muito felizes de tê-la aqui, Shelley, sinta-se completamente em casa.

Sentir-me em casa? Ah, claro, sem problemas — afinal, o meu apartamento parece o Guggenheim de Bilbao, fica sobre dunas de areia e já vem com o próprio mordomo.

— Por aqui, Dra. Green — André seguiu por um corredor ondulante com piso de mármore e paredes de aço inoxidável. — A Folie d'Or é dividida em cinco setores: central, master, hóspedes, crianças e cozinha. Como é a única convidada do fim de semana, tem todo este setor apenas para a senhora.

— Puxa, eu nunca tive meu próprio setor antes. E pode me chamar de Shelley.

Andre me deu um sorriso irônico e cúmplice:

— Na verdade, sou descendente de camponeses russos.

— Ei, de repente somos primos distantes.

Andre me guiou até um enorme quarto circular com sua própria parede de vidro curva com vista para uma elegante piscina, com o mar atrás. Tudo no quarto era baixo, próximo ao chão: cama, cômodas, sofás, poltronas. Talvez os Walker tivessem um monte de amigos baixinhos.

Andre me mostrou o banheiro, que, graças a Deus, não tinha paredes de vidro. Tinha, no entanto, uma banheira para seis pessoas e um chuveiro para 12.

— Tudo isso é maravilhoso, Andre. Obrigada.

— Ah, eu ainda não lhe mostrei a parte divertida: Binky. — Ele me mostrou uma pequena engenhoca que parecia um cruzamento entre um controle remoto e um celular.

— Binky?

— É, Binky. Foi Amanda que o batizou assim. A Folie d'Or é uma casa completamente eletrônica, computadorizada. Olhe só... — Andre apertou um botão no Binky, e toda a parede de vidro ficou opaca. — Caso queira um pouco de privacidade ou deseje dormir até mais tarde... — apertou outro botão, e a parede de vidro ficou preta.

— Que incrível. Como isso funciona?

— As janelas têm duas vidraças com uma fina camada e gás incolor entre elas. O gás fica instantaneamente opaco ou preto através de um processo chamado pigmentação iônica.

— É mesmo?

— Foi o que me disseram — falou ele, dando de ombros, casual. — Então... este botão abre e fecha a sua porta, este outro liga a banheira, aqui é onde se programa a temperatura da água, este botão ajusta a cama em 18 posições diferentes, este abre os armários, este ajusta o despertador, este permite que você ligue para a cozinha e faça um pedido, este aqui controla o rádio, este outro faz a TV sair de debaixo do piso, e esta telinha é um computador com acesso vinte e quatro horas à internet.

— A faculdade de medicina não era tão complicada assim.

— Pode ser traiçoeiro. Anne Bass deixou o Binky cair na banheira, e a cama dela se dobrou ao meio, Rush Limbaugh tentou ligar o rádio, e a cozinha mandou entregar dois ovos pochés com molho de chocolate quente. Mas nada de pânico... este botãozinho laranja é a minha linha direta. Se precisar de alguma coisa, é só apertar.

Andre saiu e, de repente, estávamos apenas eu e o Binky no setor. Estava me sentindo terrivelmente exposta com todos aqueles vidros. Andei em volta do quarto, tentando encontrar um canto em que ficasse escondida de quem estivesse do lado de fora, mas, como o quarto era redondo, não tive sorte. Queria deixar a parede de vidro opaca e apertei um botão no Binky — uma TV de tela plana começou a se erguer do piso. Droga. Apertei-o novamente, e a TV voltou ao lugar.

Comecei a tirar as roupas da mala, mas, quando chegou a hora de pendurar o vestido, não consegui me lembrar qual botão do Binky abria o armário e, por isso, eu simplesmente o estendi sobre a cama. Então me sentei na beirada do colchão, sentindo-me ridícula. Será que eu poderia realmente passar uma boa parte do verão ali? Dificilmente. Não era preciso ser Mahatma Arthur para achar a Folie d'Or um pouco demais. Eu só teria de encontrar uma forma diplomática de dizer aos Walker que não achava que nosso acerto iria funcionar.

Mas eu estava ali naquele momento, e resolvi que, no espírito do conselho do Dr. Spenser, tiraria o melhor da situação. Pulei em cima da cama algumas vezes, tentando invocar alguma tranqüilidade e despreocupação. Era toda minha, meu pequeno chiqueirinho pelas próximas vinte e quatro horas. Então brinque, Shelley, brinque.

Neste instante, o Binky fez um bipe, e ouvi a voz de Amanda:
— Shelley, você já está instalada?

— Sim — respondi, pegando o Binky.

— Venha conhecer Jerry.

— Onde vocês estão?

— Saia pela porta que dá para a piscina e vire à direita.

Saí da casa. Todo o lado da casa que dava para o mar era cercado por um vasto pátio de pedras claras. Num canto distante, praticamente em outro fuso horário, sentada sob um imenso guarda-sol, estava Amanda. Comecei a caminhada, desejando que meus eletrólitos se contivessem. Quando me aproximei, vi Jerry Walker falando ao celular. Ele tinha aproximadamente 40 anos, não era bonito, nem feio, tinha uma aparência que era ao mesmo tempo magro — faminto e bem-cuidado/paparicado.

— Olá, Shelley. Obrigado por ter vindo. É um prazer conhecer você — disse Jerry, sem sair do telefone.

— Obrigada pelo convite.

— Acertei todo o verão com a Marjorie Mueller. Olhe só, qualquer coisa que você quiser, qualquer coisa mesmo, me diga. Você salvou a minha filha, e eu me considero eternamente em dívida com você. Estou falando sério. Para sempre. — Então virou-se de costas e começou a se afastar. — Você está brincando, os oleodutos vão sair? Essas ações vão triplicar na segunda... — e não consegui mais ouvi-lo.

— O Jerry não é grosseiro de verdade. Ele só é grosseiro. Vem com o território. Mestres do universo não respondem a ninguém. E isso inclui as esposas — explicou Amanda melancólica. — Sim, dá para me chamar de viúva de Wall Street. Mas não estou reclamando. E então? Que tal uma bebida ou um lanche? Vamos almoçar logo. Depois, pensei em irmos até a cidade fazer umas comprinhas. — Ela apertou um botão em seu Binky e, num instante, uma adolescente de rosto jovial apareceu. — Maureen, esta é a Dra. Green. Ela vai passar o final de semana conosco. O que você vai querer?

— Limonada? — perguntei.

Maureen assentiu e desapareceu.

— Maureen é de County Cork. Não dá mais para conseguir gente daqui de perto, a menos que se queira pagar vinte e cinco dólares a hora. Os Hamptons têm uma economia complicada. Smith e Jones devem voltar da aula de equitação a qualquer instante.

O almoço começou a ser servido e foi mais uma experiência surreal. Várias Maureens apareceram e, hábil e silenciosamente, arrumaram a mesa conosco sentadas ali. Surgiram pratos de salada de frango, camarão, salada de folhas, pães, queijos, frutas e biscoitos. As crianças apareceram, e Jerry — com o telefone preso no pescoço — ficou repentinamente ansioso, pairando sobre eles.

— Que tal estão os dois? — perguntou-me, nervoso.

De camisas e calças de equitação brancas, Jones e Smith pareciam ter saído de um daqueles anúncios da Ralph Lauren.

— Estão maravilhosos — respondi.

— Tem certeza? Não quer apalpar os nódulos linfáticos deles ou coisa parecida?

— Como vocês estão se sentindo? —virei-me para as crianças.

— Bem, obrigado — disseram ambos.

— É, mas pode haver alguma coisa insidiosa, tipo um tumor cerebral ou um derrame, que eles ainda não estejam sentindo — insistiu Jerry.

Amanda me lançou um olhar que indicava que aquela era uma atitude comum de Jerry.

— Salvo qualquer reclamação, eu realmente não acredito que algum exame seja necessário agora. — Abaixei a voz. — Na verdade, não acho uma boa idéia preocupar Smith e Jones com diagnósticos hipotéticos.

Claro que Jerry não estava acostumado a ser contrariado, de forma que me olhou em choque por um instante, antes de dizer:

— Você é brilhante.

Então voltou a dar atenção à pessoa no telefone:

— Repasse esses números mais uma vez.

As crianças se comportaram bem durante o almoço, mas quase não falaram, exceto para responder às perguntas da mãe. Amanda falou sobre a cena social local e comeu três uvas. Jerry passou todo o almoço de pé, falando ao telefone, abaixando-se de vez em quando para pegar um camarão. Era como se os quatro membros da família Walker vivessem cada um em seu próprio rico e independente reino. A anarquia da família Green é que eles não eram.

— E então, Shelley, que tal fazermos umas comprinhas? — perguntou Amanda, levantando-se. — Preciso de uma lembrança para Zana Clay, e você precisa de um vestidinho para o jantar.

— Na verdade, eu trouxe um.

— Bem, então você precisa de *mais um* vestidinho para o jantar.

— Vou correndo pegar a minha bolsa.

— Ah, não seja boba, todas as lojas daqui me conhecem. Elas não se importarão de mandar a conta mais tarde.

Fomos até a frente da casa e entramos num Mercedes esportivo. Amanda até dirigia como rica, olhando para mim, conversando sem parar, olhando de vez em quando para a estrada, quase como se o carro estivesse dirigindo a si mesmo. Quando chegamos à cidade, ela parou numa vaga com uma leve virada na direção.

A cidade de East Hampton era basicamente a avenida Madison perto do mar, com a diferença que, ali, tudo era cinza, com montes de enfeites alegres e gerânios, e as roupas de todo mundo eram em tons pastel, em vez de pretas, com muitos chapéus de palha e sandálias. Ah, e havia um moinho de vento e dois laguinhos muito bonitos. E aquele perfume inconfundível — *l'eau de grane* — pairava sobre toda a cidade.

Amanda me levou até uma butique e, quando ela entrou, toda a loja parou por um instante. Então os clientes retomaram o que estavam fazendo com uma indiferença exagerada — embora eu tenha escutado uma mulher cochichar para outra: "É Amanda Walker!" Amanda seguiu numa linha reta até um vestido de cetim tomara-que-caia que ia até a metade da canela com listras horizontais estreitas e multicoloridas. Era absolutamente impressionante, como algo que Catherine Zeta-Jones vestiria numa pré-estréia.

— Este é maravilhoso, Shelley, experimente.

A proprietária da loja, uma mulher chique de meia-idade com pele clara, cabelos vermelhos e batom combinando, apareceu.

— Amanda, que ótimo ver você.

— Cecile, esta é Shelley. Ficamos loucas por este vestido.

— É o meu preferido aqui na loja — disse Cecile.

Eu nunca havia vestido nada tão chamativo.

— Mas você acha que tem a ver comigo? — perguntei.

Cecile me examinou atentamente.

— Sim — decretou.

— Mas as listras horizontais não engordam?

— Em você, elas serão femininizadoras.

Femininizadoras?

Amanda me entregou o vestido.

— Vamos lá, garota — disse ela, apontando para o provador.

Enfiei o vestido e dei um jeito de fechar o zíper. Estava justo. Saí do provador.

— Nossa! — gritou Amanda.

— Você está deslumbrante — elogiou Cecile, e notei que várias outras clientes estavam me olhando com ar de quem concordava com isso.

Eu me olhei no espelho. Não dava para negar que era um vestido lindo — o desenho, o corte, o acabamento, o tecido — e que eu

214

estava meio... glamourosa com ele. E era decotado suficiente para fazer com que eu me sentisse muito sexy. Mas não deixava muito espaço para movimentos, e imaginei se conseguiria me sentar com ele. Talvez fosse melhor apostar em algo menos gritante.

— Não sei, está extremamente... — comecei.

— Está extremamente fabuloso, e eu vou dar ele para você — anunciou Amanda.

— Eu não poderia...

— ... tente me impedir. Cecile, mande embrulhar, por favor.

Não havia etiqueta de preço no vestido, e eu tinha certeza de que era algo na cifra dos milhares, mas, já na rua, Amanda me disse que ganhava vinte e cinco por cento de desconto em todos os produtos da loja. Os ricos ficam mais ricos. Ou menos ricos.

Amanda entrou numa sofisticada delicatéssen, e um homem delicado e elegante — sim, isso é um código para gay — de meia-idade vestindo um avental listrado veio correndo até nós.

— Boa tarde, Sra. Walker — disse ele, com sotaque francês.

— Oi, Henri. Esta é a minha amiga Shelley. Quero montar uma cestinha de guloseimas para Zana Clay. Você tem alguma coisa nova e divertida?

— Ah, sim, temos algumas delícias divertidas. — Ele nos levou até um ambiente rústico cheio de potes e latas. — Aqui está uma romã em *aspic* de banana da Nova Zelândia. A Nova Zelândia, aliás, é a nova Toscana.

— Ah, é?

— Ah, sim. E o *aspic* é o novo *chutney*.

— Mais alguma coisa que eu deva saber? — perguntou Amanda.

— A cerveja é o novo merlot. E há quem diga que o almoço é o novo jantar, mas isso é absurdo.

— Ah, é?

— É claro... o café da manhã é o novo jantar.

De repente, vislumbrei Josh Potter de relance na calçada — aqueles cabelos, aqueles olhos —, e ele não me viu! Corri até os fundos da loja e me escondi atrás de uma porta de vidro que se abria para outro ambiente. Havia cestas de pão por todos os lados. Apareceu uma jovem de avental listrado.

— Oi. Posso ajudá-la a escolher um pão? Temos quarenta e sete tipos.

Meu coração estava batendo tão forte no peito que me surpreendi de ela não ter pedido para eu fazer silêncio.

— Tem branco? — consegui perguntar.

— Branco o quê?

— Pão.

Ela olhou para mim com ar de quem não estava entendendo. Então pude ouvir, do meu esconderijo atrás da porta.

— Oi, Amanda — disse Josh.

— Ora, olhe só quem apareceu — ronronou ela.

— Você não disse que viria neste fim de semana.

— Foi uma decisão de última hora.

— Tem notícias da Shelley?

Ele perguntou de mim!!!

— Você está bem? — perguntou a menina.

— Shhhh! — fiz.

— Você quer dizer a Dra. Green? — perguntou Amanda.

— Não seja recatada comigo, Amanda.

Eu não podia deixar aquele joguinho continuar. Não era justo com Amanda. Éramos todos adultos, afinal. Então me juntei a eles.

— Ora, Josh, oi... oi-oi... *oi!*

— Shelley, sua amiga espertinha aqui estava escondendo você só para ela, que feio — disse Josh.

Ele vestia shorts cáqui levemente desfiados — que pernas! —, uma camisa azul oxford amarrotada e um tipo de pulseira de couro fininha muito descolada.

— Shelley acabou de chegar — informou Amanda.

— Bem, seja bem-vinda aos Hamptons — ele abriu aquele amplo sorriso desarmado dele.

— Obrigada — eu disse.

— E então? Quais são os seus planos para o resto do final de semana?

— Hm... — gaguejei, com visões de Arthur invadindo minha alegria. Pude sentir chegando, feito uma locomotiva alimentada por culpa, irrefreável, o vômito verbal de Shelley:

— Sabe, na verdade estou aqui profissionalmente, não para socializar. Quero dizer, olhe para mim, eu nem sequer devia ser aceita nos Hamptons sem algum tipo de licença especial, ha ha, brincadeirinha...

Josh segurou meu braço gentilmente:

— Shelley, você é exatamente o sopro de ar fresco de que os Hamptons precisam.

Respirei fundo rapidamente e empurrei Arthur para fora da minha alegria:

— Essa foi a coisa mais legal que alguém já me disse.

— Vamos jantar na casa de Zana Clay esta noite — disse Amanda.

— Meus pêsames — comentou Josh.

Nós três demos risada, e Henri surgiu com uma cesta cheia de guloseimas.

— A sua cesta, Sra. Walker.

— Zana vai ficar sem palavras — concluiu Amanda. — Vamos lá, Shelley.

— *Hasta la vista* — despediu-se Josh, quando saímos.

25

FOMOS ATÉ A CASA dos Clay num imenso conversível branco 1950 com enormes barbatanas que parecia mais um barco do que um carro. Amanda me contou que o tinha comprado no verão anterior num leilão beneficente em Southampton depois de "cinco taças de champanhe, quatro tragadas de maconha e três carreiras de cocaína" e de ter decidido que seria "um barato" chegar a festas nele. Depois de andarmos por dois minutos, viramos numa faixa que percorria um grande campo vazio — "Campos vazios têm toda cara de dinheiro velho", informou-me Amanda — antes de chegar à casa.

A mansão era colossal, gigantesca e coberta de telhas escuras. Com suas pequenas torres, cumeeiras, varandas e passagens, parecia quase uma cidade em si mesma, uma cidade assustadora, onde os ricos mantinham os criados acorrentados às paredes de um porão escuro. Era tudo bem arrumado, mas não havia aquela exagerada perfeição obsessivo-compulsiva de muitas outras casas dali.

A aparência sombria continuou quando a porta da frente se abriu ao nos aproximarmos, revelando um mordomo que parecia ter duzentos anos.

— Saudações — entoou ele.

— Oi, Reginald — cumprimentou-o Amanda.

Entramos num enorme foyer que tinha uma imensa sala de estar se abrindo à direita e uma imensa sala de jantar à esquerda. A casa parecia não ser redecorada havia cinqüenta anos, mas todas as peças de mobília eram lindas, a iluminação era romântica, e o efeito geral era o de dinheiro que não sentia necessidade de provar a si mesmo.

De repente, uma mulher apareceu e atravessou o foyer na nossa direção. Era envelhecida, como seu dinheiro, e esquelética, com um rosto ao mesmo tempo tenso e enrugado. Vestia calça de linho branco, camisa no mesmo tecido e cor, folgada com os três últimos botões abertos, sandálias douradas, cinto dourado e uma porção de colares compridos com grandes pedras vermelhas. Usava os cabelos grisalhos curtos, brilhantes e penteados para trás e batom vermelho-escuro que combinava com os colares. Movimentava-se de um modo estranho — quadris para frente, cabeça para trás, cotovelos dobrados, pulsos suspensos —, que era ao mesmo tempo lânguido e tenso. O efeito final era simultaneamente podre de chique e muito esquisito. Ela parecia uma espécie de *criatura*, certamente próxima do *Homo sapiens*, mas, de alguma forma, havia seguido uma rota evolucionária e acabado... bem, acabado Zana Clay.

— Amanda, querida — disse, numa voz profunda teatral.

— Zana!

As duas trocaram beijinhos no ar.

— Você está encantadora, *comme toujours* — elogiou Zana.

— E você está divina, celestial, perfeita — disparou Amanda.

— Querida menina — disse Zana. Amanda entregou-lhe o presente. — Ah, que maravilha. — Pôs a cesta numa mesa auxiliar sem olhá-la novamente. Voltou-se para Jerry. — E Jerry. — Então virou-se para mim. — E...

— Zana Clay, esta é Shelley Green.

— Muito prazer — eu disse.

— Muito prazer, Shelley Gersh.

— É Green.

— Ah... *Green*... Diga, como se soletra? — ela perguntou.

A Shelley Green que havia freqüentado algumas escolas públicas da pesada da cidade de Nova York rugiu em minha defesa, pronta para cuspir "É isso mesmo, sua vaca, eu sou judia. Algum problema com isso?" ou então "É isso mesmo, bicho feio, eu sou judia, e você parece o monstro do lago Ness."

Mas antes que a minha menina de subúrbio pudesse abrir a boca, Amanda interferiu:

— Ah, quem se importa com como se soletra?

— É verdade — Zana concordou, suavemente, como se tivesse perdido o interesse eras atrás. Virou-se e seguiu para a sala de jantar. — Por favor, entrem.

Enquanto a seguíamos, Amanda se aproximou de mim:

— Desculpe por aquilo.

Apesar de imensa, a sala de estar conseguia ser aconchegante com quatro ou cinco conjuntos de sofá, mais iluminação suave e linda mobília antiga. A lareira estava com fogo aceso, e foi aonde Zana nos levou. Três homens se levantaram, uma mulher permaneceu sentada.

— Cotty, você conhece Amanda e Jerry Walker. E esta é Shelley Green.

Cotty Clay, que parecia não ter exibido um hálito sóbrio desde a administração Eisenhower, era o oposto da mulher. Ele havia deixado *tudo* cair, inclusive o discurso. Abriu a boca para um cumprimento, e saíram sons como "Eai vovx, lapa flaflu sorscum". É provável que houvesse palavras enterradas em algum lugar, mas elas me escaparam. Então ele se atirou de volta na poltrona com um suspiro de alívio. Largado, o rosto vermelho, com um casaco cor de morango, ele parecia uma poça cor-de-rosa.

— E esses são Shirley e Blake Blake. — Blake Blake? — E Owen Abbott.

Todos trocaram cumprimentos. Os Blake pareciam estar em torno dos sessenta anos. Shirley Blake era uma mulher de ossos grandes cujos cabelos castanhos perfeitamente penteados emolduravam um rosto, bem... também grande, enorme, na verdade. Todos os traços eram exagerados. Achei sua falta de beleza simpática, e ela tinha um sorriso que parecia sincero. O marido era robusto, simpático e crítico, e pontuava cada declaração com uma forte gargalhada. Owen Abbott, o outro homem, parecia um bebê grande demais com um rosto perfeitamente redondo e pálido, e óculos de aro de tartaruga que deixavam seus olhos com a aparência de que estavam prestes a saltar do rosto. Ele passou aqueles olhos curiosos pelo meu corpo de cima a baixo e lambeu os lábios. Imaginei se ele estava de fralda sob a calça verde-limão.

E eu estava preocupada com as minhas habilidades sociais? Os ricos não apenas têm mais dinheiro do que você e eu, eles são mais esquisitos.

Como que para confirmar isso, ficamos todos sentados enquanto Amanda e Zana fofocavam sobre outras mulheres da sociedade — reconheci alguns nomes das colunas de fofocas — e seus maridos, instrutores de equitação, personal trainers e decoradores, tudo elipticamente, numa espécie de código, em tons que revelavam insinuações. Tive a impressão de que mais ou menos todo mundo estava tendo um caso, era viciado em Vicodin, bebia feito um gambá, era lésbica enrustida, gostava de sadomasoquismo ou, o pecado mais grave de todos, tinha usado uma roupa que a deixou parecida com um palhaço de circo. De vez em quando, Blake Blake soltava uma enorme gargalhada por nada, Cotty Clay balbuciava algo incompreensível, Shirley Blake mencionava o evento benefi-cente para o museu do qual ela era vice-presidente, e Owen Abbott olhava para mim, lambia os lábios e anunciava "Eu trabalho com títulos". Fazia um bom tempo que Jerry havia se isolado num canto distante da sala, onde falava ao celular.

Então Shirley Blake se aproximou e sentou-se ao meu lado.

— Os Blake e os Clay são amigos há muito tempo — disse ela, abaixando a voz e revirando os olhos na direção de Zana.

— Ela é uma figura.

— Zana sabe onde todo mundo está enterrado, provavelmente porque ela mesma jogou a terra sobre metade deles. Amanda sabe uma dura verdade social: submeter-se a Zana. Eu sempre achei todo aquele redemoinho cansativo demais, para não dizer sem sentido. Além disso, com o meu corpo, raios X social nunca foi uma alterna-tiva. E você, Shelley, o que você faz?

— Sou pediatra.

— É mesmo? Na cidade?

— Sim.

— Meu Deus, deve ser o destino.

Pronto, pensei. A neta dela está com dor de garganta, será que eu poderia dar uma passada depois do jantar para dar uma olhada?

— Eu trabalho na WNET. Na semana passada, estávamos fa-zendo um brainstorm atrás de idéias para novos programas, e esta que vos fala sugeriu fazermos algo para as jovens mães, as grávidas, todas as mães. Queria chamar o programa de *Conversa de Criança* e ter uma pediatra como apresentadora. Poderíamos fazer segmentos sobre como fazer a própria papinha, fraldas descartáveis versus fraldas de tecido, todos os fatos importantes da infância, depressão pós-parto, tudo. — Ela foi ficando mais animada conforme ia fa-lando, e acabei compartilhando seu entusiasmo pela idéia. — Quer dizer, ainda estamos muito no começo, mas todo mundo adorou a sugestão, e você é exatamente o tipo de médica em quem eu pensei para apresentar o programa.

— Você é muito gentil. Parece uma oportunidade incrível, mas eu estou muito, muito ocupada, e acabei de começar a clinicar. Espere! Eu conheço uma médica que seria absolutamente perfeita. A minha chefe. Ela é inteligente, bem-humorada e uma excelente pediatra. E tem pontos de vista muito fortes. Somos ambas fanáticas pela epidemia atual de superproteção... pela obsessão em torno de todos os aspectos do desenvolvimento de uma criança, tentando controlar o que é basicamente incontrolável, tirando toda alegria e espontaneidade do ato de ter um filho.

— Adorei! Quero o nome dessa mulher.

Anunciaram o jantar, e Zana se levantou e nos disse para "Irmos para a mesa". A sala de jantar era outro ambiente encantador, e me sentaram do lado da mesa que ficava de frente para o terraço e o cintilante mar iluminado pela lua mais além. Fiquei entre o Poça Cor-de-rosa e o Gargalhada Humana e na frente do Bebê de Fralda, que não parava de me encarar com os olhos saltados e de dizer coisas como "títulos são um universo em si mesmos", "títulos são a base da democracia" e "títulos são o máximo!" Preferia muito mais os insights fascinantes do Poça Cor-de-rosa, como "Lob uoli chimbum sinort" e "Natum norqui ufo iala".

Haviam acabado de retirar o prato de peixe, que parecia um pedaço de papel com cola — Amanda tinha me avisado que Zana tinha a pior cozinha dos Hamptons —, quando, de repente, acima do ombro do Bebê de Fraldas, surgiu uma aparição na janela, que acenou para mim. Na verdade, não era uma aparição — era Josh! Olhei ao redor, ansiosa, mas ninguém mais o havia visto. Ele fez um sinal para que eu saísse e fosse me encontrar com ele. Sacudi a cabeça. Impossível. Ele fez sinal de novo. Sacudi a cabeça mais uma vez. Ele fez um sinal de quem estava implorando. Tentei não sorrir.

— Vocês podem me dar uma licença?

— Assa uam.

Então me levantei e fiz que estava indo para o toalete, mas, assim que saí de vista, fui até a sala de estar, abri silenciosamente uma das portas francesas e saí para o pátio.

— O que você está fazendo aqui? — sussurrei.

— Procurando por você — sussurrou ele, em resposta.

— Bem, você me encontrou.

— Como está o jantar com os dinossauros?

— Bem pré-histórico. Mas é melhor eu voltar para dentro.

— Ah, não seja boba, eles estão todos bêbados e autocentrados demais para notar a sua ausência. — Ele segurou a minha mão. — Vamos dar uma caminhada.

— Josh, não é uma boa idéia.

— Quem disse?

— A minha consciência.

— Diga para ela cuidar da própria vida. Vamos lá.

Saímos do pátio para o meio da noite, cercados pelo suave ambiente de dunas e algas marinhas, com o céu cheio de estrelas e uma lua prateada, o Atlântico mais à frente, imenso e iridescente.

Josh passou os braços ao meu redor, e nos beijamos.

— Por que nós não nos sentamos aqui por um instante? — ele sussurrou.

— Não posso — sussurrei.

— Pode, sim.

Ele foi até o pátio e pegou uma toalha de praia, então voltou e a estendeu sobre a areia. Nós nos sentamos e, por um instante, pensei no jantar, em como eu tinha pouco tempo e o quanto aquilo tudo era maluco.

Mas daí Josh me beijou de novo, e eu esqueci de tudo isso.

Em poucos instantes, nós dois estávamos enroscados, ávidos, agarrando as roupas um do outro. Abri a camisa dele e passei a mão em seu peito. Ele abriu meu zíper e arrancou o vestido. Ouvi barulho de tecido rasgando, mas, e daí? De repente, estávamos nus no meio da noite. Senti um louco golpe de liberdade e me deixei levar. Exploramos o corpo um do outro com as mãos e os lábios, e então ele estava dentro de mim. Ele parou e me olhou nos olhos.

— Ah, Josh — gemi, puxando-o para um beijo.

E a partir dali, foi gentil e selvagem, suave e feroz — e Josh me levou a um lugar onde eu nunca tinha estado antes.

Acabamos deitados um ao lado do outro, de mãos dadas, olhando para as estrelas.

Meu Deus, como era bonito ali.

E então ouvimos a voz de Zana Clay ecoando da sala de jantar, nos olhamos e começamos a rir. Tentamos segurar o riso, mas isso só nos fez rir ainda mais. Fiquei me sentindo feito uma criança, exceto pelo fato de que eu nunca tinha feito nada parecido quando era mais nova, e aquilo era muito estimulante.

— Preciso voltar lá para dentro — eu disse, quando finalmente recuperamos o fôlego. Vesti o sutiã e a calcinha e peguei o vestido. Tinha um enorme rasgo num dos lados. — Ai, meu Deus, o que eu vou fazer? — Comecei a entrar em pânico.

Josh pôs a camisa sobre meus ombros.

— Espere aqui — ele desapareceu.

Abracei a camisa dele ao meu redor. O que acabara de acontecer entre nós pegou a intensidade do nosso encontro clandestino no loft e a multiplicou por cem. Onde aquilo deixava Arthur e eu? Mas a culpa não estava nem perto da força que tinha antes. Arthur e eu teríamos de conversar, dar uma boa olhada em nosso relacionamento. Deitei-me na toalha e olhei para as estrelas. A sensação que eu tinha no corpo era deliciosa, cheia de um excitante relaxamento absoluto. Não tinha problema. Estar ali. Fazer o que eu tinha acabado de fazer.

Josh apareceu carregando uma caixa de ferramentas de metal. Sorrimos um para o outro, e ele segurou meu rosto, abaixou-se e me deu um beijo suave. Que foi o momento mais romântico da noite. Então abriu a caixa de ferramentas e pegou um rolo de fita isolante.

— Você sempre carrega uma caixa de ferramentas?

— Na verdade, sim. Eu gosto de construir coisas.

— E você vai colar o vestido com fita isolante?

— Vou tentar.

— Você tem um plano B?

— Você tem um plano A?

— Tem razão.

Josh pegou o vestido estragado. Graças a Deus a Amanda não havia pagado o preço total. Virou-o do avesso com habilidade, fechou o rasgo com a fita isolante, reforçou com mais fita e virou o vestido de volta para o lado direito.

— Pode vestir.

Ele voltou a vestir a camisa. Pus o vestido, e ele fechou o zíper. O rasgão, que começava abaixo do corpo e seguia por um dos lados, não estava muito visível. Eu me senti como se estivesse num invólucro de salsicha, mas era melhor estar parecendo uma salsicha do que voltar ao jantar de calcinha e sutiã. Josh deu um passo para trás e apreciou o trabalho que havia feito.

— Bom, está colado — ele disse. — Só não respire.

— Obrigada.

— Obrigado eu.

Nos beijamos de novo, rapidamente.

— Posso ir vê-la amanhã? — Ele me olhou nos olhos.

Assenti. Houve uma pausa.

— É melhor eu entrar.

— Aproveite os queijos — ele aconselhou.

Entrei pela mesma porta por que havia saído, fui até o toalete e me olhei no espelho. Meus cabelos estavam desalinhados, a maquiagem, uma lembrança, mas a pele estava radiante, e os olhos, brilhando.

Voltei para a sala de jantar o mais discretamente possível e me sentei no meu lugar, torcendo para a fita adesiva agüentar.

— Steffi, você voltou, estávamos *enlouquecidos* de preocupação com você — disse Zana Clay da ponta da mesa, com a voz arrastada.

— Fui checar o serviço de mensagens do consultório. É um hábito meu.

— Faça dos títulos um hábito! — exclamou o Bebê de Fraldas.

O Gargalhada Humana gargalhou.

Mas o Poça Cor-de-rosa superou a ambos com "Forga fuqui fub norcum!"

26

FUI DESPERTADA na manhã seguinte por uma batidinha na minha janela. Isso parece tão estranho — "uma batidinha na minha janela" —, como algo que acontece numa cabana de campo num leve romance inglês. Na verdade, era muito difícil bater na minha imensa e supertecnológica parede de vidro curva cheia de gás escurecido por pigmentação iônica. Eu estava em sono profundo e, no começo, achei que estava tendo um pesadelo: Harry, a arara, estava me bicando até a morte porque eu era uma vagabunda adúltera. Felizmente, meu momento Tippi Hedren durou pouco. Abri os olhos, me dei conta de onde estava e procurei pelo Binky. Apertei um botão, o vidro clareou de imediato, e fui cegada por um golpe direto do sol nascente. Enterrei a cabeça no travesseiro e apertei o Binky de novo: o rádio começou a tocar música de elevador. Apertei novamente, e ouvi barulho de água correndo. Mais uma vez, e as portas do armário (finalmente!) se abriram. A esta altura, meus olhos estavam se acostumando à luminosidade, e levantei a ponta do travesseiro para ver Josh do lado de fora, rindo.

Como dormi nua, enrolei-me no lençol e me levantei. A cama era do tamanho de um campo de futebol, de modo que, indo até a porta que levava para fora, tive a impressão de estar arrastando um vestido de noiva feito por Melani Trump.

— Bom dia, estrelinha — Josh me deu um beijo suave.

— Hummmm — consegui fazer.

— Vista alguma coisa e vamos lá.

— Vamos aonde?

— Fiz café da manhã para você.

— Aqui?

— Na minha casa.

— Mas e Amanda?

— Você não está na prisão, Shelley.

— É verdade.

Então me virei e fui para o banheiro. Josh se atirou na cama.

— Precisamos conversar sobre o seu gosto para música — disse ele.

— Foi o Binky que fez isso.

— Que maldito.

— Shhh... eu não quero provocá-lo.

— Já dá para ver o filme: *Binky enlouquece*. Pior, Chucky.

Ah, meu Deus... Josh compartilhava a minha paixão por cultura pop, nós éramos feitos um para o outro.

Escovei os dentes, vesti calça jeans e camiseta, e Josh e eu deslizamos — melhor dizendo marchamos — pela lateral da casa até sua caminhonete vintage.

No caminho, Josh parou para abastecer na Highway Montauk. Encheu o tanque e enfiou as mãos nos bolsos, que estavam vazios.

— Shelley, esqueci de trazer dinheiro e a carteira. Você pode me emprestar quarenta dólares?

— É claro.

Lembrei de ler como os Kennedy eram assim — nunca carregavam dinheiro com eles. Era uma daquelas charmosas e irônicas excentricidades de velhos-ricos.

O percurso levou menos de quinze minutos. Atravessamos a auto-estrada e seguimos para leste até chegarmos a uma placa que dizia FAZENDA STONY LEDGE.

— Esta fazenda é de um velho amigo meu, que me aluga um velho celeiro — informou Josh.

Era um belo haras, com cavalos pastando em campos verdes, cercas de madeira, uma enorme casa de fazenda colonial e casas menores, celeiros e estábulos aqui e ali. Assim como a casa dos Clay, não era excessivamente cuidada.

Fomos saltando pelas estradinhas de terra até chegarmos a um celeiro pequeno transformado e isolado.

— Bem, chegamos.

— Que maravilha.

O interior era um ambiente imenso, com telhado aberto, refúgios, uma cozinha básica numa das pontas e uma escada levando até um quarto no sótão. A decoração era mínima-masculina: uma área de estar com um sofá simples, duas poltronas e uma mesa de centro coberta de livros, revistas e um jogo de Palavras Cruzadas; um pôster antigo de circo polonês emoldurado; uma imensa mesa de fazenda; uma prateleira cheia de crânios de animais. Era bacana de um jeito informal, ainda que, sei lá, jovem, talvez. Então lembrei que a mulher de Josh o havia trocado por outra mulher, e tudo fez sentido. Cara no desvio, juntando os cacos antes de arrumar uma casa mais permanente.

Dois lugares haviam sido postos na mesa, que ostentava um vaso cheio de flores do campo e folhas verdes.

— Sinta-se em casa — Josh foi para a cozinha. — Espero que você goste de café.

— Não gosto, não. Sou viciada.

Ele serviu uma caneca e a trouxe para a mesa. Depois vieram a jarra de suco de laranja recém-espremida e a salada de frutas.

230

— Posso convencê-la a comer umas panquecas integrais de mirtilo?

— Acabou de convencer.

Sentei à mesa, fiquei observando-o na cozinha e me surpreendi por não estar mais me sentindo ansiosa.

— Há quanto tempo você mora aqui? — perguntei.

— Há pouco mais de um ano. Eu estava morando em Seattle quando meu casamento acabou, e resolvi voltar para a costa leste. Minha família teve uma casa aqui por muitos anos, e eu me sinto em casa. — Ele espalhou a massa na frigideira. — Os Hamptons são muito mais do que o mundo de Amanda e de Jerry. — Josh sorriu por cima do ombro. — Queria mostrar um pouco disso para você.

A decisão de repensar meu acordo de verão se evaporou.

— Eu adoraria.

— Tenho feito algum trabalho voluntário junto à organização que está tentando salvar um pouco dessas terras agrícolas daqui. Não é fácil... a pressão do desenvolvimento é intensa. É a mesma história do ganso de ouro, mas estamos tendo algum sucesso. Acabei de convencer o meu velho amigo Tom Hallowell, proprietário deste haras, a liberar o uso da propriedade, o que salva uns 80 hectares. — Virou as panquecas. — Sinto muito, estou chateando você?

— De jeito nenhum.

Ele estava brincando? Chateando? Eu podia ficar ali sentada olhando para ele por, ah, duas semanas ou mais.

— Sabe, o mundo está uma confusão tão grande, isso me dá a sensação de estar ajudando a salvar uma pequena parte dele.

Ele disse isso casualmente, e eu não pude deixar de pensar em Arthur, que falava a respeito dos alunos tão apaixonadamente. Em comparação, o idealismo de Josh parecia quase uma idéia vaga.

Ele me trouxe um prato com três panquecas perfeitas.

— *Mange.*

— Parecem deliciosas.

— Você parece deliciosa. — Ele se inclinou e me deu um bei-jinho... com aquele cheiro de sabonete de pinho. — Aqui está a manteiga, e o xarope de bordo é natural.

Comi uma garfada.

— Nossa, estão muito gostosas.

— Eu fiz tudo.

— Duvido.

— Juro por Deus. — Ele pegou o próprio prato e se sentou. — E então? Me fale mais sobre você.

— Bom, eu sou de libra, e adoro filmes bobos, dias de chuva, comida tailandesa e macramê.

— Desculpe, a minha pergunta foi clichê.

— Não. Foi sincera e gentil, mas eu sou uma ex-gordinha que passou a vida se escondendo atrás de livros e piadas. É um hábito difícil de abandonar.

— Você é dura demais consigo mesma.

Olhei para as minhas panquecas e desejei ter um milésimo da graça e da tranqüilidade que pareciam ser tão naturais como respirar para tantos privilegiados. Era algo que aprendiam em suas esco-las chiques? Ou simplesmente vinha programado no DNA?

— Relaxe, Shelley, você está entre amigos.

Ergui o olhar, e ele estava sorrindo para mim, um sorriso calo-roso e gentil.

— Obrigada, Josh.

Houve uma pausa.

— E então... — disse ele, afinal.

— Sim?

— Quer dar uma caminhada?

— Acho que é melhor eu voltar.

— Shelley, posso lhe contar uma coisa sobre Amanda e Jerry?

— Claro.

— A Amanda tem um segredinho sombrio... o pai dela é proprietário de uma revenda da Ford em Plattsburg, Nova York, que fica a quinze quilômetros depois de onde o diabo perdeu as botas. Ela foi líder de torcida. Ah, Amanda disfarça bem, e aprende rápido, mas está lutando feito uma leoa para ser aceita socialmente. Sim, ela é adorável, divertida e generosa, mas tudo conforme as próprias regras. E ela troca as regras sem avisar. Quanto a Jerry, eu o conheço desde a quarta série, que foi quando ele começou a comprar e vender moedas velhas. Quando fez 16 anos, já havia ganhado o primeiro milhão. Ele vive e respira dinheiro, e adora cada acessório que vem com toda essa fortuna. Incluindo a Amanda. E uma pediatra residente. Não estou dizendo que ele não seja neurótico em relação à saúde dos filhos, mas, basicamente, você está aqui para ser exibida. Desde que esteja com seu celular e a no máximo meia hora da casa deles, pode fazer o que bem entender. No verão passado, eles tiveram uma massagista durante toda a temporada. E se o setor de convidados se encher de socialites, talvez você acabe no setor dos empregados.

Embora eu apreciasse a honestidade de Josh, aquilo fez com que eu me sentisse um pouco diminuída.

— Não estou certa de que queira saber tudo isso.

— Sinto muito. Acho que o que eu realmente estou querendo dizer é: gosto de você, e quero passar um tempo com você.

Isso eu queria saber.

Ficamos ali sentados, sem jeito, por um instante. Desejei ser uma daquelas mulheres capazes de confiar em momentos assim — momentos doces e tênues —, capazes de sobreviver a eles, de enchê-los com carinho e compreensão tácita. Mas não era. Então eu disse:

— Josh, o que está acontecendo entre nós?

Ele me deu mais um sorriso caloroso.

— Bem, definitivamente há uma intensa atração animal.

— Isso é verdade.

— Além disso... Olhe só, Shelley, o fim do meu casamento foi muito doloroso. Estou com 40 anos de idade. Para ser sincero, não sei bem o que quero, a não ser que quero me divertir um pouco. E você, minha amiga, é divertida.

— Sou?

— Você está brincando comigo, Shelley? Não percebe o quanto é espontânea e maravilhosa?

— Acho que você provoca isso em mim.

— Sei que está noiva. E se quiser parar a qualquer momento, vou compreender. Mas você vai ter que me mandar parar. Até lá, continuarei me aproximando. Porque quero você.

E então nos encaramos.

E então subimos para o quarto.

E, sim, foi igualmente bom na cama.

27

NÃO VOU FINGIR que foi fácil me concentrar no trabalho no dia seguinte. Eu tinha um telefonema para fazer e, depois de ver minha primeira meia dúzia de pacientes, fiz a ligação, pegando Arthur na sala dos professores.

— Como foi o seu final de semana nos fabulosos Hamptons? — ele perguntou.

— Foi divertido. Tem muito dinheiro lá. As praias são incríveis. Como foi o seu final de semana?

— Fui para a praia também... Coney Island — Arthur adorava Coney Island. No começo do nosso namoro, íamos até lá para comer cachorro-quente do Nathan's, andar de Cyclone e dar longas caminhadas no calçadão.

— Ah, sozinho? — perguntei.

— Não, com alguns amigos. Outros professores da escola. Foi muito divertido.

— Alguém que eu conheça?

— Acho que Jennifer era a única que você conhece.

Houve uma pausa — uma daquelas pausas terríveis e tristes de quando duas pessoas se gostam, mas a verdade do que está acontecendo entre elas é dolorosa demais para ser encarada.

— Arthur, nós precisamos conversar — eu disse, afinal.

— É, Shelley, precisamos.

— É melhor mais cedo do que mais tarde.

— Sim. Por que não nos encontramos para jantar na quarta à noite? Em algum lugar neutro. Quem sabe Chinatown?

— Está bem.

Minha paciente seguinte era Schuyler Merrill, uma menina de 3 meses de idade. A caminho da sala de exame, encontrei a mãe de Schuyler de pé — ou melhor, posando — no corredor, falando ao celular, com a mão livre apoiada na cintura, o cotovelo para fora. Passava pouco das onze da manhã, mas Lee Merrill estava vestida para alguma ocasião especial, com calça e blusa perfeitamente cortadas, acessórios maravilhosos, cabelos perfeitos de mulher rica e uma maquiagem bem aplicada.

Quando me viu chegando, apontou para a sala de exame e falou baixinho "Ela está lá dentro".

Entrei e encontrei Schuyler acompanhada por uma enfermeira de meia-idade. Comecei o exame, esperando a mãe entrar a qualquer momento. Em vez disso, ela ficou no corredor conversando ao celular. Pelos fragmentos de conversa que consegui reunir, ela parecia estar fazendo combinações para uma viagem a Paris.

Schuyler era um bebê adorável que me recompensou com um grande sorriso quando fiz cócegas em sua barriguinha. O exame mostrou que ela estava em plena saúde. Fiquei parada esperando para dar a notícia à mãe, que não demonstrou qualquer inclinação para sair do telefone. Saí para o corredor... e ainda assim ela continuou falando. Afinal, me olhou e perguntou:

— Você precisa de mim para alguma coisa?

Tive vontade de responder "Você precisa de *mim* para alguma coisa?", mas comecei:

— A Schuyler é um bebê maravilhoso, com uma saúde excelente...

— Você pode aguardar um segundo?... Lisa, eu *preciso* da suíte 812. Era o quarto preferido de Jackie em toda Paris, e Yves e Paloma irão tomar chá. Só resolva isso. — Desligou o telefone. — A Schuyler é um bebê maravilhoso, não é? O que torna tudo mais difícil.

— Torna o quê mais difícil?

— Doutora, podemos falar no seu consultório?

— É claro.

Lee Merrill olhou para dentro da sala de exame pela primeira vez e disse para a enfermeira:

— Você pode levá-la para casa agora. Tchauzinho, fofinha.

Quando estávamos na minha sala, ela pegou uma cigarreira dourada e um isqueiro e acendeu um cigarro.

— Realmente não é permitido fumar aqui — comuniquei.

— Vou ignorar isso — disse ela, indiferente, mas com um tom de ferro, antes de dar uma tragada profunda. — Dra. Green, preciso da sua ajuda.

— Diga.

— Minha bebê me entedia mortalmente Eu não me importo com o desenvolvimento dela, não me importo com os progressos, não me importo com os dentinhos, os arrotos, o choro, o cocô, não me importo com nada disso.

Tentei disfarçar meu choque.

— Não estou segura de poder ajudá-la a desenvolver um interesse em Schuyler. Talvez se você passasse mais tempo com ela.

— Dra. Green, eu me importo com gente refinada e coisas requintadas, eu me importo com Vermeer, Fabergé e Lagerfeld, mas eu *não* me importo com essa criaturinha chorona.

Eu havia estudado psicologia o bastante para identificar que Lee Merrill estava enfrentando uma das verdades tácitas da maternidade: o fenômeno no qual uma nova mãe tem uma forte reação negativa ao recém-nascido. A reação normalmente é detonada ou por ciúme, porque o bebê rouba da mãe a atenção do marido e do mundo, ou por claustrofobia — de repente você está amarrada a outra pessoa para o resto da vida, e a sua liberdade emocional e física é abreviada profundamente. Meu palpite era o de que Lee Merrill se encaixava na categoria claustrofóbica. Ali estava uma mulher jovem com ambições mundanas grandiosas, e não há nada incrivelmente grandioso ou mundano num bebê exigente.

— Como o seu marido se sente em relação a Schuyler?

— Ah, ele a adora. Durante dez minutos por dia. Meu marido é um bilionário em desenvolvimento, o que quer dizer que ele trabalha vinte horas por dia. E range os dentes nas outras quatro. Ele também me entedia.

Gostei que ela estivesse sendo sincera. Isso me dava alguma esperança. Se estivesse em processo de negação e simplesmente fingisse os sentimentos de maneira inconsciente, a bebê estaria numa situação pior. Além do mais, a confissão de Lee mostrava que ela estava incomodada com o que sentia, outro bom sinal. Minha responsabilidade ali era com Schuyler.

Tirei as moedas que tinha dentro de um pote de vidro em cima da minha mesa e o estendi para Lee Merrill:

— Por favor, apague esse cigarro — eu disse, com firmeza.

Ela me encarou por um instante, com um olhar meio desafiador. Encarei de volta. Ela pegou o pote e apagou o cigarro.

— Sra. Merrill, aprecio a sua sinceridade ao admitir seus sentimentos em relação a Schuyler. É preciso coragem para fazer isso.

— Obrigada.

— E também mostrou que a senhora se importa mais com Schuyler do que pode imaginar.

— Duvido disso. Ela prejudica o meu estilo.

— Isso pode ser verdade, mas não muda o fato de que a senhora pediu para falar comigo. Isso indica alguma culpa em relação aos sentimentos que tem por ela.

— Você acha?

— Com certeza. De alguma forma, a senhora sabe que os seus sentimentos e o seu comportamento irão prejudicar Schuyler e quer protegê-la.

— Eu quero protegê-la de mim mesma?

— Dos aspectos mais narcisistas da sua personalidade, sim.

Ela ficou pensativa, baixou o olhar, alisou a calça, apesar de o tecido já estar liso. Resisti à compulsão de dizer mais alguma coisa — esses momentos precisam se resolver sozinhos.

Afinal, Lee Merrill confessou, num tom de voz muito mais calmo e sereno:

— Bem, não vou fingir que gosto de ficar com ela. Eu gostaria de não tê-la gerado.

— Mas a senhora a *gerou*, não gerou?

Houve mais uma pausa, e então ela olhou bem nos meus olhos.

— Gerei, não gerei?

— Sim, gerou — confirmei, num tom baixo, gentil e firme.

Lee Merrill expirou com um suspiro profundo.

— Então imagino que a questão seja: o que fazemos agora? — disse ela.

— Sim.

— Alguma idéia?

— Sugiro fortemente que a senhora comece a ir a um psiquiatra.

— Você é osso duro, Dra. Green.

— Vou tomar isso como um elogio.

Lee Merrill passou os dedos pelo colar, conferiu as unhas, sacudiu os pés.

— Não sou uma pessoa má, não sou mesmo, adoro meus amigos, dou gorjetas generosas, sou boa com meus empregados... ah, Deus, talvez eu consiga pensar em Schuyler como uma *amiga*, ou coisa parecida, não sei. Poderíamos nos reunir para brincar de vez em quando... Posso, por favor, fumar um cigarro?

Sacudi a cabeça. Ela suspirou num misto de exasperação e resignação.

— Você tem um psiquiatra que possa recomendar? — perguntou.

— Tenho.

— Não estou prometendo nada.

— Não estou pedindo nada.

Ela se retesou e me encarou.

— Vou lhe dizer uma coisa que eu *não* vou fazer. Eu não vou cancelar a minha viagem a Paris. Mas vou pedir para a mãe do meu marido ficar com Schuyler enquanto eu estiver fora. Ela adora a avó.

Disse que achava esse um bom plano e lhe dei o nome de uma excelente psiquiatra. Então pedi que me ligasse em duas semanas para confirmar que havia começado a vê-la, marquei um retorno para Schuyler para dali a um mês e torci pelo melhor.

Um pouco mais tarde, atendi Jeffrey Rubin, de 4 semanas, cuja mãe o levara ao consultório reclamando de cólicas. Francine Rubin, uma mulher bonita de cabelos escuros, vestia calça de algodão e uma elegante camisa de seda. Estava sem maquiagem, usava o mínimo de jóias e parecia muito preocupada.

Claire havia pesado e medido Jeffrey. Ele estava corado e parecia estar muito bem. O exame físico foi completamente normal.

— Dra. Green, às vezes ele chora sem parar durante três horas — queixou-se Francine Rubin. — Três horas inteiras.

— Há quanto tempo isso vem acontecendo?

— Começou há mais ou menos duas semanas e está ficando cada vez pior.

— Bem, a primeira coisa a fazer é descartar refluxo gástrico.

— O meu primeiro pediatra fez isso.

— Então eu sou a segunda pediatra de Jeffrey?

— Terceira, na verdade. O segundo descartou alergia a leite. Como eu fico? Além de aflita e exausta.

— E o que os dois primeiros pediatras de Jeffrey recomendaram? — perguntei, com temor crescente.

— O primeiro disse que eu deveria tentar acalmá-lo, mas que, se isso não funcionasse, eu podia me afastar. Dá para imaginar? Me afastar do meu próprio bebê, com ele chorando daquele jeito?

— E o que disse o segundo pediatra?

— Ele disse que eu devia prender Jeffrey na minha frente e *passar aspirador de pó*. Você já ouviu alguma coisa mais ridícula?

— Na verdade, Sra. Rubin, há muitos relatos dizendo que passar aspirador de pó com o bebê é muito eficaz. O útero é um lugar muito barulhento: o bebê ouve o barulho do sangue correndo pela placenta. Imitar esse barulho pode acalmá-lo.

— Mas e quanto à causa *por trás* do choro?

— Se Jeffrey não é alérgico, nem sofre de refluxo, então ele provavelmente está entre os 20% dos bebês que não conseguem parar de chorar sozinhos, principalmente quando estão cansados. A evolução, em sua infinita sabedoria, fez as cabeças dos bebês pequenas o bastante para passarem pelo canal de parto. Mas há uma troca... os bebês também nascem com cérebros pequenos e altamente desorganizados. Têm controle limitado dos músculos e sentidos. Nas primeiras dez semanas, os cérebros dos bebês crescem em torno de vinte por cento, e eles começam a fazer as ligações necessárias para controle e aprendizado rudimentares. Eles choram quando precisam de ajuda. E param quando têm as necessidades atendidas. Mas bebês como Jeffrey estão amadurecendo um pouco mais lentamente. Têm dificuldades para se organizar, e esses primeiros meses são muito difíceis para eles. O choro costuma ser pior tarde da noite.

— É doloroso de ver.

— É mesmo. Mas o cérebro dele logo vai se recuperar. Enquanto isso, sugiro prendê-lo na frente do seu corpo, passar aspirador na casa ninando-o no caminho e, talvez, tentar uma chupeta. Esse método já se provou bastante tranqüilizador e eficaz.

A mãe se aproximou do bebê e o pegou no colo. Ela o aninhou e o beijou no rosto, virando-se em seguida para mim:

— Só tem um problema, Dra. Green.

— Sim?

— Eu não faço idéia de como se usa um aspirador de pó.

Nós duas rimos. Garanti a ela que era algo bem simples de se aprender.

Josh me ligou quando o dia estava chegando ao fim. A voz dele me percorreu feito uma descarga elétrica.

— Estou com saudade — disse ele.

— *Eu* estou com saudade.

— Como foi o seu dia?

— Interessante.

— Adoraria ouvir tudo a respeito.

Tive uma visão repentina de nós dois nos sentando para jantar num aconchegante bistrô da vizinhança, tomando uma taça de vinho, conversando a respeito dos nossos respectivos dias.

— Como foi o seu?

— O meu foi bem tranqüilo. Dei uma corrida na praia e depois nadei bastante. E trabalhei um pouco numas estantes que estou montando aqui no celeiro.

Estava começando a ter a impressão de que Josh estava longe de ser um workaholic.

— Arthur e eu vamos jantar na quarta-feira — informei.

A menção do jantar de repente deixou a nossa conversa parecendo muito mais séria. Havia uma coisa importante em jogo ali.

— Está bem — disse Josh.

Sentada em meu consultório, o que havia acontecido entre mim e Josh no final de semana não parecia muito real. Tinha sido tão inesperado, tão intenso, que eu não confiava muito. Se havia alguma coisa que eu tinha com Arthur, era confiança.

— Até lá, estou numa espécie de limbo — completei.

— Compreendo.

Houve uma pausa cheia de... de não tenho certeza o quê, uma combinação de desejo e trepidação que eu nunca tinha sentido antes.

— Você acha que vem de novo para cá neste fim de semana? — perguntou Josh.

— Não tenho certeza. Amanda e Jerry me querem aí o máximo possível.

— Bem, eu vou estar aqui. Ou aí, se você quiser. Só me mantenha informado.

— Farei isso, Josh.

— Foi um fim de semana divertido.

— Foi muito divertido.

Respiramos um no ouvido do outro durante um minuto.

— Acho que está na hora de desligar — ele disse.

— Acho que sim.

Desliguei, mas antes que eu tivesse tempo de entender o que estava sentindo, Marge apareceu à porta.

— Acabei de receber uma ligação de uma Shirley Blake, da WNET — disse ela.

— Sobre o *Conversa de Criança*?

— Sim. Ela quer que eu vá a uma reunião com eles na semana que vem. Não sei o que você disse a ela a meu respeito, Shelley, mas você certamente fez por merecer uma comissão de agente.

— E pretendo cobrá-la.

Marge sentou-se e cruzou as pernas.

— É uma idéia absurdamente empolgante, não é?

— É, sim. E perfeita para os seus talentos.

— E então, como está a vida no Lowell? — perguntei.

— Divina. Quando não estou com raiva. Eles nos mimam muito por lá, fico me sentindo um membro da realeza britânica.

Depois do Incidente no Trump International, eu me sentia com muito mais liberdade em relação a Marge. Quer dizer, como poderia haver segredos entre nós?

— Como os seus filhos estão encarando isso tudo? — perguntei.

— Bem, é claro que tanto Herbert quanto eu os estamos poupando dos detalhes sórdidos. Nós apenas lhes dissemos que decidimos nos separar e demos início ao processo de divórcio. Na verdade, eles não pareceram muito surpresos. Imagino que seja a sabedoria da juventude... ou seria a sabedoria dos filhos em relação ao verdadeiro estado do casamento dos pais? E agora que passou o primeiro choque, estou sinceramente sentindo um delicioso frisson de liberdade.

— É isso que eu gosto de ouvir.

— E esta ligação da WNET foi exatamente o que o médico me indicou, por assim dizer. Agora, me diga, como está se desenrolando o seu drama masculino?

— Bem, vamos apenas dizer que o final de semana foi incrível.

— Minha nossa! Bem, mal posso esperar para conhecer esse rapaz. E os pacientes estão brigando para conseguir um horário com você. De um modo geral, minha jovem, você combina com o Upper East Side como peixe combina com limão.

— Acho que estou correndo verdadeiro perigo de ser fisgada — eu disse.

— Isso pode ser interpretado de duas maneiras. — Marge me lançou um olhar significativo.

— E eu não sei?

28

VOCÊ PROVAVELMENTE NÃO SE SURPREENDERÁ ao saber que Arthur e eu tínhamos o "nosso" restaurante em Chinatown, uma simples caverna cheia de vapor seis degraus abaixo da calçada, e mesmo os "nossos" pratos — caranguejos com legumes e arroz frito com tofu. Num esforço para fazer o jantar começar com o pé direito, deixei-o pedir os dois.

Detesto admitir, mas fiquei um pouco decepcionada com a aparência relaxada e saudável de Arthur, com as bochechas rosadas e os olhos brilhando. Ele parecia estar enfrentando toda essa coisa por que estávamos passando — o que quer que fosse — melhor do que eu. Eu estava atormentada por dúvidas, por hesitações e medos. Estava eu prestes a jogar fora um ótimo cara em nome de um caso qualquer? Até onde poderia ir o que eu tinha com Josh?

Arthur pediu uma cerveja chinesa.

— Mas, Arthur, você nunca bebe durante a semana — observei.

— Nunca diga nunca! — disse em voz alta, erguendo a garrafa e tomando um gole másculo que não tinha nada a ver com ele, como se estivesse num comercial de cerveja.

Tudo bem.

Ficamos sentados em silêncio. Olhei ao redor no restaurante, que estava cheio de grandes famílias chinesas conversando, rindo, comendo. A conversa familiar daquelas pessoas me lembrou o leviatã da família Green. Senti uma pontada de tristeza. Arthur amava a minha família, e eles o amavam.

— E então, Shelley? — disse ele.

— Arthur.

Nós nos olhamos, e a bravata o abandonou como o ar de um pneu. Seus ombros caíram. Foi a vez de ele olhar ao redor. Não ia ser fácil para nenhum de nós. Felizmente, a comida chegou. Cada um se serviu, em silêncio, com uma formalidade esquisita. Comi uma garfada de tofu. Ele comeu uma garfada dos caranguejos. Comemos em silêncio por um instante.

— Como está o tofu? — ele perguntou.

— Está ótimo. O tofu deles é muito bom.

— O tofu deles é muito bom.

Mais silêncio.

— Como estão os caranguejos? — perguntei.

— Excelentes.

— Apimentados?

— Sim, mas não *muito* apimentados.

— Que bom.

— Podia ter mais alguns caranguejos. — Ele, mexeu no prato.

— Isso acontece às vezes... não vem o bastante.

— É chato.

— Mais é melhor — eu disse.

— Não necessariamente.

— Não?

— *Bom* é melhor. Não apenas por ser mais — disse ele.

— Eu não disse isso. Mais *bom*.

— Mais bom é melhor.

Mais silêncio.

— Arthur, eu estou tendo um caso.

— Eu sei.

— Você sabe?

— Claro que sei.

— Como?

— Shelley...

É claro que ele sabia.

Eu pensava que ele ia se desmanchar numa poça de dor e piedade. Em vez disso, comeu uma grande garfada de caranguejos e disse:

— Eu também estou.

— Está!?

— Sim.

Senti uma mistura de mágoa, raiva, alívio e espanto. Foi a primeira vez em muito tempo que Arthur realmente me surpreendeu.

— Com Jennifer Wu?

— Sim.

Era evidente que os dois flertavam, mas isso...

Nós dois demos garfadas deliberadas em nossas comidas e voltamos a jantar em silêncio.

Então nos olhamos: e agora?

Então nós dois sorrimos — sorrisos pequenos, minúsculos sorrisos hesitantes, mas, ainda assim, sorrisos. Senti como se o nosso noivado estivesse provavelmente se desfazendo, mas simplesmente não conseguíamos nos odiar, não conseguíamos deixar a história ficar ruim. Éramos amigos. Senti uma onda de carinho por ele, seguida por uma outra de percepção de que o que sentia por Josh era uma emoção muito diferente — menos segura, menos confortável, menos reconfortante, porém mais intensa, mais excitante, mais sexy.

— Sinto muito por meu sexo ser tão sem graça — desculpou-se Arthur.

— Seu sexo não era sem graça.

— Era, sim.

— Não, não era.

— Você é uma boa pessoa, Shelley, mas nós dois sabemos que meu sexo era sem graça. Jennifer me disse que era.

— Ela disse?

— E me mostrou, também — ele deu um sorriso de quem sabe das coisas.

Senti uma terrível pontada de ciúme. Seguida por confusão, humilhação, até. Achei que passaria o jantar pisando em ovos, fazendo piruetas em torno do orgulho masculino, do ego e dos sentimentos de Arthur. Ali estava ele prestes a me dar aulas de *Kama Sutra*.

— Bom, se o seu sexo era sem graça, o meu era sem graça — eu disse.

Nenhum protesto se apresentou. Em vez disso, Arthur bebeu o resto da cerveja e pediu mais uma, em seus novos modos de comercial de cerveja. Senti uma vontade repentina de quebrar o pescoço esquelético da Jennifer Wu. Por Deus, Shelley, olhe para o seu próprio comportamento — transformação física, socialização com bilionários, sexo na praia — e você está chateada porque Arthur está adquirindo um pouco de confiança?

— Shelley, talvez a gente tenha apressado as coisas. Você estava dedicada a se tornar médica. Sempre me senti em segundo plano, atrás da sua carreira.

— É mesmo?

— Sim, mas eu podia aceitar isso. Daí, quando você se formou, pensei que seria a minha vez de ficar em primeiro lugar. Em vez disso, tenho me sentido como um acessório.

— Mas, Arthur, eu sou médica só há poucos meses.

— Foi tempo suficiente para você mudar. Quer dizer, olhe para você. Você está parecendo o "depois" daqueles programas ruins de transformação a que você assiste.

— Aquelas mulheres sempre acabam parecidas com prostitutas. Você está dizendo que eu estou parecendo uma prostituta? Bem, eu devo ser uma prostituta desempregada, porque quem vai pagar por sexo chato?

Arthur riu, e percebi como eu estava sendo ridícula. Minha frustração borbulhou e... dei risada.

— Shelley, a sua aparência é só a manifestação física de onde você está indo. Você entrou para um mundo do qual eu não tenho interesse de fazer parte.

— Não vamos começar essa velha discussão.

— Não, não vamos.

Então comemos em silêncio. Na verdade, eu tinha praticamente perdido o apetite, mas fiquei mexendo na comida um pouquinho.

Veio a conta. Arthur insistiu em pagá-la.

Subimos a escada que levava até a colorida cacofonia de Chinatown. Arthur e eu olhamos ao redor por um instante e então olhamos um para o outro. Não havia mais sorrisos, bravatas, brincadeiras, só duas pessoas que pensavam que iriam passar o resto da vida juntos... e estavam se dando conta de que tudo aquilo havia mudado. Os olhos dele pareciam terrivelmente tristes, e tenho certeza de que os meus também. Ambos desviamos o olhar.

— E então, você vai ficar com o apartamento?

Assenti.

— Vou ligar para os proprietários do apartamento em Carroll Gardens.

— Está bem.

Senti lágrimas se formando em meus olhos — não queria isso. Respirei fundo.

— E os seus pais — disse Arthur.

— Vou ligar para eles também.

Então os olhos de Arthur se encheram de lágrimas — ele também não queria isso.

— Então tá, Shelley.

— Então tá.

Meio que nos aproximamos, então ambos recuamos, para nos reaproximarmos num rápido abraço. Então Arthur se virou e saiu caminhando pela rua.

Foi só depois de ele virar a esquina e sair da minha vista que me dei conta de que esqueci de lhe devolver a aliança.

29

CAÍ NUMA espécie de subterrâneo emocional. Precisava de um tempo para absorver tudo. Liguei para Amanda e disse a ela que não poderia ir naquele final de semana. Por mais que quisesse ver Josh, senti que as apostas no nosso relacionamento haviam subido aos céus de repente, pelo menos para mim. Era o que estava me deixando nervosa: será que teria acontecido o mesmo para ele?

Na sexta-feira de manhã, liguei para ele do meu consultório.

— Ei, acabei de voltar para casa depois de correr e nadar — disse ele.

Deve ser bom ter um fundo de investimentos.

— A água estava congelando? — perguntei.

— Eu vou até o Louse Point, na baía, onde a água é muito mais quente. Mal posso esperar para levar você lá. Tem dois pontos em que dá para nadar sem roupa.

— Eu nunca nadei sem roupa.

— Ah, a sensação é maravilhosa.

— Aposto que sim.

— Adoro nadar sem roupa à noite... levar uma garrafa de vinho, um baseado...

Não disse a ele que detestava maconha. Tinha fumado uma vez com Ira quando tinha 15 anos, tive uma enorme crise paranóica e acabei comendo sete latas de batatas Pringles. Não, obrigada.

— E então, você vem no final de semana? — ele perguntou.

— Na verdade, não.

— Que pena. E então... não quero me meter, mas como diabos foi o seu jantar?

Ele falou num tom de voz forte, sem desculpas. Gostei disso... ele me queria.

— Foi bem, dadas as circunstâncias.

— E?

— E... eu resolvi terminar o noivado.

— Oba!

Dei risada.

— Sinto muito, eu provavelmente deveria dizer "Deve ter sido difícil. Você está bem?", mas não é o que estou sentindo.

— Vou aceitar o oba.

— Então por que você não vem?

— Vou ficar com o apartamento de que falei para você. Vou me mudar neste fim de semana.

— Bom, então me deixe ir ajudar você. Tenho a minha caminhonete.

— Muito obrigada pela oferta, mas, na verdade, já combinei com os meus pais. Eles vão me ajudar.

Não queria que Josh conhecesse meus pais ainda. Não antes de eu contar a eles sobre Arthur e eles terem tempo de aceitar a separação.

— Mas, Shelley, eles são velhinhos.

— Não muito, e adoram ajudar. Além disso, acho que o meu irmão também vai se juntar a nós, e só vou levar as roupas e algumas poucas coisas. O apartamento novo é mobiliado. Estou dando a maior parte das minhas coisas. — Não contei a Josh que por "estar

253

dando" eu queria dizer botar na calçada com um cartaz de 'GRÁ-TIS' preso a elas.

— Você vai simplesmente dar todo um apartamento cheio de mobília?

Percebi que Josh realmente não tinha noção de onde eu vinha em termos financeiros e sociais.

— É um apartamento bem pequenininho. Era só o meu dormitório de estudante de medicina — disse eu, tentando parecer casual.

— Está bem.

— Bom, eu, ahn, eu tenho uma sala de espera cheia de pacientes para atender.

— Tudo bem, Shelley. Se mudar de idéia quanto à minha ajuda, me ligue.

— Está bem.

— Vou sentir a sua falta no fim de semana.

O telefonema não ajudou muito quanto à minha insegurança sobre onde Josh e eu estávamos indo, mas, felizmente, eu não tinha muito tempo para pensar nisso. Tinha pacientes para ver.

Rebecca Whitney, de 3 anos de idade, simplesmente não largava a mamadeira. Eu sabia disso porque havia tido várias conversas por telefone com a mãe dela a respeito do assunto. Tinha pedido um conselho à Dra. Marge, e ela me contou qual era a sua técnica, que agora eu ia experimentar.

Rebecca era simplesmente adorável, levemente gorducha, com montes de cabelos ruivos, sardas, um rosto redondo e enormes olhos verdes. Estava sentada alegremente sobre a mesa de exame num vestido de verão azul, com a mamadeira ao lado, prestando atenção a tudo com uma curiosidade confiante.

Pam Whitney estava por perto, olhando radiante para a filha.

— Oi, sou a Dra. Green — apresentei-me.

— Olhe o que eu sei fazer — disse Rebecca. Ela bateu palmas três vezes, estalou os dedos duas, e então repetiu a seqüência de novo... e de novo... e...

Interrompi.

— Você é muito musical.

— Quer que eu cante?

— Eu adoraria ouvir você cantar.

— "Você é o vento sob as minhas asas...Você é o vento sob as minhas asas"... É só o que eu sei.

— Foi maravilhoso.

— Eu sei dançar!

Ela desceu da mesa e começou a girar nas pontas dos pés com as mãos acima da cabeça, numa aproximação grosseira de balé. Isso se transformou rapidamente em alguns movimentos rebolativos que envolviam muitas rotações de quadris e jogadas de cabeça.

— Esta foi uma rápida visão geral da vida cultural de Rebecca — informou a mãe.

— Minha perna dormiu ontem — disse Rebecca, apontando para a perna esquerda.

— Você a sacudiu para acordá-la? — perguntei.

— Nããããão. Não consegui. Ela estava roncando. O papai ronca. O papai é bobo. Ele anda assim quando acorda — Rebecca moveu-se rapidamente ao redor da sala, enquanto eu e a mãe ríamos, encantadas. Rebecca era uma artista e tanto, mas não de um jeito exibido e forçadamente fofinho. Ela só adorava fazer os outros rirem.

— Agora, Rebecca, podemos falar sobre a sua mamadeira?

Rebecca voltou para a mesa de exame, subiu nela e abraçou a mamadeira.

— Sabe, eu recebi um telefonema do Sr. Mamadeiro hoje — disse eu. Rebecca estava ouvindo atentamente. — Ele me contou que tem um monte de bebês na Mamadeiralândia, e que estão começando a faltar mamadeiras. Ele disse que os menininhos e menininhas generosos que mandassem mamadeiras para os bebês ganhariam um presentão.

Rebecca pensou no que eu disse por um instante e virou-se para a mãe.

— Mamãe, a gente tem um monte de mamadeiras que podia mandar para o Sr. Mamadeiro.

— O Sr. Mamadeiro disse que só os meninos e as meninas que mandarem *todas* as mamadeiras vão ganhar o presente — continuei.

— Onde fica a Mamadeiralândia? — perguntou Rebecca.

— Hm, fica... no Planeta Mamadeira.

— E como ele é?

— Ah, ele parece... uma mamadeira. Mas tem pernas, braços e uma cabeça, é claro.

— E os bebês na Mamadeiralândia não têm mamadeiras?

— Não têm o bastante.

— Se a gente mandar as minhas mamadeiras, eu ganho um presentão?

Assenti.

— Mamãe, vamos botar as minhas mamadeiras numa sacolona e mandar para o Sr. Mamadeiro.

— Vamos fazer isso assim que chegarmos em casa — disse a mãe, me dando um sorriso muito agradecido.

— Eu sei o que o Sr. Mamadeiro vai me mandar de presente — disse Rebecca. Virou-se para a mãe. — A boneca American Girl que você não quis me dar.

De volta à minha sala, liguei para o número de Londres que Francis Young havia me dado.

— Alô? — atendeu uma mulher num elegante sotaque britânico.

— Olá. Aqui é a Dra. Green, a pediatra de Alison Young em Nova York.

— Dra. Green, é um prazer. Aqui é Jenny Burke, tia de Alison. Ela fala muito bem da senhora.

— Como ela está?

— Agora está melhor. Mas Alison teve um terrível episódio repentino de dor nas articulações e inchaço nos joelhos e tornozelos. Foi muito sério... ela sofreu muito, pobrezinha. O médico dela diagnosticou artrite reumatóide juvenil e receitou uma série de remédios esteróides. Os sintomas melhoraram muito.

Artrite reumatóide juvenil. Parecia fazer sentido. Estava de acordo com os primeiros sintomas de Alison, com uma elevada taxa de sedimentação, e com o ataque repentino de dor e inchaço nas articulações. Eu estava confiante em seus médicos. Ainda assim, não eram boas notícias. A artrite reumatóide juvenil é uma doença crônica para toda a vida, com um curso imprevisível, e Alison precisaria de acompanhamento e monitoramento cuidadosos.

— Bem, estou aliviada que se tenha chegado a um diagnóstico, e feliz por saber que Alison está se sentindo melhor. Ela poderia falar comigo?

— Claro. Pode esperar enquanto eu a chamo? Ah, ela vai adorar falar com a senhora.

Talvez Francis Young estivesse com razão ao levar a filha de volta à Inglaterra.

— Dra. Green, oi, aqui é Alison.

— Alison, você parece estar melhor.

— Estou me sentindo muito melhor.

— Seu apetite voltou?

— Sim, bastante.

— E você está se sentindo com mais energia?

— Muito mais.

— Sinto muito que você tenha passado por tanta dor.

— Foi duro. Mas estou melhor agora.

— Seu pai deve estar muito feliz.

— Está. Ele se mudou para um hotel para poder terminar a pesquisa dele. É muito importante.

— Tenho certeza de que é. Vocês estão planejando ficar aí até o final do verão?

— Sim, até o começo das aulas.

— Você pode, por favor, me manter informada dos seus planos?

— Sim.

— Alison, estou muito contente que você esteja se sentindo tão melhor.

— Obrigada, Dra. Green. Eu sinto saudade da senhora. — A voz dela ficou um pouco triste.

— Eu também, Alison. Gostaria que você viesse me ver quando voltar a Nova York.

— Tchau, então, Dra. Green.

— Até logo, Alison. Antes de desligar, você pode chamar a sua tia de volta?

— Ela está aqui.

— Alô, Dra. Green.

— Sra. Burke, eu gostaria de falar com o pai de Alison. Só para cumprimentá-lo.

— Bem, infelizmente, meu irmão se isolou num hotel e mal atende as minhas ligações. Mas ele tem acompanhado os progressos de Alison.

— Posso pedir para a senhora me ligar se algo mudar nas condições de Alison?

— É claro. E posso agradecer em nome da família de Alison por todo o cuidado que a senhora tem com ela.

— É um prazer.

Depois que desligamos, fiquei sentada por um instante. A artrite reumatóide juvenil é uma doença muito imprevisível. Sua gravidade pode variar de leve a incapacitante. O fato de que o médico de Alison a estava tratando com esteróides em vez de um antiinflamatório não esteróide indicava que sua crise havia sido grave. Infelizmente isso podia significar que Alison corria o risco de ser um caso grave da doença. Tinha certeza de que os médicos britânicos sabiam o que estavam fazendo e a monitoravam de perto.

Por que, então, eu estava sentindo uma dúvida perturbadora?

30

PASSEI O SÁBADO ARRUMANDO COISAS. Foi alegre e triste. Eu havia passado os últimos cinco anos naquele apartamento minúsculo, e sair dali marcava o fim oficial de uma parte importante da minha vida. Arthur e eu havíamos passado muitas noites tranqüilas ali, e agora eu o estava deixando para trás também. Enquanto enchia um saco de lixo com coisas que eram horríveis demais até para serem doadas — bichos de pelúcia velhos e velas pela metade —, pensei em todas as noites em que havia voltado para casa exausta e encontrado Arthur esperando para me servir uma refeição maravilhosa que tinha feito. Depois, ele me preparava um banho, esfregava as minhas costas, ouvia, demonstrava solidariedade e dava sugestões úteis.

Acordei cedo no domingo de manhã, reuni algumas malas e peguei um táxi até a minha nova casa. As ruas do Upper East Side estavam desertas e silenciosas, como se todo mundo ainda estivesse dormindo ou tomando café da manhã na cama. Ernesto, um dos porteiros elegantes, me cumprimentou e pegou as minhas malas.

Abri a porta, entrei no apartamento e me arrepiei toda. Aquele lugar sensacional ia ser o meu lar pelos próximos dois anos. Não dava para querer uma base melhor de onde lançar a minha carreira. Eu sempre acreditei que era o meu trabalho duro que me trazia as coisas boas, mas ter conseguido esse apartamento parecia mais sorte. Pela primeira vez na vida, eu me sentia com sorte. Era um sentimento vertiginoso.

— Ei, gata, rebola, rebola — grasnou Harry, numa saudação.

— Você quer que eu rebole, Harry querido, eu vou rebolar.

Fui até o CD player, encontrei um disco da Aretha Franklin e o pus para tocar. Começou a tocar "Respect", e saí sacudindo os quadris pela sala. Me movimentando com uma liberdade e um abandono que me surpreenderam, dancei até a sala de jantar, ao redor da gaiola de Harry (que escondeu o bico e ficou me olhando com os olhos arregalados de espanto) e pelo corredor, no quarto, no escritório, no banheiro, de volta à sala, rebolando e balançando, saltando, estalando os dedos e batendo palmas, perdida na dança.

Então a campainha tocou.

Abri a porta, e lá estavam mamãe e papai. Minha mãe estava carregando uma enorme bandeja embrulhada, e papai, uma sacola de compras e uma maleta térmica.

— Trouxe bagels, salmão defumado, queijo de cabra, iogurte grego, papaia e rosquinhas... para o almoço, lasanha, vagens, salada de endívia e brownies M&M — comunicou a minha mãe, passando direto por mim. — Fazer mudança dá muito trabalho, precisamos comer... Ah, meu Deus, Shelley, este apartamento é maravilhoso!

Papai sorriu para mim, encabulado.

— Mamãe, vocês não deviam chegar aqui antes das dez. São oito e meia.

— Oito e meia, dez, qual a diferença? Apos. Olhe para esta sala... — Mamãe andava pelo apartamento boquiaberta, ainda segurando a bandeja diante de si.

— Ei, gata, rebola, rebola.

Mamãe parou de repente.

— O que este passarinho está fazendo aqui? — ela perguntou.

— Ele vem com o apartamento — respondi.

— Bem, ele quebrou o meu clima. Por um instante, imaginei Marcel Proust e Jackie Onassis sentados lado a lado naquele sofá, discutindo Sartre e Chopra. Se este apartamento fosse *meu*, eu receberia todas as quintas-feiras, exatamente ao anoitecer...

Era muito constrangedor quando a mamãe se perdia em pensamentos profundos.

Peguei a bandeja dela e a botei sobre a mesa da sala de jantar.

— Querem ver o resto do apartamento? — perguntei.

— Não preste atenção à sua mãe, ela é cheia de desejos desorganizados... — disse mamãe, mantendo uma das mãos sobre o peito e passando a outra nas cortinas.

— Queremos ver tudo, Shelley. O apartamento é lindo. — Papai olhou para a minha mãe com uma afeição melancólica.

Mamãe percorreu o apartamento como se estivesse num sonho, tornando-se poética a cada detalhe arquitetônico e objeto de decoração. Papai ficou particularmente impressionado com as confortáveis poltronas instaladas diante da televisão no escritório. Na verdade, experimentou uma delas, ligou a TV e encontrou uma discussão matutina sobre as chances dos Mets no campeonato. Mamãe tirou o controle remoto da mão dele e desligou a TV.

— Harold, este apartamento é uma experiência espiritual, e você quer ver televisão?

— Sim — ele respondeu.

— Depois de comermos. — Mamãe segurou meu rosto em suas mãos, e seus olhos se encheram de lágrimas. — Shelley, estamos muito orgulhosos de você. Este apartamento são as suas conquistas em forma de carne.

— Carne? Um apartamento? — repeti.

262

— Não seja didática. Meu Arthur já viu este apartamento? Ele vai adorar morar aqui. Vamos jantar aqui uma vez por semana, vamos escolher um dia, domingo é melhor para mim. Meu Arthur vai fazer mágica naquela cozinha.

— Na verdade, mamãe, papai, tem uma coisa que eu preciso contar para vocês.

— Ai, ai, não estou gostando do seu tom — disse mamãe. Papai olhava com desejo incontido para a TV.

— Talvez seja melhor você se sentar, mamãe — sugeri.

— *Sentar*, diz ela ameaçadoramente. Adeus, Merchant-Ivory, olá, filme noir — disse mamãe, parecendo abalada. Sabia que podia contar com ela para transformar a situação num trauma em três atos. — Meu Arthur está bem? Ele decidiu que é gay? Sempre suspeitei.

— Miriam, por favor, quer deixar Shelley falar? — pediu papai.

— Ah, agora são dois contra uma. Eu sou a vilã. Bom, não fui eu que transformei Arthur em gay, pesquisas provaram...

— Mamãe, chega!

— Eu amo você, Shelley — disse ela, virando-se rapidamente, sentando-se ereta, cruzando as mãos no colo e me olhando com uma expressão de preocupação sincera, ainda que exagerada.

— Tem uma coisa que preciso contar a vocês dois sobre mim e Arthur — comecei, no mesmo instante em que uma lágrima rolou pelo rosto de mamãe. — Decidimos terminar o nosso noivado. Não quero discutir com vocês essa decisão tão pessoal. Quero que ambos respeitem o fato de que Arthur e eu somos adultos e que tomamos essa decisão mutuamente, de cabeça fria, como amigos.

Papai parecia triste e preocupado, mas se levantou e me deu um abraço. Então segurou meu rosto nas mãos:

— Eu confio na minha menininha. — Então me beijou e me abraçou de novo.

Minha mãe simplesmente ficou imóvel no sofá, com lágrimas correndo pelo rosto.

— Mamãe, por favor... — pedi.

Mamãe sacudiu a mão:

— Estou bem, Shelley, eu não disse coisa alguma...

— Mamãe, por favor, pare de chorar.

Ela olhou para mim e disse, entre lágrimas:

— Sabe, Shelley, isso não tem a ver apenas com você.

— Você tem razão... tem a ver comigo e com Arthur.

Ela se virou para o meu pai:

— Está vendo como ela fala comigo? Isso aqui não é um filme noir, é *Psicose*.

Meu pai não era de tomar partidos. Só encolheu os ombros e deu mais uma olhada desejosa para a TV.

— Mamãe, Arthur e eu terminamos nosso noivado. Aceite isso. Estou falando sério. Ou você pára agora com isso, ou vou ter que pedir para você pegar a sua comida e ir embora.

Mamãe olhou para as próprias mãos. Quando ergueu a cabeça, estava com os olhos secos e um sorriso nos lábios.

— Ah, Shelley, este apartamento é um sonho que se realiza, estou tão orgulhosa de você. Profissionalmente. Mas, vamos lá, chega de conversa, vamos comer. Temos um grande dia pela frente. Harold, olhe só aquelas estantes de livros sob medida! Ah, ali está *O conto da aia*... Margaret Atwood, *c'est moi*.

O interfone tocou, e fui para a cozinha.

— É o seu irmão, Ira — informou Ernesto.

— Pode deixá-lo subir.

Abri a porta da frente e encontrei Ira parado, parecendo um zumbi, com as roupas brilhosas amarrotadas, o rosto pálido e preguiçoso, os olhos escondidos atrás de grandes óculos escuros.

— Nada de barulho alto, Shelley, e você pode, por favor, me trazer seis aspirinas e um copo d'água? — Ele passou direto por mim e se deitou no sofá, gemendo alto. — Minha cabeça está explodindo... não, está implodindo. E *eu* achava que sabia curtir uma balada. Christina tem a resistência de um fuzileiro naval.

Encontrei umas aspirinas e levei quatro para ele.

— Valeu, mana, você é o máximo. Estou sofrendo, e acho que o meu pinto vai cair graças ao uso excessivo.

— Distribuição excessiva. E, Ira, o que você está fazendo aqui?

— Vim ajudar você com a mudança. Ahhhh.

— Você não vai ajudar muito neste estado.

— Vou supervisionar.

— Do sofá?

— Boa idéia.

Mamãe apareceu à porta.

— Ah, meu Deus, meu bebê, meu Ira — gemeu ela, correndo até o sofá.

— Mãe, por favor, fale baixo — resmungou meu irmão. Por trás dos óculos escuros, pude ver a expressão de satisfação no rosto dele.

— É aquela mulher. Sabia que ela era problema. Shelley, me traga uma toalhinha molhada em água morna, nem quente nem fria — mamãe começou a acariciar a testa de Ira.

— Os pés, mamãe — gemeu Ira.

— É claro. Ah, meu Ira, meu pobre Ira. — Mamãe tirou os sapatos e as meias dele e esfregou seus pés.

— Ei, gata, rebola, rebola — gritou Harry.

— Mate este pássaro — resmungou Ira. — Ahhhh, minha pobre cabecinha.

Bem, meu apartamento novo estava perdendo a virgindade. Saí e fui pegar a toalhinha, passando pelo escritório, onde papai estava assistindo alegremente à ESPN. Quando voltei para a sala, mamãe estava sentada numa poltrona ao lado de Ira, segurando uma das mãos dele e parecendo prestes a lhe dar a extrema-unção.

Entreguei-lhe a toalhinha, que ela pôs suavemente na testa dele, que soltou um suspiro sofrido.

— Algumas pessoas são sensíveis demais para este mundo — disse mamãe baixinho. — E então o mal vem e se aproveita dessa vulnerabilidade. Se essa mulher fosse a Maria Antonieta, eu iria decapitá-la pessoalmente.

Como eu já tinha visto aquela novela antes e sabia o que vinha a seguir, resolvi ser proativa:

— Quer que eu prepare um banho para Ira?

Mamãe pareceu ferida:

— Shelley, eu sou a mãe dele. — Que novidade! — Eu sei como o meu Ira gosta de tomar banho.

Deixei os dois se divertindo e fui até o escritório. Papai desligou a TV.

— Shelley, por que nós dois não vamos até o seu apartamento e começamos a trazer algumas caixas?

— Boa idéia, papai.

A manhã estava nublada e, enquanto íamos até o centro, meu pai sintonizou em sua estação de rádio preferida — a que tocava clássicos interpretados por Frank Sinatra, Tony Bennett e Ella Fitzgerald. Quando eu era menina, passava a maioria dos sábados na biblioteca, lendo e fazendo lição de casa. Papai costumava ir me buscar no final da tarde, e nós dois íamos até Bay Shore para comer torta de sorvete. Sempre ouvíamos a mesma estação de rádio. Ele me fazia perguntas sobre o que eu estava estudando, mas, na maioria das vezes, andávamos num silêncio confortável e carinhoso, ouvindo a música e aproveitando o clima efervescente, romântico e nostálgico criado por ela. Senti o mesmo clima de novo, e voltei a amar meu pai como naquela época.

Quando estávamos atravessando a rua Trinta e Quatro, papai perguntou:

— Shelley, você quer conversar sobre essa coisa com Arthur?

— Acho que não, papai.

Ele se virou e me olhou, com preocupação no olhar.

— Tem certeza?

— Na verdade não há muito o que dizer. Nós vínhamos nos afastando.

Eu sempre senti o amor incondicional, o apoio e o orgulho do meu pai, mas ele nunca me deu muita orientação. Ele tinha uma modéstia inata que era combinada com o fato de ser carteiro. Embora adorasse o trabalho, acho que ele também tinha um pouco de vergonha do fato de não ter ido mais longe. Não se sentia bem sendo autoritário, e sempre deixou para a mamãe e o resto do leviatã da família Green o exagero na pressão e na culpa.

No rádio, Tony Bennett estava cantando "Someone to Watch Over Me".

— Arthur é um sujeito muito legal — disse, quase para si mesmo. Eu sabia que ele sentiria falta dele.

— Ele é, mas a verdade, papai, é que eu quero mais. Eu adoro Manhattan, adoro aquele apartamento, adoro ganhar bem, quero viajar, viver aventuras, conhecer pessoas. Isso faz algum sentido?

Papai deu um tapinha na minha coxa.

— Claro que faz, minha doce Shelley, e você merece isso. É inteligente e trabalhou muito. E olhe só como está linda. Desde que nasceu, não deu trabalho algum para mim e sua mãe. Eu realmente não poderia querer filha melhor.

Embora tenha gostado de ouvir suas palavras gentis, uma parte de mim ficou decepcionada por ele não ter desafiado ou questionado a minha decisão, ainda que levemente. Eu queria uma chance de expor as minhas próprias dúvidas. Às vezes, apoio incondicional não é algo de que uma filha precise, mesmo que possa ser o que ela acredite querer.

Quando chegamos ao meu prédio, pedi que o zelador me ajudasse a levar a maioria das caixas até o carro do papai. Enchemos o porta-malas e o banco de trás, e seguimos de volta para Uptown.

— Bem, pegamos a maior parte das coisas — disse papai.

— Vou pegar o resto durante a semana. Ficaram só umas duas caixas e algumas malas.

A verdade era que eu tinha trabalho para a semana que ia começar e não podia encarar um melodrama muito longo com Ira e mamãe. Queria todos eles fora do meu novo lar o quanto antes.

Com ajuda de Ernesto, pusemos todas as caixas no elevador de serviço e as descarregamos na escada ao lado da porta da cozinha. Entramos no apartamento, carregados de caixas, e encontramos mamãe arrumando a mesa da sala de jantar.

— Chegaram bem na hora para o brunch — informou ela. — Ponham essas caixas no escritório, por enquanto.

Ira surgiu, parecendo quase um novo homem, de banho tomado, arrumado e maravilhoso, usando um roupão atoalhado.

— De onde veio esse roupão? — perguntei.

— Achei no armário. Papai, calma com essas caixas... lembre dos seus joelhos — disse Ira, sentando-se à mesa. — Mãe, essa mesa está linda.

— Eu alimento a minha família — disse ela, com emocionada modéstia. — Aqui está o seu café, querido.

— Mãe, você é o máximo.

Papai e eu fizemos três viagens para levar tudo até o escritório, e então nos juntamos a Édipo e seu complexo à mesa. Mal havíamos começado a comer quando o telefone de Ira tocou.

— Alô. Oi, querida, como vai? Que noite nós tivemos!

Parecendo chocada, mamãe saltou da mesa e se ocupou com nada na cozinha.

— Encontrar você para um brunch e uma bebidinha? Já estou lá, gostosa. — Ele desligou o telefone e se levantou. — Olhem só, vou ter que me mandar. Te ligo mais tarde, mãe — gritou na direção da cozinha.

— Ira, você está de roupão de banho — eu disse.

— E daí? A Christina mora só a seis quadras daqui.

— Você está brincando — insisti.

— Shelley-fofa, é uma coisa Upper East Side.

— Tire-o-roupão — ordenei.

Ira vestiu suas roupas e saiu.

Nós três ficamos sentados ali e comemos quase em silêncio. Papai tentou puxar conversa, mas minha mãe não queria que o próprio sofrimento fosse interrompido. Depois de mais ou menos meia hora, eles foram embora, deixando-me com comida suficiente para um mês.

Passei a tarde arrumando as coisas e tentando restabelecer o feng shui do apartamento ao ponto em que estava antes da reconstituição do inferno da minha infância. No final da tarde, graças à encantadora companhia de Harry e uma porção de jazz suave, estava me sentindo muito mais centrada de novo.

No instante em que estava me sentando no sofá com a revista *Star*, alguém bateu à porta. Se fosse Ira, eu não o deixaria entrar.

Era Josh.

Abri a porta e me joguei nos braços dele para um longo beijo.

— Desculpe, eu não consegui ficar longe — disse ele, quando finalmente nos desgrudamos.

— Está perdoado.

— Não estou conseguindo parar de pensar em você, Shelley Green.

— Idem, Josh Potter.

Ele olhou ao redor:

— Então aqui é o seu novo dormitório?

— É.

— Legal — comentou ele, casual. Fiquei um pouco decepcionada com sua falta de choque e espanto, mas então lembrei que ele passou a vida toda entrando em apartamentos como aquele.

— Ei, gata, rebola, rebola — berrou Harry.

Josh foi até a gaiola e fez uma dancinha absolutamente adorável.

— E então, garoto? — perguntou a Harry.

— Muito careta — o pássaro respondeu.

— Bom, eu tentei.

Josh viu a *Star* e a pegou.

— Adoro mulheres intelectuais.

— Só estou dando um tempo ao Voltaire.

Ele se atirou no sofá, magro, alto e indiferente. Queria beijá-lo, mas não devíamos seguir construindo o relacionamento, quer dizer, já havíamos deixado claro que o sexo era bom.

— Quer alguma coisa para beber ou comer?

— Estou meio com fome. O que você tem aí? — Ele entrou na cozinha, abriu a geladeira e examinou o que havia lá dentro, completamente à vontade. — Eis uma *mélange* estranha.

— Adoro um homem que usa *mélange*.

— Troquei de Obsession. Mélange deixa as mulheres doidinhas.

— Meus pais trouxeram essa comida toda.

Ele já estava tirando as coisas da geladeira e, num minuto, preparando um sanduíche de salmão defumado e queijo de cabra. Sentou-se no banco e atacou. Senti uma centelha de irritação com o quanto ele estava se sentindo em casa.

— Pode me passar um *ginger ale?* — pediu ele.

Peguei uma lata da geladeira.

— Quer num copo, com gelo?

Ele assentiu.

— E então, como foi a mudança?

— Ah, foi tudo bem. Tenho mais algumas coisas para pegar nesta semana, e daí tudo estará pronto. Como estão as coisas nos Hamptons?

— As hordas de verão pioram a cada ano. Nos finais de semana, eu me enfio na fazenda e nunca me aventuro a sair, a menos que precise. Comprar um litro de leite pode levar uma hora — Josh olhou pela janela para o quintal cheio de verde. — Este apartamento é realmente bonitinho — disse ele, num tom de proprietário. Terminou o sanduíche, deixou o prato sobre a mesa, veio até mim e me pegou nos braços. — Nossa cabaninha de amor.

Ele me beijou e de repente eu não me importava com o quanto ele estava agindo como proprietário.

31

AS SEMANAS SEGUINTES foram boas.

No trabalho, eu estava muito bem. Às vezes, os outros médicos me perguntavam como eu conseguia agüentar todo o choro, os ataques de raiva, a quantidade de pacientes, o trabalho burocrático, a ansiedade dos pais, as babás incompetentes e o quase caos de uma clínica pediátrica. Em comparação com a maioria das especialidades médicas, era realmente uma bagunça. Mas eu adorava. Iria acompanhar o crescimento dos meus pacientes e ajudá-los a conquistar seus lugares no mundo. Havia também a espontaneidade, a sinceridade e o humor das crianças, literalmente, não havia um momento chato, mesmo quando eu torcia por um. De certa forma, era como estar no meio de uma família enorme e barulhenta, e eu tinha um certo lugar de honra e responsabilidade na mistura. Acho que, de algum modo, estava recriando o leviatã da Família Green. Eu me sentia em casa.

Outro motivo da minha felicidade era que Josh estava indo e vindo para a cidade, ficando sempre no apartamento. Ele me ajudou a me estabelecer: abriu contas para mim na loja de vinhos Sherry-Lehmann e na delicatéssen Gourmet, montou uma pequena "adega" e encheu a minha despensa com todos os tipos de delícias. Saímos para comer fora algumas vezes, num lugar muito moderno no East Village e num pequeno bistrô no Upper East Side. Numa noite, demos uma longa caminhada pelo Central Park. Josh era uma companhia maravilhosa — interessante, interessado e muito atraente. Adorava os olhares que reuníamos quando passeávamos pelas ruas de mãos dadas. E, é claro, fazíamos amor sempre que ele estava por perto. Numa quarta-feira, corri para casa na hora do almoço para um pequeno prazer vespertino. Eu!

Passei mais um final de semana nos Hamptons, incluindo uma noite em que dormi no celeiro de Josh. Pela primeira vez na vida, senti estar alcançando um equilíbrio entre trabalho e diversão. Tudo parecia estar entrando no devido lugar. E eu parecia estar me apaixonando por Josh Potter.

Cheguei à tarde da sexta-feira num estado de deliciosa exaustão. Sentei-me no meu consultório para recuperar o fôlego. Tinha só mais dois pacientes para atender, depois Olga e depois ir para casa. Como os Walker iam passar a semana em Nantucket, eu ia passar o fim de semana na cidade e iria para os Hamptons na sexta-feira seguinte. O valor que eles estavam me pagando por dia era astronômico, e eu estava grata por isso. Só a conta da Sherry-Lehmann era de US$ 1.100, mas ter bons vinhos por perto era *sine qua non*. Josh também gostava de ter maconha de qualidade disponível. Na verdade, ele parecia dar um tapinha ou dois todos os dias, mas eu não me importava — ele ficava afetuoso e divertido, excitado e carinhoso. Infelizmente, não ajudava muito em suas habilidades de limpeza: na maioria dos dias, eu voltava para uma cama desfeita e uma pia cheia de pratos sujos. Teríamos de discutir aquilo.

Candace apareceu na minha porta.

— Olhe o que o meu sobrinho acabou de deixar aqui! — Entregou-me uma cópia de *Ópera para Crianças*.

— Parabéns! — A capa do CD era uma fotografia manipulada digitalmente de um elegante teatro lírico com as poltronas cheias de bebês de fraldas com sorrisos alegres. Era feito de maneira inteligente, divertida e profissional. — Está incrível.

— É um trabalho muito bem-feito. Ele fez cento e cinqüenta, e a Dra. Marge disse que posso vendê-los na recepção.

— Está na hora de negociar a minha parte.

— Você está com ela na mão.

— Você acha que a ópera pode ajudar a minha próxima paciente? Ela tem 16 anos.

— Acho difícil.

Aurora Tanner era uma jovem tímida e atraente acompanhada pela mãe vestida de maneira conservadora. Aurora estava sentada na mesa de exame, tensa, claramente intimidada pela presença da mãe. Falei sobre questões gerais de saúde com as duas e então pedi para que a mãe esperasse na recepção, enquanto eu terminava o exame. Nenhum adolescente vai se abrir com um dos pais presente.

Aurora relaxou visivelmente quando a mãe saiu. Enquanto auscultava o coração e os pulmões, examinava a boca e os ouvidos, apalpava o pescoço, a virilha e os rins e testava seus reflexos, perguntei sobre a escola, as férias de verão, o que a interessava e os amigos. Desenvolvemos uma identificação rapidamente. Era uma menina alegre, mas sentia que ela estava escondendo alguma coisa.

— Bem, Aurora, você parece estar com a saúde perfeita. Você tem alguma pergunta ou preocupação específica sobre a qual gostaria de conversar?

— Não, não tenho — respondeu.

— Tem certeza? Qualquer coisa que você me disser será completamente confidencial. E eu gostaria de poder ajudar de alguma maneira.

Ela sacudiu a cabeça, mas o rosto corou.

— Sabe, não faz muito tempo, eu tinha a sua idade, e posso garantir que nada do que você disser vai me surpreender.

— Dra. Green, meus pais não são pessoas tolerantes.

— Eu jamais repetiria o que você me disser em confidência na frente de ninguém.

Aurora olhou para as próprias mãos e, depois de reunir coragem, perguntou:

— A senhora já conheceu alguém de 16 anos que tivesse insegurança em relação à própria sexualidade?

— Claro que sim.

Quando ela olhou para mim, seus olhos estavam cheios de lágrimas — de alívio, confusão e medo.

— Eu sinto atração por outras meninas, Dra. Green.

— Aurora, esses sentimentos são absolutamente normais.

— São?

— Claro que sim. A sexualidade não é absoluta, para ninguém. Eu sou heterossexual, mas senti atração por outras meninas quando tinha a sua idade.

— É mesmo?

— Ah, sim. E foram atrações intensas.

— A senhora acha que eu vou ser gay quando crescer?

— Eu acho que a sua sexualidade vai se resolver sozinha nos próximos dois anos, mais ou menos. Você já fez sexo alguma vez?

— Não.

— Não se apresse para nada. Mas seja honesta com você mesma.

— Mas os meus pais acham que os gays são doentes.

— Eu preciso dizer, Aurora, que discordo dos seus pais. Mas compreendo os medos e preocupações que você carrega dentro de si. Gostaria que eu encaminhasse você para um terapeuta?

— Meus pais jamais me deixariam ir a um terapeuta.

— Tudo bem. Apenas saiba que você não está sozinha, Aurora, e que os seus sentimentos são perfeitamente normais. Há alguma menina em especial por quem você se sinta atraída?

Um sorrisinho maroto surgiu nos cantos da boca da menina.

— Tem uma pessoa. Eu não a conheço pessoalmente, mas eu acho ela tãããão bonitinha.

— Que maravilha.

— É a Ellen Degeneres.

— A *Ellen*? Ah, meu Deus, eu também acho ela o máximo!

— É mesmo?

— Ela é a coisa mais adorável do mundo.

— Fico doida quando ela dança — disse Aurora.

— Eu fico maluca.

E assim foi, nós rimos, brincamos e nos identificamos por causa da Ellen. Aurora prometeu que me ligaria se precisasse conversar com alguém. Sabia que, se ela fosse gay, lidar com a família demandaria muita coragem.

— Obrigada por se abrir comigo, Aurora. Você é uma garota corajosa.

— Eu é que agradeço, doutora — disse ela. E então me abraçou, um abraço rápido e espontâneo, que pareceu surpreendê-la. Deu um passo para trás, orgulhosa do abraço, com os olhos brilhando, parecendo uma menina diferente da que eu havia conhecido dez minutos antes.

Minha última paciente do dia foi uma menina de 18 meses de idade cuja mãe era uma cantora e compositora folk semifamosa, que havia sido uma grande estrela nos anos 1970 e cujas canções apareciam em comerciais de carro e continuavam faturando alto em direitos autorais. Eu havia lido numa revista de celebridades que a mãe, cujas músicas se encaixavam na categoria hippie-triste-pop, havia adotado uma criança aos 40 e muitos anos porque "a minha vida precisava de um arco-íris incontrolável". A mãe era famosa pelos longos cabelos esvoaçantes e por aparecer em todas as passeatas pela paz de Bangor a Beverly Hills.

Entrei na sala de exame e encontrei a mãe vestindo uma saia de um maravilhoso cashmere bege que ia até abaixo do joelho, uma camisa de seda bege, um grande cinto de couro e um colete bordado de pedras com símbolos indígenas. Ah, sim, e botas de caubói. E ainda havia as jóias: brincos, colar e pulseira de turquesa e diamantes combinando. (Sim, turquesa e diamantes nas mesmas peças.) O efeito final era um pouco desconexo: Park Avenue encontra Woodstock nos prêmios Grammy. Sage, a filha, estava sentada na mesa de exame, nos braços de uma jovem hispânica.

A mãe fixou os límpidos olhos azuis em mim:

— Você deve ser a Dra. Green. É uma honra. — Os olhos me examinaram. — Você é uma pessoa que cura, posso ver no seu rosto, nos seus olhos... na sua alma.

— Eu faço o possível. E esta é Sage?

— Siiiimmm — disse a mãe, demonstrando amor suficiente para transformar *sim* numa palavra de duas sílabas. Segurou o rosto da filha nas mãos e olhou para ela com sabedoria e adoração infinitas. — Ah, minha pequena Sage, minha alma velha, meu docinho. E esta é Maria, Maria cheia de graça.

Maria assentiu e sorriu.

Sage era uma menininha querida, ainda que um tanto assustada, que não ofereceu qualquer resistência ao meu exame.

— Ela parece estar ótima — conclui.

— Sage e eu temos um probleminha — disse a mãe, jogando a cabeleira para dar ênfase a suas palavras.

— Sim?

— Toda a história de abandonar a fralda. Sabe, eu simplesmente não *faço* cocô. E vou mandar Maria para a Guatemala por duas semanas. A mãe dela está com um tumor do tamanho de uma bola de basquete...

— De beisebol — Maria corrigiu, séria.

— Obrigada, Maria. A mãe dela está com um tumor do tamanho de uma bola de beisebol no estômago.

— No peito.

— Obrigada, Maria. No peito. Ela é uma mulher muito linda, cheia de sentimentos. Eu cantei para ela no telefone... ela chorou... eu chorei... nós choramos juntas. Então ela vomitou. A quimioterapia na Guatemala é muito duvidosa. Enfim, vou mandar Maria para a Guatemala por duas semanas para ficar com a mãe. E Sage e eu vamos para a minha fazenda em Montana. E sem Maria eu fico um pouco apavorada com essa coisa toda de cocô...

— Você pode ser um pouco mais específica?

— É que eu não lido bem com toda essa coisa de fraldas, é só... é só que isso não está no meu repertório — disse ela num tom de voz exasperado, quase petulante. — E eu simplesmente não consigo fazer com que Sage faça cocô no penico.

— Bem, Sage tem só 18 meses. Muito poucas crianças deixam as fraldas antes dos 2 anos de idade.

— Sim, mas Sage é uma criança muito especial.

— Tenho certeza de que isso é verdade, mas usar o banheiro é uma questão de controle muscular e neurológico, de comunicação entre o cérebro e o corpo. A maioria das crianças da idade dela não está biológica ou psicologicamente pronta para controlar os movimentos intestinais.

A mãe ouviu tudo isso com os olhos arregalados e então disse:

— Você acredita em milagres, doutora? — Hesitei. — Porque eu acredito. *Ardentemente*. Sage é um milagre. Ela nasceu num parque de trailers no sul do Texas, filha de uma menina drogada analfabeta de 12 anos de idade com seis antecedentes de tudo, de prostituição a pedidos falsos de contribuições para a Fundação Ronald McDonald. Então o universo uniu Sage a mim, e agora ela vai herdar o meu apartamento no Hotel des Artistes, a minha fazenda em Montana e os direitos autorais das minhas canções. Então você entende por que eu acredito em milagres?

Eu certamente entendia por que Sage poderia acreditar.

— Doutora, eu comprei um lindo penico pintado a mão para Sage. Maria a senta nele.

— E como Sage reage?

— Como um anjinho. Um anjinho confuso, assustado e muito constipado.

— Pôr tamanha pressão numa criança antes de ela estar pronta não é uma boa idéia. Isso explica a constipação.

— Doutora, nós estamos falando uma com a outra, mas nós estamos *escutando* uma à outra. Eu não *lido* com fraldas. Elas atrapalham a minha inspiração.

Muitos dos pais que eu atendia na Clínica Madison eram absolutamente obsessivos por controle, mas, pelo menos, eram sinceros sobre ficarem perturbados pelas demandas incontroláveis da criação de um filho. Aquela mulher estava sendo claramente desonesta consigo mesma, mas isso era problema dela. Meu objetivo era ajudar Sage a atravessar o que poderia ser uma transição difícil para um bebê.

— Você não pode conseguir uma babá temporária para as duas semanas que Maria vai passar fora?

— Maria é da família. Ela mora no meu coração, e no coração de Sage. Além disso, eu tenho um estilo de vida muito livre... passo a noite toda acordada fazendo música, sou nudista em casa, sou lactovinovegetariana, eu canto e adoro meus meninos objeto.

— Entendo.

De repente, ela ficou quieta, olhando para as unhas bem-feitas com a expressão profundamente pensativa e melancólica que reconheci das capas de seus discos.

— Toda essa coisa de bebê é pesada.

Os anos 1960 podem ter acabado há muito tempo, mas seu legado permanece.

Tive uma idéia:

— Sabia que sou uma grande fã das suas músicas?

Ela me deu um sorriso angelical, segurou minhas mãos nas suas e disse:

— Irmã.

— Sabe qual é a minha preferida?

— Você consegue escolher uma só?

— Não é fácil, mas eu adoro "Caminhe para o vento". Aquela letra é tão bonita... seria muito inapropriado eu pedir para você cantar só um trechinho?

— Inapropriado? Seria um presente — ela passou os dedos sobre a exuberante cabeleira, sacudiu a cabeça como um belo animal puro-sangue e cantou com aquela sua voz forte e encantadora.

Caminhe para o vento
Voe até o sol
Este é o seu momento, criança
Não espere
Dê o que você recebe
E ame o que você odeia
Ame o que você odeia
Ame o que você odeia...

A letra pairou no ar por um instante, e dei para a mãe o que esperava ser um olhar significativo, antes de me virar para Sage.

A mãe abriu lentamente um sorriso cúmplice.

— Ah, querida, você é muito esperta... eu caí direitinho na armadilha, não foi? Bem, eu compus esta canção, e posso lhe dizer: *não* é sobre cocô. É sobre um surfista ordinário que eu peguei no píer de Santa Monica e levei até o Chateau para um fim de semana de sexo, bebida e cogumelos. Boa tentativa, mas, não... nada de cocô para esta deusa do rock aqui.

Sorri levemente.

— Mas entendi, doutora. Essa coisa do penico pode foder com a cabeça de Sage. Não quero estragar tudo... Espere, tive uma idéia! Conheci Maria quando ela foi minha camareira num pequeno pseudo-resort ecológico muito bonitinho na Guatemala. Sage e eu vamos ficar lá pelas duas semanas, e vou contratar um motorista para levar Sage até a casa de Maria sempre que ela precisar de uma troca. São só cinco minutos de distância. É como fechar um belo círculo. Vou tirar uma música dessa experiência! Além disso, vou transar até não poder mais com os rapazes guatemaltecos. — Ela me olhou com ar triunfante. — Está vendo, doutora? Tudo acontece por um motivo. Até mesmo cocô.

Desejei-lhes uma boa viagem e lembrei a mãe mais uma vez dos perigos de tentar forçar uma criança a usar o banheiro antes de ela estar pronta.

Eu me atirei na cadeira do consultório, e Olga começou a trabalhar no meu pescoço e nos meus ombros.

Quando eu estava começando a relaxar sob os cuidados de Olga, Marge apareceu à porta. Ela parecia exausta, mas não de um jeito taças-de-vinho-demais. Ironicamente, ela havia parado de beber durante o verão.

— Posso? — ela perguntou.

— É claro.

Ela entrou e se sentou.

— Como você está? — perguntei.

Marge ficou com uma expressão distante e melancólica nos olhos.

— Estou cansada... física, emocional e espiritualmente.

— Tem sido duro para você. Por que não tira uma semana de folga e vai para Paris?

— Passei minha lua-de-mel em Paris — disse ela, encerrando aquela conversa.

— Você recebeu mais algum retorno da reunião na WNET?

— Apenas uma ligação de agradecimento de Shirley Blake por pura cortesia.

— Mas você achou que a reunião foi boa?

— Não me segurei, Shelley. Eu lhes disse exatamente como me sentia a respeito de superproteção e várias outras questões. Eles gravaram, e provavelmente ficou pesado demais.

— Duvido. Você sempre bate com luvas de veludo.

— Bem, Shirley Blake é uma mulher querida e inteligente, e eu lhe desejo sucesso com o programa, independentemente do que aconteça.

Queria fazer alguma coisa para ajudar Marge a enfrentar aqueles tempos difíceis, mas sabia que, assim como com meus pacientes, havia um limite que precisava ser respeitado. Ainda assim, surgiu a semente de uma idéia. Arquivei-a para explorá-la mais tarde.

— E como estão as coisas com você? Você parece radiante. Mas tem estado assim sempre, ultimamente — disse ela.

Sorri.

— E então? As coisas ainda estão indo às mil maravilhas?

— Sim — respondi.

— Fico feliz de saber.

— Ele despertou um lado sensual que eu nem sabia que tinha.

— Sim, mas isso não vai muito mais longe. Espero que uma ligação emocional esteja se desenvolvendo.

— Bom, sim, acho que sim.

— Você acha que sim?

— Bom, para ser bem sincera...

— Sim?

— Ah, não é nada.

— Shelley, minha querida, confie em mim. É óbvio que tem alguma coisa incomodando você.

— Bem, é só que ele é um ex-ator. E às vezes eu me pergunto se, sabe, ele é tão bonito e refinado, e eu me pergunto...

— Se é real?

— Bom, é. Acho que é isso.

— Meu conselho, e aceite-o pelo que é, como você bem sabe, não sou exatamente uma especialista em homens, mas basta prestar atenção aos seus instintos. Se isto é algo que você está sentindo, não ignore. Mas, por outro lado, podem ser apenas as suas inseguranças. Lembre-se, Shelley, você chegou muito longe em pouco tempo. Quando nos conhecemos, você tinha muito pouca confiança social.

— Pode ser isso. Quer dizer, nós nos divertidos muito juntos, definitivamente combinamos. Mas às vezes é difícil acreditar que alguém como ele possa estar interessado em mim.

A Dra. Marge olhou para mim e me examinou, de um jeito que me pareceu levemente enervante, mas então sorriu, inclinou-se por cima da mesa e segurou a minha mão.

— Shelley, eu não teria problema algum em acreditar que qualquer homem pudesse estar interessado em você.

Ela foi tão gentil que, por uma fração de segundo, achei que podia chorar.

32

ERA SEGUNDA-FEIRA DE MANHÃ, e o meu primeiro paciente da semana, Jeremy Winslow, de 12 anos, parecia muito mal. Uma lívida alergia de erva venenosa subia pelos dois braços, atravessava a clavícula e ia até o pescoço. Por que então sua expressão tinha uma espécie de satisfação secreta? Jeremy era um menino magricela, com uma volumosa cabeleira escura e óculos pretos retangulares que lhe davam uma aparência ao mesmo tempo moderna e comportada. A mãe dele, uma executiva da moda cheia de estilo de 30 e poucos anos, estava por perto, parecendo preocupada e perturbada.

Depois das apresentações, comuniquei:

— Bem, Jeremy, parece que você tropeçou numa moita de erva venenosa.

— Tem erva venenosa por tudo quanto é canto naquele acampamento idiota — disse ele num tom de desdém petulante, empurrando os óculos no nariz. A combinação de inteligência precoce e meninice irrepreensível de Jeremy o tornava instantaneamente cativante.

— Jeremy tem alguns problemas com o acampamento — explicou a mãe, com a paciência claramente chegando ao limite.

— Eu odeio o acampamento, odeio o campo, odeio canoagem, arco-e-flecha e artesanato. É tudo uma idiotice.

— Jeremy, tanto eu quanto o seu pai trabalhamos o dia todo, e Manhattan no verão não é lugar para criança.

— Mamãe, olhe para mim. Você realmente acha que é pior aqui do que naquele acampamento idiota? Além disso, eu adoro Nova York no verão. Tudo fica legal e deserto.

— O seu pai e eu gastamos um monte de dinheiro naquele acampamento, Jeremy. Ele vai ajudar a fortalecer o seu caráter.

— A gente fica lá sentado em volta de uma fogueira idiota com monitores esquisitos e hiperativos cantando músicas ruins. Que tipo de caráter isso pode fortalecer? A única coisa útil que eu aprendi lá foi a identificar erva venenosa.

— Quando essa alergia apareceu pela primeira vez?

— Há dois dias. Como a enfermeira do acampamento é retardada, eu vim para casa. E não quero voltar nunca mais.

Examinei a alergia. Estava bem no começo e, pela distribuição nos braços e no peito de Jeremy, parecia que ele tinha esfregado uma folha em si mesmo.

— Vou receitar um creme de cortisona e um anti-histamínico para a coceira. Você deverá reagir ao tratamento em alguns dias, embora a alergia vá levar mais tempo para sumir completamente.

— Bom, lá se foi o acampamento — disse Jeremy, triunfante.

— Jeremy, tenho certeza de que você não seria o primeiro participante de acampamento a sofrer um caso de alergia de erva venenosa. Não há problema de ele voltar ao acampamento, não é, doutora? — perguntou a mãe, esperançosamente.

— Mamãe, é claro que tem problema. Eu mal consigo mexer os braços. Não posso remar uma canoa idiota com os pés.

Eu detestaria ter de me meter no caso. E embora não visse qualquer motivo médico para Jeremy não voltar para o acampamento, não consegui deixar de ficar ao lado do rapazinho.

— Jeremy, o seu pai e eu simplesmente não temos tempo para cuidar de você.

— Eu sei cuidar de mim mesmo. Tem um show de música brasileira na Prefeitura amanhã, posso ir ver alguns espetáculos off-Broadway, faz quase um mês que não vou ao Museu de História Natural, tenho um monte de livros para ler, tem uma retrospectiva do Fellini no Walter Reade. Só espero conseguir tempo para tudo — disse ele, empurrando os óculos no nariz.

A mãe não conseguiu disfarçar um sorriso orgulhoso e triste.

— Aquele acampamento custou muito caro — disse ela, num último apelo desanimado.

— Vocês podem descontar da minha mesada — respondeu Jeremy. Ele claramente havia pensado em tudo.

— O que a senhora acha, doutora? — perguntou a mãe.

— Clinicamente, não creio que haja qualquer risco em Jeremy voltar para o acampamento. Mas, como ele mesmo disse, há muitas atividades das quais ele não poderá participar.

Jeremy olhou para mim, com os olhos brilhando, tentando disfarçar o sorriso com a nossa cumplicidade.

A mãe bateu uma mão na outra.

— Muito bem, estou vendo aonde estamos indo. Está certo, rapazinho, você pode ficar em casa, mas vou querer saber o tempo todo por onde você anda.

— É claro, mamãe. Vou levar meu celular. E obrigado — disse ele, empurrando os óculos e sorrindo para nós duas.

Mais tarde, naquela manhã, atendi a um telefonema no meu consultório.

— Shelley?

— Sim. — Não reconheci a voz, mas notei que pertencia a uma pessoa muito culta.

— Aqui é Serena van Rensselaer. Sabia que você é a pediatra mais quente do Upper East Side?

— Duvido disso.

— A questão é a seguinte: minha irmã Tatiana e eu estamos grávidas. Estou com quatro meses e ela, três, sabe como é, eu sempre estive um pouco à frente da pobre Tati, e queremos que você seja a nossa pediatra. E então? Podemos fazer um almoço pré-natal? Que tal no próximo sábado? No La Goulue? Ao meio-dia? Nos vemos lá, mal posso esperar.

E com isso, desligou. Isso que é poder! Fiquei irritada com a arrogância daquela mulher. Mas eu não subestimava o valor de Serena e Tatiana van Rensselaer para a minha carreira. Elas eram As Irmãs de Nova York, festeiras famosas com pedigree que remontava aos homens das cavernas e haviam passado pela maioria dos principais jovens astros de cinema antes de se estabelecerem em casamentos com sujeitos de sangue azul do mercado financeiro. Suas vidas haviam sido narradas com adoração absoluta pelas colunas de fofocas.

Fui até o consultório de Marge. Ela estava sentada em sua mesa, aprontando-se para a semana.

— Serena Van Rensselaer acabou de me ligar — contei a ela.

— Você construiu um nome bem rápido.

— Tudo graças a você.

— Eu posso ter lhe passado a bola, mas foi você quem jogou com ela. Esta roupa é uma graça, aliás — elogiou ela.

— Obrigada... eu adoro Fendi.

— Deve ter custado uma fortuna.

— Estava em liquidação. Além disso, considero isso um investimento.

— Espero que você esteja economizando um pouco do seu salário.

— Claro que sim — menti.

Eu tinha um novo hobby maravilhoso: compras. Quando me sentia cansada demais pelas pressões do trabalho, ou insegura quanto ao meu relacionamento com Josh, ou sentia que a minha imagem estava precisando de um empurrãozinho, comprar era uma libertação incrível. Só de pensar em ir às lojas já me sentia tomada por uma forte expectativa, quase chapada, e agora que eu podia comprar coisas bacanas, o Upper East Side havia se tornado uma espécie de loja de doces — só que em vez de Snickers e M&Ms, eu estava me empanturrando de Fendi e Blahnik. Meu guarda-roupa estava crescendo com sapatos e vestidos.

A Dra. Marge olhou para mim com preocupação e uma ponta de ceticismo.

— Shelley, você está parecendo um pouco, não sei, tensa ultimamente. Está com a agenda bastante apertada. Com está lidando com tudo isso?

— Estou comprando o mais rápido possível — soltei uma risada alta demais. Querendo mudar de assunto, perguntei: — Você pode ir jantar lá em casa na outra sexta-feira?

— Eu adoraria. Você vai dar uma festa?

— Seremos apenas eu e Josh, Amanda e Jerry Walker, você e... talvez outra pessoa.

— Fiquei curiosa — a Dra. Marge se levantou. — E estou atrasada.

De volta ao meu consultório, liguei para Alison Young.

— Francis Young — atendeu o pai dela.

— Olá, Sr. Young. Aqui é a Dra. Green, de Nova York. Estou ligando para saber como está Alison.

— Ela está muito bem, obrigado. Os médicos aqui na Inglaterra são muito atualizados... e minuciosos.

— O senhor já tem planos definidos para voltar a Nova York? — perguntei.

— Na verdade, vamos voltar na semana que vem. Alison está ansiosa por isso.

— Bem, que boa notícia. Espero que vocês dois venham me ver.

— Talvez minha irmã acompanhe Alison a Nova York. Eu tenho um simpósio em Cingapura, para o qual estou me preparando.

— Então espero que Alison e a tia venham me ver.

— Dra. Green, estou muito satisfeito com os cuidados médicos que a minha filha está recebendo. Ela passou de uma criança doente a uma criança quase saudável. Apenas o joelho esquerdo ainda dói. Não quero que nada saia do prumo.

— Sr. Young, se Alison for submetida a uma terapia de longa duração com esteróides, precisará ter um acompanhamento muito cuidadoso.

— Estou bastante ciente disso.

— Posso falar com ela por um instante?

— Ela está no quintal. — Ele suspirou. — Está bem, aguarde.

Toda vez que eu falava com o Sr. Young, minha simpatia por Alison aumentava.

— Olá, Dra. Green — disse Alison.

— Que maravilha ouvir a sua voz. E estou ansiosa por vê-la. Como você está se sentindo?

— Muito bem, obrigada. Mas estou um pouco inchada, no rosto, e o meu joelho esquerdo também.

Isso não me surpreendeu. Traços característicos da síndrome de Cushing — arredondamento do rosto, com depósitos de gordura ao redor do pescoço — eram um efeito colateral comum da terapia com esteróides.

— Mais alguma mudança?

— Bom, eu estou ganhando peso.

Este era outro efeito colateral comum. Havia uma porção de outros, incluindo afinamento da pele, com propensão a ferimentos, perda de massa muscular e dores de cabeça e tonturas, mas eu não queria preocupá-la perguntando sobre eles. Eu a veria pessoalmente em breve. Estava preocupada com o joelho esquerdo.

— Mais alguma coisa que você tenha notado?

— Não. Na verdade, não.

Eu estava bastante certa de que Alison precisaria de um regime de redução gradual, uma lenta diminuição da dosagem, até o mínimo absoluto exigido para controlar a artrite reumatóide juvenil, seguida de monitoramento minucioso e um aumento da dosagem, conforme necessário.

— Você pode ganhar mais alguns quilos — informei.

— Fiquei viciada em chocolate Bounty. Vou levar uma caixa comigo — disse Alison.

— É melhor você guardar uma para mim, ou entrarei em greve.

— Dra. Green, esta é uma das brincadeiras mais sem graça que já ouvi.

Rimos juntas.

— Nos vemos em breve, Alison.

Alison parecia bem, mas eu sabia que ela estava diante de uma longa luta. Os casos mais graves de artrite reumatóide juvenil podem ser devastadores. E eu ainda estava incomodada por uma intuição de que havia algum ponto que eu deixara passar despercebido no caso dela.

Minha ligação seguinte foi para o Dr. Charles Spenser.

— Olá, Dra. Green — disse ele com sua gentil voz de barítono.

— Estou ligando por dois motivos. Primeiro, Alison Young está aparentemente passando bem em Londres. Foi diagnosticada com artrite reumatóide juvenil e está sendo tratada com esteróides. Mas eu não estou totalmente convencida de que este seja o diagnóstico correto. Ela está voltando para Nova York no começo da semana que vem.

290

— Por favor, traga ela aqui para eu vê-la.

— Muito obrigada. Segundo, você gostaria de jantar na minha casa na outra sexta?

— Eu adoraria, obrigado.

Agora eu só precisava esperar que meus instintos casamenteiros estivessem certos.

Eu estava muito curiosa para atender um dos meus pacientes da tarde. Ou melhor, dois dos meus pacientes da tarde. Seria o meu primeiro caso de gêmeos idênticos. Eram dois meninos de 5 anos de idade, Matthew e Zachary Miller. Candace me contou que a mãe deles era "neurótica profissional". Estava tão acostumada a ouvir esse alerta que pedi que poupasse tempo apenas me dizendo quando um pai *não* fosse neurótico. Ela me garantiu que a Sra. Miller fazia mesmo parte do time profissional.

Entrei na sala de exame, onde Matthew e Zachary se encontravam sentados lado a lado sobre a mesa vestidos com suas roupas normais. Eram encantadores, com enormes olhos castanhos e rostos redondos emoldurados por franjas. E eram realmente idênticos — até as expressões de petulância estóica, acentuadas pela forma determinada como chupavam os polegares direitos.

— Olá, vocês — eu os cumprimentei.

Os dois me olharam com idênticas expressões indiferentes.

A Sra. Miller passava uma mensagem ambígua, de jeans, camiseta, mocassins velhos, cabelos desgrenhados — e jóias de ouro suficientes para financiar quatro anos em Harvard. Ela veio até mim, preocupada e constrangida, e perguntou em voz baixa:

— Doutora, posso falar com você lá fora, por favor?

Fomos até o corredor.

— Não consigo fazer com que eles tirem os dedos das bocas, *nunca*. Tem alguma coisa a ver com os meus seios, não tem? Eles querem os meus seios de volta, eles têm uma fixação anormal nos seios. Que mulher vai querer se casar com eles, agora? Ou eles vão ser gays? É uma manifestação pré-sexo oral?

— Sra. Miller, por favor, podemos discutir isso depois do exame? — Voltei para a sala, e a mãe veio atrás. — Matthew, Zachary, sou a Dra. Green.

Mais uma vez, eles me olharam com expressões inalteradas de absoluto desinteresse, os polegares seguramente plantados nas bocas.

— Tudo bem se eu examinar vocês dois?

Eles sacudiram negativamente as cabeças em perfeita sincronia.

A Sra. Miller continuou com seus comentários, em voz baixa:

— Não é autismo. Eles só tiram A na escola... você acha que pode ser síndrome de Asperger? Aliás, eu disse que eles não *falam* comigo? A minha mãe *nunca* falava comigo. Ela deixou o meu pai, me arrancou de Nightingale-Bamford, se casou de novo e me levou para Captiva sem dizer uma palavra. Você consegue imaginar como isso foi *traumático*? Eu era uma menina de 5 anos de idade saudável e feliz e, de repente, estava numa ilha com um padrasto que mal conhecia. Foi quando comecei a *minha* fase de chupar o dedo. Não dava para *arrancar* o polegar da minha boca. Acabaram botando gesso nele por seis meses. Não vamos chegar a este ponto com Matthew e Zachary, vamos?

— Sra. Miller, posso conversar com a senhora no meu consultório um minuto?

Fomos até a minha sala, e ela se sentou na minha frente, distraída e inquieta. Aquela mulher gritava déficit de atenção.

— Sra. Miller, podemos falar um minuto sobre seus filhos chuparem o dedo?

— É para isso que estou aqui. Engessar é uma alternativa? Gostei da sua roupa. É Fendi, não é? Acabamos de comprar uma casa em Millbrook. Tally-ho, ha ha.

— Engessar não é uma alternativa. Na verdade, essa técnica não tem sido usada há alguns anos, e sinto muito que você tenha sido submetida a ela. É importante lembrar que sugar é algo instintivo para uma criança e que costuma começar logo depois, ou mesmo antes, do nascimento. Na verdade, alguns bebês nascem com bolhas de tanto chupar os pulsos ou as mãos. Um bebê que chupa o dedo é, na verdade, um bebê capaz de acalmar a si mesmo, o que pode ser um sinal de independência sadia ou auto-suficiência. Matthew e Zachary, no entanto, passaram da idade em que uma criança precisa desse tipo de apoio primitivo. Para eles, é claramente uma fuga da ansiedade, uma regressão.

— Você está dizendo que os meus filhos são ansiosos? — indagou a Sra. Miller.

— Sim.

Ela pensou no assunto por um instante, e então perguntou:

— A Fendi estava em liquidação?

— Táticas diversionistas, como engessar ou aplicar alguma cobertura amarga apenas vai aumentar a ansiedade deles. O mesmo vale para reclamar ou ameaçar. Na verdade, quanto mais atenção negativa se der ao ato de chupar o dedo, mais tempo ele deverá durar. Vai acabar se transformando numa guerra de vontades, e os gêmeos terão uma necessidade ainda maior para o alívio de estresse que conseguem chupando o dedo.

— Já vivi isso. Em Captiva, meu polegar era meu único amigo.

— Deve ter sido um período triste e difícil para você — disse eu, sentindo uma abertura.

Agora que a atenção estava firmemente centrada nela, a Sra. Miller se acalmou. Ela foi tomada por um ar de autocomiseração infantil.

— Foi muito triste. E muito duro.

— Sim. É por isso que queremos ajudar Matthew e Zachary. Não queremos que eles fiquem tristes.

— Não, não queremos.

— Então eu recomendo não prestar muita atenção ao fato de eles chuparem o dedo. Você pode tentar comprar luvas de beisebol, raquetes de tênis ou mesmo videogames para eles. É bom envolvê-los em atividades que os obriguem a usar as duas mãos.

— Vou fazer isso. Vou fazer exatamente isso. E vou discutir o assunto com o meu psiquiatra.

— Você ainda não fez isso?

— Nós estávamos concentrados em mim.

Perguntei à Sra. Miller se ela não se importava de ficar esperando na minha sala por alguns minutos. Entrei na sala de exame e encontrei os gêmeos agindo feito dois meninos de 5 anos normais e barulhentos. O exame foi pontuado por piadas, competitividade e precocidade generalizada. Não falei nada sobre chupar dedos.

A Sra. Miller apareceu, e os meninos imediatamente enfiaram os polegares na boca de novo. Respirei fundo, esperando para ver como ela reagiria. Ela foi para trás da mesa de exame, ficou entre os dois filhos e pôs um braço ao redor de cada.

— Vamos lá. Matthew, Zachary, vamos andar de carrossel.

— Vocês voltam para me ver em um mês? — perguntei.

Os gêmeos — e a mãe deles — assentiram em perfeito uníssono.

Mais tarde, depois de atender o último paciente do dia, liguei para Josh, que estava em Amagansett.

— Sou eu — eu disse.

— Oi, lindinha.

— O jantar está combinado para a outra sexta.

— Legal. Deixe-me cozinhar.

— Você me convenceu. Que tal aquele bacalhau provençal incrível que você fez para mim?

— Será um prazer.

— Está tudo bem aí? — perguntei.

— Tudo ótimo. Fico um pouco entediado sem você por perto.

— As irmãs Van Rensselaer querem que eu seja a pediatra delas.

— Serena é um terror — comentou ele.

— Você a conhece bem?

— Ah, não, não. Só de vista. Freqüentamos os mesmos círculos. Você sabe.

— Sim, é claro. Mesmos círculos.

Desligamos, e fiquei sentada na minha sala. A clínica parecia ter ficado silenciosa de repente. Quase assustadoramente silenciosa. Por um instante, não soube exatamente o que fazer comigo mesma. E então, de repente, senti uma repentina e devastadora necessidade de fazer compras.

33

SE A AVENIDA MADISON era a minha loja de doces, a Barneys era um grande bombom no céu. Chegava lá quase correndo e, assim que o porteiro abria os portões, e eu entrava na loja, sentia uma combinação de alívio e imensa expectativa. Havia alguma coisa muito tranqüilizante no luxo — todos aqueles sapatos, echarpes, blusas, e vestidos lindos —, e era emocionante saber que com uma passadinha de cartão, tudo poderia ser meu.

Desci até o piso dos cosméticos. Eu realmente não precisava de mais maquiagem, mas também não deixava de precisar. Passei pelo balcão da La Vie en Rose.

— Olá, você gostaria de experimentar a linha de Tratamento Celular La Vie em Rose? — perguntou uma mulher muito gentil com um sotaque francês.

— Obrigada — disse eu, sentando num banquinho.

Ela deu uma conferida rápida no meu rosto.

— Você tem uma ótima pele, e queremos mantê-la assim.

Ela começou a aplicar todos os tipos de cremes deliciosos no meu rosto, no pescoço e na área dos olhos, explicando o tempo todo com seu suave sotaque francês como a linha de Tratamento Celular trabalhava na minha derme para renovar e regenerar minhas células. Apesar de ter feito faculdade de medicina, tive dificuldade para acompanhar seu discurso científico. Ainda assim, era reconfortante ser tratada daquela maneira, e fazia com que eu começasse a me sentir relaxada, mas de um jeito exultante, se é que isso faz algum sentido. Afinal, havia música tocando e, por todos os lados, as pessoas passavam com aquela energia peculiar criada pelo ato de gastar montanhas absurdas de dinheiro.

Depois de me cobrir de cremes, a encantadora francesa aplicou um pouco de cor, batom, rímel.

— *Voilà!* — disse ela.

Olhei para mim mesma no espelho. Minha pele estava absolutamente radiante, com uma maquiagem sutil, mas muito eficiente.

— *La belle mademoiselle* — disse. Arrumada sobre o balcão ao lado dela estava uma cidadezinha de potes e frascos. Ela fez um gesto para eles com uma indiferença tipicamente francesa. — Você vai levar todos, não?

Além de cuidados com a pele e maquiagem, ela havia se especializado na arte da pergunta retórica.

Voltei a olhar para mim mesma no espelho. Minha pele realmente estava incrível, toda suave, macia, brilhante, viva — será que eu estava mesmo vendo a renovação celular contínua acontecendo?

— Claro que vou levar todos.

Seiscentos dólares depois, subi para o departamento de calçados no terceiro andar. Não era uma viagem só de prazer — eu *precisava* comprar um novo par de sapatos para o meu almoço com as irmãs Van Rensselaer. Na verdade, eu provavelmente precisava de toda a roupa nova, mas podia muito bem começar com os sapatos.

O departamento de calçados femininos da Barneys estava se tornando o meu Xangri-lá. Os jovens vendedores eruditos, os bancos e os sofás confortáveis, a decoração moderna, porém aconchegante, a música, a iluminação favorável, tudo isso me deixava encasulada numa vertiginosa adrenalina.

Um vendedor alto e lânguido se aproximou. Parecia um membro da realeza italiana com seus cabelos escuros, olhos escuros e um fabuloso terno escuro.

— Boa tarde — disse ele. — Posso ajudá-la?

— Estou atrás de algo elegante, porém mais apropriado para a tarde.

— Ah... um almoço?

— Sim.

— Você já pensou em Balenciaga? — Ele apontou na direção de um display lindíssimo.

Os sapatos eram incríveis, mules multicoloridas de saltos altos com detalhes de diamante. Mas eram exagerados demais.

— Você não acha que eles são elegantes demais para um almoço? — perguntei.

— Existe essa coisa de elegante demais?

Outro mestre da pergunta retórica.

— Posso ver este tamanho 38? — perguntei.

Com uma elegante saudação, ele saiu. Sentei-me num dos sofás bonitinhos e olhei ao redor, para o grupo de sempre formado por mulheres chiques de Nova York, ricas de fora da cidade e seus maridos obedientes e viúvas da máfia russa absolutamente espalhafatosas.

Vi um homem alto e magro virado de costas para mim, vestindo um terno de linho bege. Estava com uma asiática que segurava um sapato. Ele se virou, e nossos olhos se encontraram.

Era Arthur.

Levamos ambos um instante para registrar que era o outro. E então houve uma pausa hesitante e constrangida antes que viesse até mim. Ele estava com um novo corte de cabelo, que realçava aqueles lindos olhos verdes acinzentados dele.

— Shelley...

— Arthur...

Mais uma pausa constrangida.

— Você está, ah... *muito bem* — disse ele.

— Você também.

Suspirei e olhei ao redor, fingindo casualidade.

Ele suspirou e olhou ao redor, idem.

— Então... — disse ele.

— É...

Ele encolheu os ombros e meio que riu.

— Engraçado encontrar você aqui.

— Não, engraçado é encontrar *você* aqui.

— Eu sei. Eu na Barneys — disse ele, em tom irônico. — Estou com a Jennifer. Ela, hm, a família dela, quer dizer, eles são proprietários de alguns edifícios comerciais em Hong Kong.

— Ah.

— Shelley, eu devo um pedido de desculpas a você.

— É?

— Sim. Fui um babaca arrogante e hipócrita. Eu via tudo em preto-e-branco, fui rígido e politicamente correto a ponto de ser um cretino bitolado. Pessoas com dinheiro ainda são pessoas, e muitas delas são pessoas muito boas.

— São.

— Você queria alguma coisa da vida, e fiz você se sentir culpada por isso, e eu sinto muito.

— Ah, tudo bem, Arthur. Eu também fui muito cabeça-dura.

— Não, não foi. Você foi maravilhosa.

Ele olhou para baixo.

Então ambos perguntamos ao mesmo tempo:

— Como está a clínica?

— Como está a escola?

Nós dois rimos, mais ou menos.

— A clínica vai bem, tudo bem...

— A escola vai bem, tudo bem...

— Que bom.

— Que bom.

Ele abotoou e desabotoou o paletó, parou de repente e perguntou, depressa:

— E o seu relacionamento está...?

— Ainda está, ainda é um relacionamento, é...

— Que bom... que bom... cara de sorte.

— Garota de sorte.

— Não, Shelley, você construiu a sua sorte. Eu a admiro muito.

— Obrigada, Arthur.

— E a família? Como vai a família?

— Está bem. Quer dizer, a família é a família.

— Você manda lembranças minhas para eles? — perguntou Arthur numa voz triste.

— Claro que sim.

Ele olhou para baixo de novo. Eu também.

— Então está bem... — disse ele.

— Está bem...

Jennifer Wu se aproximou e passou um braço no braço de Arthur.

— Shelley, oi — ela me cumprimentou.

— Oi, Jennifer.

Arthur recuou.

— Bem, é melhor irmos embora — disse ela. — Estamos indo para o centro, para a inauguração de uma galeria.

— Ótimo. Foi bom ver vocês.

Arthur e eu nos olhamos. Então eles se viraram e foram embora.

O vendedor voltou com os meus sapatos, que comprei.

Junto com mais outro par.

34

O TEMPO NOS Hamptons no sábado estava dramático, romântico, até, de um jeito meio *Morro dos Ventos Uivantes*: quente, úmido, nublado, com um céu cinza e a brisa do mar. Josh queria me levar para Montauk à tarde para me mostrar os Hamptons "dele". Achei que deveria falar sobre essa excursão com a Amanda. Com ajuda do Binky, eu a localizei no gazebo, que ficava em cima de uma duna num canto isolado da propriedade. Subi até lá e a encontrei deitada numa mesa de massagem, vestindo apenas uma toalhinha dobrada sobre o bumbum, sendo massageada por um jovem negro muito forte com uma camiseta branca que parecia ter sido pintada com spray em seu corpo.

— Shelley, este é Derek, o das mãos mágicas.

— Oi, Derek.

— Muito prazer — disse Derek, com um sorriso.

— Amanda, tudo bem com você se eu sair por umas duas horas?

Ela olhou para mim:

— Claro que não. — Ficamos nos olhando por um instante antes de ela rir e dizer: — Estou brincando. Fique à vontade. As crianças foram passear de balão com Ellen Barkin e suas crias. Aonde você vai?

— Ah, vou dar uma volta com Josh.

— Não é justo... você tem uma carreira que adora e está dormindo com um dos maiores bonitões do mundo. Eu tenho mais trabalho *pro forma* do que consigo dar conta e um marido que está ausente mesmo quando está presente. Por falar em *pro forma*, não se esqueça de voltar a tempo para o meu pequeno coquetel.

— Isso vai ser divertido.

— Estou certa que sim... apenas duzentos dos meus amigos mais próximos e queridos. Trouxe Pedro de Londres para me arrumar. Ele veste a Madonna e a Fergie, e já houve no mundo duas mulheres que precisassem mais disso? Vamos estar banhados em celebridades. Quem diz que eu não estou vivendo uma vida significativa? Vá lá, Shelley, Derek tem um trabalho para terminar.

Depois de um beijo de boas-vindas, Josh e eu andamos em silêncio, ouvindo U2. Estava começando a adorar o cenário da parte leste de Long Island: a paisagem plana pontilhada de plantações de batata, as cidadezinhas charmosas, as dunas altas, e o próprio mar — às vezes visto de relance ao final de uma rua, às vezes amplo, imenso, azul-esverdeado, às vezes agitando as áreas cintilantes da baía.

Aquela era a minha primeira ida a Montauk. O terreno ficava mais montanhoso e claramente menos domesticado enquanto seguíamos; as dunas cheias de vegetação pareciam tomar conta da paisagem, e a areia lambia as laterais da estrada, levada pelo vento. Josh saiu da auto-estrada antes de chegarmos à cidade. Seguimos por uma estrada lateral sinuosa até chegarmos a South Fork Ranch, que ondulava até uma pequena colina e parecia pertencer ao oeste: cercas rústicas, antigos prédios de madeira, tudo era sujo e muito pouco Hamptons.

Josh se virou para mim e perguntou:

— Já montou a cavalo?

Eu tinha um medo mortal de montar num cavalo:

— Não.

— Está disposta a tentar?

— Hmmm... — Ele se inclinou e me beijou. — Eu sempre quis tentar.

— Este é o espírito da coisa — disse ele.

Havia cavalos por todos os lados, pastando, amarrados, andando ao redor de currais. Cavalos são muito bonitos a distância. De perto, são imensos. E os dentes deles, gigantescos. E eles mordem. E se eu fosse mordida? Derrubada? Pisoteada? De repente, desejei estar num bom e confortável passeio a pé pelo Brooklyn.

Josh segurou a minha mão.

— Não se preocupe, é divertido e fácil. Eu monto aqui o tempo todo.

Um funcionário de meia-idade enrugado e com a barba por fazer se aproximou e, antes que eu me desse conta, estávamos encilhados. Bem, os cavalos estavam encilhados, no estilo do Oeste. Enquanto íamos até eles, Josh me garantiu que meu cavalo, uma égua marrom manchada chamada Maisie, tinha uma natureza gentil e tranqüila. Para mim, ela parecia uma parede de escalada coberta de pêlos. Subi no bloquinho de madeira, enfiei um dos pés no estribo e dei impulso para cima.

E então nós começamos a nos mover — com ênfase no *nós*. A cada passo que Maisie dava, meu corpo sacudia, escorregava ou saltava em cima da sela. Não era agradável. Mais adiante, Josh estava ereto e confiante. Por que ele não estava saltando feito um saco de batatas? Não era justo.

Ele se virou para trás e olhou para mim:

— Como estamos aí?

— Tudo ótimo.

Estávamos percorrendo dunas em direção ao mar.

— Pronta para um pouco de galope?

Lembrei de ter lido em algum lugar que na verdade andar a cavalo tinha mais a ver com galopar do que trotar graças a alguma coisa ligada à aerodinâmica, ou talvez era apenas para que ninguém conseguisse ouvir os gritos acima do barulho dos cascos.

Josh partiu como o vento. Houve uma pancada — apenas uma — quando Maisie parou, e eu pensei que ela seria gentil e cairia morta.

Nada.

Ela voou.

Agarrei as rédeas e a sela e apertei as pernas enquanto Maisie escalava uma duna. Chegamos ao topo, e ela fez uma pausa. Era um caminho longo e íngreme até a praia.

— Maisie, vamos devagar, *por favor*!

Ela fingiu não ter me escutado e partiu duna abaixo. Era como andar de Cyclone — com a diferença de que Maisie não tinha uma barra de segurança. Fechei os olhos, tensionei o corpo, prendi a respiração e tentei não gritar. Não funcionou.

— *Ahhhhhhhhhhh!*

E então Maisie parou. Eu ainda estava viva. Abri os olhos. Estávamos na praia. O cavalo de Josh estava saltitando na beira da praia. Não havia sequer notado minha descida mortal.

— Aquilo foi forte — consegui dizer, ofegante e com o coração disparado.

— Por que não fazemos uma pequena pausa?

— Você me convenceu.

Trotamos pela areia até a beirada das dunas, desmontamos e amarramos os cavalos numa cerca nas dunas. A praia era deserta ali, exceto por algumas poucas pessoas ao longe.

Josh segurou a minha mão e me levou por um caminhozinho até chegarmos a um canal protegido nas dunas. Então nos sentamos lado a lado.

— Foi muito divertido — disse Josh.

— Foi. Agora, tem um serviço de transporte que possa nos levar até a fazenda?

Ele passou o braço em volta de mim e me puxou para perto, beijando o topo da minha cabeça.

— Você me faz bem, Shelley Green. A vida tem sido dura desde que o meu casamento acabou.

— Foi muito doloroso?

— Sim, de várias maneiras.

— Então você voltou para a costa leste.

— Voltei mesmo. De volta ao ninho. Não que o ninho ainda estivesse por aqui. Meu pai e a minha mãe morreram. A minha irmã mora em Roma.

— O que o seu pai fazia?

— Ele trabalhava para a empresa da família. Fabricávamos papelaria sofisticada.

— A empresa ainda existe?

— Não. Papai a vendeu a algum conglomerado quando eu tinha mais ou menos 11 anos de idade. Meus pais eram muito autocentrados. Viajavam muito, davam muitas festas, gastavam em excesso. — Um tom triste tomou conta da voz de Josh. — Por sorte, havia um fundo de investimentos acertado, de modo que minha irmã e eu temos uma renda. Isso me dá um pouco de tranqüilidade para decidir o que quero fazer a seguir.

— Você está procurando um emprego?

— Empregos e eu não nos damos muito bem. Nunca nos demos.

Encolheu os ombros levemente e de repente me lembrou um dos meus poderosos pacientes.

— Você e a sua irmã são próximos? — perguntei.

— Trocamos cartões de Natal. Jantamos juntos quando ela vem aos Estados Unidos, o que acontece a cada três anos. É uma menina legal, mas é quatro anos mais velha, e nós dois estudamos em colégios internos. Nunca chegamos a desenvolver um relacionamento.

Eu ficava espantada com quanta distância o dinheiro e os privilégios eram capazes de criar numa família. Imagino que quando as pessoas não dependam umas das outras para sobreviver, algo fundamental muda. Pode me dar o leviatã da Família Green a qualquer instante.

Começou a cair uma chuva leve.

— Você acha que a gente deve voltar? — perguntei.

— Não. Acho que a gente deve ficar aqui mesmo — respondeu ele, inclinando-se para um beijo.

Por algum motivo que não consegui entender direito, a intimidade com Josh não me atraiu muito naquele momento. Acho que pode ter tido a ver com sua observação sobre arranjar um emprego. Eu adorava a capacidade que ele tinha de se divertir, mas seria uma moeda de uma só face? Além disso, não tínhamos um cobertor, e a idéia de ficar rolando na areia úmida não era muito tentadora.

— Amanda me pediu para estar de volta a tempo para o coquetel — eu disse.

— Sabe, ouvi dizer que Jerry anda dormindo com uma mulher que conheceu no Vale do Silício.

— É mesmo?

— É. Ela é alguma figurona do mundo dos negócios, muito bem-sucedida, mas casada também. Para dizer a verdade, não é a primeira vez que ele dá uma escapadinha.

— Amanda sabe disso?

— Amanda não é boba. Mas não vai fazer nada impensado. Ser a Sra. Jerry Walker é muito importante para ela.

A chuva apertou. Um dos cavalos soltou um relincho.

— Vamos *contornar* a duna no caminho de volta — sugeri.

Josh me largou de volta na Folie d'Or e seguiu para casa para se arrumar para a festa. Eu já estava dominando bem o Binky. Preparei um banho quente e fiquei ouvindo Erykah Badu enquanto ficava de molho.

Quando saí da banheira, a chuva havia parado, e o céu estava limpando, com o cinza dando lugar ao promissor laranja do começo do anoitecer. A noite estava ficando perfeita. Coloquei um vestido de linho creme e sandálias combinando.

Josh apareceu à porta de fora, de banho tomado, com a barba feita, parecendo impossivelmente alto e lindo com os jeans desbotados, o cinto largo de couro marrom com a fivela dourada, botas de caubói bem gastas e uma elegante camisa branca.

— Você está sensacional — ele elogiou.

— E você parece um sonho caminhando.

— Caminhando para um pesadelo, talvez. Vamos torcer para esta festa ser suportável. Você viu o exército lá fora? — Demos uma olhada ao redor no pátio. Havia pelo menos vinte jovens fornecedores correndo de um lado para outro, arrumando mesas, bares e bufês.

Josh pegou o Binky.

— Vamos chamar Andre para conseguir as informações... Andre, *compañero*, aqui é Josh Potter.

— Quem deixou você entrar na propriedade? — respondeu Andre.

— Entrei escondido junto com os fornecedores.

— Certamente com os limões.

— Tudo bem, tudo bem. Olhe só, estou com Shelley.

— Eu adoro Shelley, mas estou bastante ocupado agora, praticamente ensandecido, então podemos conversar outra hora? Quem sabe... nunca?... a estação de frutos do mar vai... Não, aí não! Dois centímetros à esquerda!

— Só queríamos saber que tipo de grupo esperar.

— A divina Sra. W é uma alquimista, então esperem Zana Clay e Russell Simmons. Mas a grande emoção é que *Fran Templer* está sendo aguardada! — Andre literalmente gemeu as palavras.

— É mesmo? — disse Josh. — Obrigado pelas informações, Andre... Bom, Shelley, isso aqui pode ser divertido, afinal.

— Eu nunca vi uma foto de Fran Templer. Como ela é?

Ele pensou por um instante.

— Dá para dizer o seguinte... ela é indescritível, mas você vai reconhecê-la quando a vir.

— Mal posso esperar.

Fomos para o setor central da casa. O ambiente cavernoso estava lindo e elegante. A parede de vidro principal estava aberta, de modo que o interior e a parte externa da casa pareciam integrados, com a sala dando lugar ao pátio, e então às dunas e ao mar, mais além. Havia centenas de velas por todos os lados, muitas em simples candelabros de pé, mas também sobre todas as superfícies e, do lado de fora, havia velas no chão, circundando o perímetro do vasto pátio e iluminando o passeio que levava até o mar por entre as dunas. O efeito era mágico, cintilante, brilhante, alegre — senti minha pulsação acelerar, minha adrenalina ir às alturas.

Josh me levou até o pátio, que estava arrumado com três bares, três abundantes mesas de bufê das quais eu não chegaria nem a três metros de distância e a perfeitamente posicionada estação de frutos do mar. Os primeiros convidados estavam circulando em pequenos grupos. Fomos abordados por um bonito garçom carregando uma bandeja.

— Champanhe?

Pegamos uma taça cada e estávamos bebendo quando Amanda apareceu.

— Olhem só os pombinhos. O que foi que eu criei? — disse ela, em tom indiferente. Estava com um vestidinho verde-alface brilhante, um cinto de couro branco, minibotas brancas de saltos altos e jóias brancas geométricas. Os cabelos estavam penteados para cima e para trás. O visual todo era futurístico e retrô anos 1970, original e impressionante.

— Amanda, você está absolutamente incrível — elogiei.

— É para isso que eu sou paga. Comportem-se... a *Town and Country* e a *InStyle* estão vindo. Teremos uma mistura rara, crianças: J.Lo, Nina Griscom, Spielberg, Blaine Trump, Chris Rock, Aerin Lauder, Darren Starr e, segurem a emoção... Fran Templer!

Os convidados começaram a chegar pelas imensas portas da frente, passando por uma tropa de seguranças de terno com aparelhos de escuta nos ouvidos.

— Está na hora de eu ser uma anfitriã perfeita — Amanda desapareceu.

Em minutos, o local estava cheio com a coleção de gente mais bonita que eu já tinha visto. Josh parecia conhecer pelo menos metade das pessoas. Logo, estávamos no meio de um grupinho que era definitivamente do lado dinheiro antigo da história. As mulheres eram altas e elegantes, com cabelos longos que balançavam suavemente. Percebi que todas discretamente flertavam com Josh, de um jeito familiar que me deixava um pouco desconfortável.

Olhei ao redor e vi J. Lo e Colin, Chris Rock e Kim Cattrall, Zana Clay e... aquela mulher chique mais velha parada na estação de frutos do mar seria Fran Templer? Eu estava determinada a ver aquele ícone antes do fim da noite. Na verdade, acho que dá para dizer que a minha determinação beirava a obsessão.

— Aquela é a Fran Templer? — perguntei a uma das jovens do grupo.

— Não. Aquela é Mica Ertugan. Eu vi a Fran Templer há pouquinho. Acho que ela está sentada lá dentro, com a Muffie Potter Asten.

Muffie Potter Asten? Os ricos trocam os nomes para ficarem parecendo mais nome de rico?

— Já volto — informei a Josh, antes de partir em busca da minha presa.

Entrei na casa e examinei os mais de vinte lugares sentados. Havia mulheres chiques mais velhas por todos os lados, como eu iria saber qual delas era Fran Templer? Então me aproximei de uma mulher chique mais jovem.

— Você viu Fran Templer?

— Ela estava aqui há pouquinho, com a Mercedes Bass.

— Mercedes? Não era Muffie?

A mulher olhou para mim, estarrecida, e se virou.

Segui através do mar de estilo e modernidade, passando por Diddy, Uma Thurman, Billy Joel — quem se importa com qualquer um deles? Quem viu uma celebridade viu todas. Eu precisava encontrar Fran Templer.

Então vi Shirley Blake — um raio de esperança.

— Shirley, Shelley Green.

— Shelley, que maravilha ver você.

— Olhe só, você viu a Fran Templer?

— Vi, sim. Estávamos conversando agorinha. Acho que ela saiu na direção do setor principal. Amanda instalou um bidê de aço inoxidável, e a Fran queria dar uma olhada. Olhe só, todo mundo na TV ficou doido com a Dra. Marge Mueller.

— O que Fran Templer está vestindo? — Eu estava começando a suar.

— Ah, meu Deus, Shelley, eu nunca presto atenção nesse tipo de coisa. Acho que era preto. Ou seria branco?

— Bem, e como ela é?

— A Fran? A Fran se parece com a Fran.

Grande ajuda. Saí pelo comprido e sinuoso corredor que levava até o setor principal com o coração saltando no peito. Uma mulher chique mais velha apareceu de repente no final do corredor e começou a vir na minha direção — elegante, arrogante e metida num vestido preto-e-branco. Eureca!

Quando ela se aproximou, exclamei:

— Fran!

— Perdão? — disse ela, horrorizada.

— Ah, hm, você não é Fran Templer?

— Certamente que não. Eu não falo com Fran Templer há vinte anos. Ela insultou o meu suflê!

E, bufando, ela se afastou.

Segui no meu jeito teimoso pelo corredor. O imenso setor principal tinha vários lugares ocupados — procurei freneticamente por Fran e não vi qualquer candidata possível. Atravessei rapidamente o pequeno corredor que levava ao banheiro principal — estava cheio com um pequeno grupo que admirava o bidê com Amanda parada ao lado, orgulhosa — mas nada de Fran!

Como estava começando a ficar tonta, voltei para o quarto e caí numa cadeira ao lado de uma porta aberta que dava para o pátio. Do outro lado da porta, no pátio, de costas para mim, fumando cigarros, estavam duas mulheres mais jovens que haviam parado para cumprimentar Josh mais cedo. Pude entreouvir a conversa delas.

— Você deu uma olhada no novo vale-refeição de Josh?

312

— Onde será que eles se conheceram? Num encontro da B'nai Brith?

— São dois peitos ligados a uma conta corrente.

— Josh seria capaz de trepar com uma parede, se precisasse.

— Você sabe disso.

— Não comece.

— Caia na real, Marina, você o aceitaria de volta num instante.

— Nem se ele rastejasse... embora faça um sexo inacreditável.

Fechei os olhos e me concentrei em respirar fundo.

Senti uma mão em meu ombro.

— Shelley, você está bem?

Olhei para cima. Amanda estava ali. Meu primeiro instinto foi fingir que estava tudo bem, mas sua preocupação pareceu sincera.

Sacudi a cabeça.

Amanda se abaixou e segurou a minha mão.

— Venha aqui. — Ela atravessou o quarto e me levou até o seu quarto de vestir, que tinha uma pequena área de estar. Fechou a porta atrás de nós e me levou até um par de cadeiras.

— Shelley, o que houve?

Contei o que eu tinha escutado.

— Aquelas vacas anti-semitas invejosas — disse ela. — A Marina Ames era loucamente apaixonada por Josh, mas ele a deixou porque ela é fútil, manipuladora e chata. O inferno não conhece fúria como a de uma debutante rejeitada. E para ser absolutamente sincera, Shelley, se Josh Potter estivesse atrás de um vale-refeição, poderia encontrar alguém com muito mais dinheiro do que você. Quanto ao comentário desprezível sobre o B'nai Brith, o anti-semitismo é algo nem-tão-secreto, embora sujo, por aqui. Até há umas duas gerações, os Hamptons eram quase exclusivamente de gentios. Judeus ricos começaram a vir para cá, e alguns babacas feito a Marina ainda não aceitaram isso. Neste nível da sociedade, você está nadando com tubarões. — Ela se levantou. — Ei, vamos lá. Vamos nos divertir um pouco. — Hesitei. — Vamos lá, está na hora da dar o troco — disse ela, pegando minha mão e me dando um puxão de leve.

Amanda nos levou até o pátio, direto aonde estava Marina Ames.

— Oi, Marina. Que bom que você pôde vir — cumprimentou Amanda, com um enorme sorriso.

— Oi, Amanda — disse Marina, me ignorando.

— Você já conhece Shelley Green?

Marina se dignou a olhar para mim.

— Sim.

— A Shelley está fazendo muitas coisas incríveis da vida dela. É uma pediatra fantástica. *Todo mundo* está levando os filhos nela. E está tratando com Shirley Blake da WNET sobre um projeto de televisão muito empolgante. E nem vamos falar na vida romântica... E então, Marina, o que você anda fazendo da sua vida ultimamente? — perguntou Amanda, com os olhos arregalados.

— Eu ando ocupada — respondeu Marina.

— Sei que você queria trabalhar na indústria da moda. Alguma coisa deu certo?

— Ainda estou procurando.

— É um negócio difícil, mas não desista. E projetos, trabalho voluntário, você não andou estudando italiano por uns dez minutos?

Marina olhou ao redor, desconfortável.

— Um bichinho de estimação, quem sabe? — insistiu Amanda.

— Eu tenho alergia.

— Ah é? Sei bem como é isso. Vamos lá, Shelley, tem várias pessoas divertidas que eu quero que você conheça. Quem sabe que mágica você vai aprontar?

Enquanto andávamos em meio aos convidados, não pude deixar de me perguntar: por que alguém iria querer nadar com tubarões?

35

ERA TERÇA DE MANHÃ, e Alison estava sentada sobre a mesa de exame. Sua tia, uma inglesa alta e bonita de 30 e poucos anos, estava ao seu lado. Tentei disfarçar meu susto com a aparência de Alison. Seu rosto estava redondo e inchado, e dava para ver uma "corcunda de búfalo" se desenvolvendo, depósitos de gordura se formando ao redor da sua nuca.

— Alison! — eu disse.

— Dra. Green! — disse ela, estendendo os braços.

Nos abraçamos.

— Bem, vocês duas certamente têm uma sociedade de admiração mútua. — A tia soltou uma risada.

Virei-me para ela:

— Dra. Shelley Green. É um prazer.

— Jenny Burke. E o prazer é meu.

— Como foi o vôo? — perguntei.

— A comida era horrorosa — informou Alison.

— Bem, estou feliz que você tenha apetite. E quando começam as aulas?

— Em duas semanas. Mal posso esperar!

— Do que você sente mais falta? — perguntei.

— De ver meus amigos, principalmente Lucy Franks. Ela é a minha *melhor* amiga.

— Tenho certeza de que ela também sente a sua falta.

— Ah, sim. Eu liguei para ela ontem. Ela está na casa de campo em Connecticut. É num lago. Quando eu fui lá, nós andamos de canoa e atravessamos o lago remando. Lucy foi maravilhosa quando a mamãe... — a voz de Alison desapareceu, e seu rosto ficou triste. Olhou para as mãos.

Jenny Burke e eu nos entreolhamos. Ela pôs o braço sobre os ombros de Alison.

— Bem, é assim que a gente fica sabendo quem é amigo de verdade — eu disse. — Eles estão lá quando precisamos deles.

— A mãe da Lucy é muito legal — disse Alison, ainda olhando para as mãos.

— Conte como você está se sentindo, Alison — pedi.

— Estou me sentindo *muito bem*, não ótima. Quer dizer, minha energia e meu apetite estão melhores, e a dor está melhor, mas estou me sentindo esquisita.

O exame de Alison mostrou o estágio inicial da doença de Cushing. Ela estava sendo tratada com esteróides havia seis semanas agora, tempo bastante para alguns dos outros efeitos colaterais começarem a se manifestar, mas havia sido poupada dos piores deles: fraqueza muscular, úlcera péptica e infecção.

— Bem, Alison, você está bem — concluí. — Eu quero que você faça uma consulta com o Dr. Spenser, que é um homem maravilhoso. Depois de vê-lo, eu gostaria de começar a diminuir a dose dos esteróides. Daí o seu inchaço vai diminuir.

— A minha dor não vai voltar?

— Vamos monitorar isso com muito cuidado. A artrite reumatóide juvenil é uma doença crônica, o que quer dizer que você pode tê-la por muito tempo. Meu trabalho como sua médica é garantir que a gente lide com ela da melhor maneira possível.

Alison assentiu a cabeça seriamente e disse um simples "obrigada".

— Você é uma menina corajosa, Alison.

— Precisamos fazer o melhor com o que acontece conosco. É o que a minha mãe iria querer que eu fizesse. Ela não gostava de reclamões.

— Sua mãe ficaria orgulhosa de você.

— Eu sempre quero deixar ela orgulhosa. — Alison baixou os olhos e disse, baixinho: — Assim a minha mãe continua viva.

Olhei para a tia dela, que estava com os olhos cheios de lágrimas. Respirou fundo e endireitou a postura.

— Bem, Alison, você está pronta para o nosso passeio de compras para a volta às aulas? — perguntou ela alegremente.

Alison assentiu e desceu da mesa de exame.

— O xadrez está muito na moda nesta estação — ela me contou.

— Ah, é?

— É. Foi o que disse Lucy. E ela tem muito estilo.

— Então imagino que a Burberry's terá de ser a nossa primeira parada — sugeriu Jenny.

Depois que as duas saíram, liguei para o consultório do Dr. Spenser e marquei uma consulta para a semana seguinte. Mal havia desligado quando me dei conta!

Saí correndo pelo corredor, atravessei a sala de espera até a rua. Olhei para a avenida Madison e, prestes a virar a esquina, estavam Alison e a tia. Corri na direção delas.

— Alison! Alison! — chamei.

As duas se viraram.

Alcancei-as, ofegante.

— Dra. Green, a senhora está bem? — perguntou Alison.

— Quando você visitou Lucy Franks em Connecticut?

— Hm, foi no terceiro final de semana de maio, eu acho.

— Onde estava o seu pai?

— Ele estava passando duas semanas na Rússia.

— E você percebeu alguma alergia quando voltou?

Alison pensou por um instante.

— Sabe, eu tive um carocinho que coçava na minha perna. Mas ele sumiu.

Dei-lhe um abraço apertado. Ela pareceu confusa.

— Alison, você pode voltar ao consultório só por um instante? Quero pegar uma amostra de sangue.

Alison assentiu.

Colhemos o sangue, e Claire mandou a amostra para o laboratório. Então eu disse a Alison e à tia que tinha quase certeza de que ela estava sofrendo da doença de Lyme, e que um tratamento com amoxicilina a curaria.

36

O RESULTADO DO EXAME chegou na sexta-feira de manhã e confirmou o meu diagnóstico. Mandei a receita de amoxicilina para Alison por um mensageiro e liguei para a tia dela com instruções sobre como começar a diminuir a dose de esteróides. Minha felicidade era diminuída pelo fato de que eu não havia pensado na doença de Lyme depois que os dois primeiros exames haviam dado negativo, e o pai havia me garantido equivocadamente que ela não havia saído da cidade naquela primavera. O que me dava mais paz de espírito era saber que Alison não teria efeitos duradouros de seu tratamento com esteróides. Queria muito ser pediatra dela por muitos anos, vê-la crescer e se transformar numa maravilhosa jovem.

Tinha acabado de ver meu último paciente da semana e estava pronta para ir para casa. Josh estava no apartamento, cozinhando. Havia chegado no final da manhã com o peixe recém-pescado. Minha confiança em nosso relacionamento estava abalada, e eu esperava que aquele jantar a recuperasse. Era a primeira coisa que estávamos fazendo juntos, e eu via naquilo uma espécie de teste.

Christina irrompeu no meu consultório, sem fôlego e maravilhosa como sempre, num vestido preto esvoaçante e sapatos de salto anabela pretos.

— Shelley, como diabos está você?

— Bem, e você?

— Sensacional — disse ela, deitando-se no sofá e cruzando as pernas intermináveis. — Estou com uma terrível agitação de sexta à noite... Ira e eu vamos ao Pastis jantar e beber champanhe. Sabe, Shelley, nós somos praticamente da mesma família.

— Somos?

— Bem, as coisas estão se encaminhando para isso.

— Estão?

Tentei disfarçar meu choque. Imaginava que, para Christina, Ira era basicamente um homem objeto.

— Ele vai para a China comigo na semana que vem buscar Ingrid.

— Vai?

— Shelley, não fique tão surpresa. Acho que você subestima o seu irmão. Ele é encantador, divertido, original, e acho que tem algumas idéias muito boas.

— Tipo o Supercanguru?

— Ele vendeu todos os mil e quatrocentos no eBay para um atacadista na Letônia. Mas ele já falou para você do Aspiralift?

— Aspiralift?

— Sim, é um lifting facial não-cirúrgico que funciona de acordo com o mesmo princípio daqueles sacos de armazenamento a vácuo.

— Certo.

— É basicamente uma touca impermeável com uma abertura em cima para um bocal de aspirador de pó. Você bota a touca, engancha o aspirador, liga durante vinte minutos e, como diz o nosso slogan, "Aspire os anos embora". Não é brilhante?

— *Brilhante* não é a primeira palavra que vem à mente.

— É incrível para aquelas grandes noites de balada, simplesmente chupa as rugas para cima, para cima e para fora. Dura de quatro a seis horas.

— E isso foi idéia de Ira?

— Sim. Ele teve a idéia uma noite na minha casa quando estava chapado vendo Adrien Arpel no canal de compras QVC. O protótipo funciona perfeitamente, e estou ajudando Ira no pedido original de cinco mil peças. A fabricação sai praticamente de graça. O QVC está muito interessado, e eu vou endossar o produto.

O que dizer, eu estava mais do que sem palavras, estava sem ter o que pensar. A minha cabeça simplesmente se fechou.

— Enfim, eu passei por aqui porque fiquei sabendo que você vai almoçar com as irmãs Van Rensselaer. Eu as conheço desde o ventre.

— Como elas são?

— Digamos que elas provam o princípio Paris Hilton: é possível ter dinheiro e nome e ainda assim ser ralé.

Ira apareceu à porta:

— Olá, senhoras.

Ele parecia absolutamente respeitável de calça social e camisa azul oxford, os cabelos sem gel e o rosto sem bronzeamento artificial.

— Ele não fica bonito assim arrumadinho? — perguntou Christina.

— Fica — admiti.

Ira se aproximou, segurou minha mão e deu um beijo cortês.

— Eu amo a minha irmã mais velha.

O garoto ainda era um canastrão, mas nunca esteve tão feliz.

— Vamos nos divertir, bonitão — Christina passou o braço no dele, e saíram.

Cheguei em casa e encontrei o apartamento impecável, cheio de flores frescas, velas, a mesa arrumada, aromas maravilhosos enchendo o ar. Havia isolado Harry para que passasse a noite no escritório.

— Tem alguma coisa com um cheiro delicioso — entrei na cozinha. Josh estava no fogão, adorável num avental de *chef* listrado em azul e branco.

— Bem-vinda, querida — disse ele, dando-me um beijinho.

A cozinha parecia uma fotografia da revista *Gourmet*: filés de peixe reluzentes sobre uma tábua, um escorredor cheio de batatas vermelhas bem pequenas, uma salada, duas baguetes fresquinhas. Josh estava salteando calmamente alho e ervas frescas.

— Nossa. Tudo isso está incrível.

— Nada é bom demais para a minha gatinha — disse Josh, acrescentando uma colher de chá de mostarda à mistura.

— O que eu posso fazer para ajudar?

— Absolutamente nada. Você trabalhou a semana inteira. Deixe-me cuidar de você esta noite.

— Bom, neste caso, vou me trocar e me refrescar. Nossos convidados deverão chegar em meia hora.

O ataque de obsessão por limpeza de Josh não se estendeu ao quarto: as roupas dele estavam espalhadas por cima da cama. Mas ele estava sendo muito solícito, trabalhando de verdade. Enquanto me arrumava, não pude deixar de me perguntar se o que havia acontecido na festa havia chegado até ele, que estaria tentando me compensar.

Coloquei uma calça esportiva de seda e uma blusa verde-clara. Olhei para mim mesma no espelho de corpo inteiro. achei que estava muito bem, mas parte de mim desejou poder simplesmente vestir um short e uma camiseta, e relaxar de verdade.

A campainha tocou. Abri a porta e encontrei Charles Spenser muito atraente numa produção muito pouco médica com camisa pólo, blazer e calça jeans, com um buquê de lírios nas mãos.

Convidei-o a entrar no apartamento.

— Charles, este é Josh Potter. Josh, este é meu ex-professor e mentor, o Dr. Charles Spenser — fui até a cozinha para pegar um vaso.

Amanda e Jerry chegaram. Amanda estava absolutamente adorável num vestidinho branco coberto de respingos abstratos claros. Apresentei-os a Charles.

— Muito prazer. Você pode me dar licença? — pediu Jerry. Sem esperar por uma resposta, pegou o telefone e seguiu para o escritório.

— Sempre tem alguém ganhando dinheiro em algum lugar do mundo — explicou Amanda, com um tom irritado na voz. Josh lhe trouxe uma taça de vinho. — Meu Deus, Shelley, você domou a nossa fera selvagem — disse e despenteou os cabelos de Josh, de um jeito sedutor e possessivo.

— Não é de mim que ele gosta, é do apartamento.

— Toda brincadeira esconde um fundo de verdade — disse Amanda, tomando um pequeno gole de vinho.

Todos conversamos por mais ou menos cinco minutos. A campainha tocou, e fui atender. Era a Dra. Marge, vestindo um terno de linho azul-claro com uma camisa de seda branca muito decotada. Sua pele brilhava com uma aparência de recém-saída do spa.

— Não tenho um encontro há trinta anos — sussurrou.

— Acho que você está pronta. — Sorrimos uma para a outra. — Basta ser irresistivelmente você mesma.

Levei-a até a sala de estar e fiz as apresentações.

Assim que todos nos sentamos, o celular da Dra. Marge tocou.

— Sinto muito, preciso atender esta ligação. Pode ser um paciente — disse ela, tirando o telefone da bolsa. — Com licença, por favor? — Levantou-se e foi até a cozinha.

Eu tinha acabado de atualizar Charles no caso de Alison Young quando a Dra. Marge voltou para a sala.

— Querem que eu apresente o projeto do *Conversa de Criança* — informou ela. — E eu juro que não combinei essa ligação.

Levantei-me num salto e a abracei.

— Que notícia incrível!

— Isso merece champanhe — disse Josh.

O champanhe fluiu e, animada pela novidade fantástica de Marge, a noite ganhou um tom empolgante. Charles ficou sinceramente entusiasmado, o que tomei como um bom sinal. Josh cuidou da comida, encheu os copos das pessoas e passou às *hors d'oeuvres*.

Todos nós sugerimos idéias que poderiam funcionar para o *Conversa de Criança* — os suspeitos de sempre, como amamentar no peito e marcos de desenvolvimento, é claro, mas Charles sugeriu segmentos sobre como outras culturas lidavam com a gravidez, o nascimento e questões de educação dos filhos. Pensei em Arthur, o antropólogo extra-oficial do Brooklyn. Ele poderia ajudar a Dra. Marge a encontrar famílias de quase todas as culturas do planeta, bem do outro lado da ponte do Brooklyn.

— Toda essa conversa de criança está fazendo o meu culpômetro aumentar. Vou dar uma ligadinha para as crianças — disse Amanda, entrando na cozinha.

A conversa voltou para Alison Young, e a Dra. Marge, Charles e eu logo entramos numa profunda conversa profissional. Vi um olhar distraído no rosto de Josh.

— Está na hora de mais uma garrafa de champanhe — disse ele, num tom alegre. Entrou na cozinha.

Charles estava contando à Dra. Marge e a mim sobre um caso desafiador que havia tido recentemente, quando um grito de "Ei, gata, rebola, rebola", veio do escritório.

— Opa! Esqueci de dar comida ao Harry — disse, me levantando.

A caminho do escritório, olhei rapidamente para mim mesma no espelho do corredor. Mexi nos cabelos e percebi Amanda e Josh no canto do espelho. Os dois estavam de pé na cozinha com os braços um em volta do outro, e ele estava mordiscando a orelha dela, que ria. Então os dois se beijaram. Um beijo de verdade.

Inicialmente, não registrei exatamente o que estava vendo e o que aquilo significava, mas quando isso aconteceu, senti uma onda de enjôo tomar conta de mim, soltando um suspiro involuntário. Foi quando Amanda olhou, e nossos olhos se encontraram no espelho.

— Ah, merda — disse ela. Josh bufou e se virou.

A pior parte da coisa toda foi que, em vez de me sentir chocada, ou magoada, ou pirar, eu me senti ridícula e humilhada. Bem no meio do meu jantar, eles estavam se agarrando na minha cozinha. Duas pessoas que eu havia considerado minhas amigas. O que dizer disso? Josh estava me fazendo de boba, o que não foi muito difícil. Eu era apenas um porto seguro para ele, fascinada pelos ricos e famosos e livre de impostos. Quanto à Amanda... como ela pôde?

— Como você pôde? — perguntei, olhando pelo espelho para ela, que se aproximava de mim.

— Ah, Shelley. — Ela segurou meu braço e me levou até o quarto, enquanto eu garantia a mim mesma que, não importava o que acontecesse, eu *não* ia chorar.

Amanda fechou a porta atrás de nós.

— Espero que você não chore — disse ela.

— Não estou planejando fazer isso.

— Realmente não é o que você pensa.

— Número um, você não faz a menor idéia *do que* eu estou pensando e, número dois, é claro que é.

Amanda sentou-se na beirada da cama e suspirou.

— Ah, tudo bem, é. Quer dizer, mais ou menos. A gente na verdade não... Caramba, eu só quero um homem prestando *atenção* em mim. Quer dizer, você conheceu Jerry. — Amanda passou a mão pelos cabelos. — Ah, meu Deus, eu não vou piorar as coisas tentando inventar desculpas.

— Por favor, eu gostaria de vê-la tentando se desculpar.

Ela se sentou um pouco mais ereta na cama, como se fosse ela que tivesse o direito de estar brava.

— Tem uma coisa que você não entende em relação a ter todo o dinheiro, todo o tempo, toda a elegância e os funcionários capazes que você sempre quis. É um enorme *tédio* de merda. Quer dizer, quando você pode estalar os dedos e simplesmente comprar o que bem entender, nada disso significa alguma coisa.

— Mais ou menos do jeito que você me comprou, você quer dizer.

— Sim. Não. Tudo bem, aí vai a verdade nua e crua: eu tenho inveja de você. Você *tem* alguma coisa, Shelley. Você tem uma carreira e um objetivo, algo que ama, algo que fez por merecer. Você não comprou isso, nem se casou ou dormiu com alguém para conseguir isso. Você fez isso acontecer sozinha, com a inteligência, trabalho duro e paixão. Ninguém vai tirar isso de você. Foi o que me atraiu a você em primeiro lugar. — Ela deu uma risadinha melancólica e irônica. — É engraçado. Você achava que eu tinha o que você queria. A verdade é que você tem o que eu quero. E, acredite em mim, Shelley, não estou falando em Josh.

— Bom, você pode ficar com Josh. E se não fosse pela pequena inconveniência de onze anos de faculdade e residência, poderia ficar com a minha carreira também.

Amanda olhou para as próprias mãos e disse baixinho:

— Sou uma garota muito competitiva, mas você tem razão, Shelley, e eu peço desculpas.

— Você está um dia atrasada e com um beijo a mais. E se quer algo para dar significado à sua vida, talvez devesse experimentar ter aulas de bordado. — Respirei fundo. — Estou com convidados de quem gosto muito, e quero que eles aproveitem a noite.

Amanda assentiu.

Durante a refeição, sorri para o que as pessoas diziam, dei minha opinião a respeito de um assunto ou outro. Por sorte, Marge e Charles estavam expansivos e seguraram as pontas.

Charles foi embora primeiro, seguido por Jerry e Amanda. Josh foi para a cozinha, deixando Marge e eu sozinhas.

— Charles é fantástico! — ela disparou.

— Tive um palpite em relação a vocês dois — eu disse.

— Você é uma casamenteira natural. Nós dois vamos ao teatro na semana que vem.

— Fico muito feliz.

— E o *Conversa de Criança*, Shelley. Você sozinha deu uma reviravolta na minha vida.

Sorri.

— Você está bem?

— Só um pouquinho cansada.

Marge fez sinal com a cabeça na direção da cozinha.

— Ele é uma figura.

— Você acha?

Ela hesitou por um instante.

— Ele certamente tem muito charme, é muito encantador e absolutamente bonitão. Bom, é melhor eu ir embora. Não tenho como agradecer por uma noite tão divertida.

— Eu não tenho como agradecer por... tudo.

— Tem certeza de que está tudo bem?

Assenti.

Nos abraçamos.

Depois que Marge foi embora, entrei na cozinha, onde Josh estava fazendo uma grande cena botando a louça na máquina. Olhou para mim com uma expressão de culpa que lentamente se dissolveu num sorriso ah-puxa-eu-sou-um-menino-levado.

— Muito bem, Josh, está na hora de você ir embora.

— Ah, qual é, você deve estar brincando.

— Por que eu estaria brincando?

Ele esfregou a nuca e deu um suspiro exasperado.

— Então você está falando sério? Você quer que eu simplesmente saia daqui, como se nunca tivesse havido nada entre a gente?

— O que quer que fosse não devia ser muita coisa.

— Amanda e eu estávamos apenas flertando um com o outro. Não significa nada.

— Significa para mim.

Encarei-o bem nos olhos. Ele desviou o olhar.

— Tudo bem, então, foda-se. Vou embora. — Josh foi até o quarto e pegou a mala dele. Foi até a porta da frente, abriu-a, olhou para mim e sorriu. — Ei, foi divertido enquanto durou.

Fechei a porta atrás dele e fiquei ali parada, semichocada. Senti lágrimas se formando em meus olhos. Sentei à mesa da sala de jantar e esperei que caíssem.

Mas elas não caíram.

Então fui para a cozinha terminar de arrumar tudo.

37

ABRI UM DOS OLHOS e olhei para o relógio de cabeceira —
9h15. Nunca dormia até tão tarde, mas havia sido uma noite muito
inquietante. Fui até o banheiro e joguei água fria no rosto. Não importava como eu estava me sentindo, precisava ir ao almoço com as
irmãs Van Rensselaer. Elas eram importantes para a minha carreira.

Fiz uma jarra de café, fatiei uma banana num pote de cereais e
me sentei no banco. O dia estava nublado, e os jardins da casa pareciam solitários e românticos do outro lado da janela. Passei o resto
da manhã limpando a casa, lavando roupas, me mantendo ocupada. Pus um vestido simples e um par de práticos sapatos baixos.

O dia estava quente e úmido. As nuvens tinham ficado pesadas
e escuras. Caminhei rapidamente pela avenida Madison.

Entrei no La Goulue e imediatamente vi as irmãs Van Rensselaer
numa mesa de canto, conversando aos celulares. Eram ambas altas
e magras, profundamente bronzeadas, com cabelos alisados, usando minúsculos vestidinhos cor-de-rosa e muitas jóias de ouro
"divertidas".

Acenei ao me aproximar da mesa. Ambas me ignoraram. Cheguei à mesa e fiquei parada de pé. As duas simplesmente seguiram tagarelando e rindo aos celulares, como se o mundo fosse uma grande piada interna. Afinal, uma delas olhou para mim e bateu os cílios.

— Oi, sou a Dra. Green.

— Nossa médica de bebê está aqui — disse ela ao telefone, e então gargalhou com algo que a pessoa do outro lado da linha disse. A outra irmã continuou me ignorando.

Eu me sentei.

Elas continuaram conversando. Afinal, eu disse:

— Temos uma hora marcada para falar sobre os bebês de vocês. Por favor, respeitem o meu tempo.

A mesma me olhou fingindo choque, com os olhos arregalados, e desligou o telefone.

— Oi, sou a Serena — ela se apresentou, num tom de voz afetado. Trocamos um aperto de mão por cima da mesa.

Tatiana continuava conversando. Estendi a mão por cima da mesa:

— Olá, sou a Dra. Shelley Green. Você pode, por favor, sair do telefone?

Tatiana apertou os olhos para mim, desligou e disse:

— Mandona, mandona.

— *Vocês* ligaram para *mim* para marcar este almoço — declarei.

As irmãs se entreolharam. Houve um longo silêncio. Um garçom se aproximou, e todas pedimos saladas.

— Então, digam como vai a gravidez de vocês. Vocês têm alguma pergunta para mim? — perguntei, com um sorriso encorajador, tentando trazer as coisas de volta aos trilhos.

— Eu tenho uma pergunta — disse Serena. — Quão bem você conhece Amanda Walker?

— Eu cuido dos filhos dela.

— A Amanda é querida, mas é tão *nouveau*. A mamãe a chama de *arriviste du jour* — disse Tatiana, mexendo desinteressadamente nos cabelos.

— O dinheiro dela é tão novo que nem secou ainda — comentou Serena, e as duas deram risada.

— Os Van Rensselaer possuem áreas enormes de Manhattan há quase duzentos anos — disse Tatiana.

— Os Green moram num apartamento de dois quartos alugado em Jackson Heights há mais de trinta anos — disse eu.

As garotas trocaram olhares de espanto.

— É isso mesmo. E foi um lugar incrível para crescer. Minha mãe é orientadora pedagógica em meio período na Escola Pública 149, e meu pai é carteiro. Os dois são pessoas gentis, decentes, honradas e trabalhadoras, e tenho orgulho deles. Eles me ensinaram a tratar todo mundo com respeito. Vocês duas evidentemente perderam essa aula. — Levantei-me. — Mais uma coisa. Não me interessa quem vocês são, quem são os seus ancestrais ou quanto de Manhattan possuem, eu não vou ser a pediatra de vocês.

Então me virei e saí lentamente do restaurante.

Havia começado a chover, gotas gordas de chuva. Atravessei a avenida Madison e comecei a caminhar para leste. Meus cabelos e meu vestido estavam ficando ensopados, a maquiagem escorria. Eu não me importava, queria que tudo saísse.

Cheguei à Park Avenue e esperei o semáforo mudar para o verde. Ao meu redor, as pessoas corriam para baixo de toldos, abriam guarda-chuvas e acenavam para táxis. Eu só fiquei ali parada, na chuva.

O sinal abriu novamente, e atravessei a avenida. Não sabia aonde estava indo, mas precisava caminhar. Um homem passou correndo por mim segurando um jornal ensopado sobre a cabeça. Na metade do caminho para a Lexington, sem pensar, peguei o celular e disquei.

— Alô.

— Oi, Arthur.

— Shelley.

— É, sou eu.

— Oi.

Houve uma pausa.

— E então, o que você está fazendo? — perguntei.

— Estou sentado em casa, lendo.

— Alguma coisa boa?

— Dickens. Sou muito quadrado.

— Ah, Arthur...

— Você está bem, Shelley?

Respirei fundo.

— Sim, estou, estou bem... Arthur, gostei de ver você naquele dia.

— E eu gostei de ver você.

Passei por uma mulher bem-vestida encolhida numa porta, ninando seu cachorro minúsculo.

— Posso fazer uma pergunta, Arthur?

— Claro.

— Você e a Jennifer...?

— Se estamos tendo algo sério? Não, não, na verdade, não...

— Ah, está bem.

— E você, ah, e Josh...?

— Se estamos tendo algo sério?... Ah, não, não, só uma paixonite.

— Está bem.

— Arthur, você... quer conversar... sobre nós dois?

— Sim, Shelley, eu quero...

Comecei a chorar.

— Shelley, você está na chuva?

— Sim.

— Onde você está?

— Estou no Upper East Side, caminhando, para leste...

— Na direção do metrô?

— Sim.

— O metrô para...?

— O metrô para o Brooklyn, Arthur.

Houve uma pausa, e meu coração pareceu que iria explodir de tanto amor.

— Vou fazer um bule de chá, Shelley.

— Vai mesmo?

— A minha Shelley está voltando para casa.

— Estou voltando para casa.

Este livro foi composto na tipologia Minion, em
corpo 11/15, e impresso em papel off-white 80g/m²
no Sistema Cameron da Divisão Gráfica
da Distribuidora Record.

Seja um Leitor Preferencial Record
e receba informações sobre nossos lançamentos.
Escreva para
RP Record
Caixa Postal 23.052
Rio de Janeiro, RJ – CEP 20922-970
dando seu nome e endereço
e tenha acesso a nossas ofertas especiais.

Válido somente no Brasil.

Ou visite a nossa *home page*:
http://www.record.com.br